서문문고
59

삼국지(5)

김 광 주 옮김

삼국지 5

차 례

81. 백 살 먹은 신선

急兄讐張飛遇害
雪弟恨先主興兵

선주(先主) 유현덕이 군사를 일으켜 동쪽을 치려고 하자 조자룡이 간했다.

"국적(國賊)은 조조요, 손권이 아닙니다. 오늘날 조비(曹조)가 한나라의 왕위를 찬탈했다는 사실은 신인공노(神人共怒)하는 바이오니, 시급히 폐하께서는 관중(關中)을 도모하셔서 위하(渭河) 상류로 둔병하여 흉역(凶逆)을 토벌하시도록 하오면, 관동의 의사(義士)들이 반드시 군량을 마련해 가지고 말을 달려서 왕사(王師)를 영접할 것입니다. 만약에 위(魏)나라를 버리시고 오(吳)나라를 공격하신다면 한번 맞닥뜨린 군사들을 어찌 풀어헤칠 수 있겠습니까? 폐하께서는 양찰하시기 바랍니다."

현덕이 말했다.

"손권은 짐의 아우를 죽였을 뿐더러 또 부사인(傅士仁)·미방(糜芳)·반장(潘璋)·마충(馬忠) 등은 이를 갈 원수들이오. 놈들의 살점을 씹고 그 족(族)을 멸해야만 짐의 원한을 풀 수 있겠소. 경은 어째서 말리는 것이오?"

조자룡이 또 아뢌다.

"국적에게 대한 원한은 공적인 것이요, 형제의 원수란 사사로운 일입니다. 원컨대 천하를 소중히 여겨 주십시오."

현덕이 대답했다.

"아우를 위하여 원수를 갚지 못한다면 비록 만리 강산(萬里江山)이 내 수중에 있다 한들, 무엇을 귀하게 여길 수 있겠소?"

현덕은 조자룡의 간하는 말도 듣지 않고 군사를 동원하여 오를 치라는 명령을 내리는 한편, 사자를 오계(五谿)로 파견하여 번병(番兵—蠻兵) 5만을 빌려서 함께 책응(策應)하도록 해놓고, 또 낭중(閬中)으로도 사자를 파견하여 장비를 거기장군(車騎將軍)에 승진시키고 사례교위(司隷校尉)에 임명하여 서경후(西卿侯)로 봉하고 낭중의 목(牧)을 겸하게 하기로 했다.

사자는 조서를 받들고 떠나갔다.

한편, 낭중에 있는 장비는, 관운장이 동오에서 살해당했다는 소문을 듣자, 주야로 통곡을 그칠 줄 모르며 옷깃이 피눈물로 젖을 지경이었다.

대장들이 술을 권하여 심사를 풀어 주려 하면 술이 취할수록 노기가 점점 더 충천해서, 측근자로부터 병졸에 이르기까지 대단치도 않은 잘못을 들추어 가지고 매를 때렸고, 비위에 거슬리기만 하면 닥치는 대로 여러 사람들을 때려죽이는 광기를 부리고 있었다.

허고헌 날 남쪽을 바라다보며 이를 갈고, 두 눈을 무섭게 부릅뜨고 분노에 미친 듯이 날뛰며, 목청이 터져라고 방성통곡을 하는 것이었다. 바로 이런 와중에 사자가 도착했다는 보고가 들어왔다.

장비는 허둥지둥 사자를 맞아들였다.

사자가 조서를 낭독해서 들려주었다.

장비는 작(爵)을 받고 북쪽을 향하여 배례를 마치고 술상을 차려 내어 사자를 대접했다.

장비가 말했다.

"우리 형이 살해당한 원한은 바다만큼이나 깊소. 묘당(廟堂)의 신하들은 어째서 군사를 동원하도록 빨리 아뢰지 않는 거요?"

사자가 대답했다.

"먼저 위나라를 쳐부수고 나서 오나라를 공격하자고 권고하는 사람들이 많습니다."

장비가 격분했다.

"그게 무슨 말이오! 옛날에 우리 세 사람은 도원에서 의형제를 맺고 생사를 같이하겠다고 맹세했는데, 이제 불행하게도 형이 중도에서 세상을 떠나신 이 마당에 어찌 나 혼자만이 부귀를 누릴수 있겠소! 나는 곧 천자께 알현하고 선봉의 책임을 맡겠소. 거상을 입은 채 오를 쳐부숴서 역적 놈을 산채로 잡아 형님 영전에 바쳐 옛 맹세를 실천해야겠소."

장비는 곧바로 사자를 따라서 성도(成都)로 올라갔다.

선주 유현덕은 연일 친히 교련장에 나가서 군마를 조연(操演)하고, 군사를 동원할 날짜를 작정해서 어가친정(御駕親征)할 계획을 세우고 있었다.

이때, 공경(公卿)들이 모두 승상부(丞相府)로 나가서 공명을 만나 보고 말했다.

"천자께서 대위(大位)에 오르신 지 얼마 되지도 않으셔서 친히 군오(軍伍)를 통솔하신다 하옴은 사직을 소중히 생각하시는 소이가 아닙니다. 승상께서는 균형(鈞衡)의 직책을 맡으셨는데, 어째서 간하지 않으십니까?"

공명이 대답했다.

"나도 애써서 간하기 여러 차례요만, 그래도 받아들이시지 않으시오. 오늘은 공들과 나와 함께 교련장으로 들어가서 간해 봅시다."

그 즉시 공명은 백관을 인솔하고 교련장으로 가서 선주 유현덕에게 간했다.

"폐하께서는 보위(寶位)에 처음으로 오르사, 북으로 한적(漢賊)을 토벌하셔서서 대의를 천하에 펼치시려면 친히 육사(六師)를 통솔하심도 가하시다고 생각됩니다. 그러나 만약에 오나라만을 토벌하고자 하신다면 한 상장(上將)에게 군사를 통솔시켜서 토벌하심이 마땅합니다. 친히 성가(聖駕)를 번거롭게 하실 필요야 있겠습니까?"

현덕은 공명이 간절히 간하는 것을 보고 마음이 다소 돌아서기 시작했다.

이때, 홀연 장비가 도착했다는 보고가 들어오자, 현덕은 곧바로 불러들였다. 장비는 연무청(演武廳)에 이르러 바닥에 꿇어 엎드려서 현덕의 발을 부둥켜안고 통곡했다.

현덕도 함께 통곡하니, 장비가 울면서 물었다.

"폐하께서는 오늘날 인군이 되시더니 도원의 맹세를 벌써 잊어버리셨습니까? 운장형의 원수를 어째서 갚지 않으십니까?"

현덕이 대답했다.

"여러 관원들이 간하여 말리는지라 경솔히 손을 대지 못하고 있소."

장비가 또 말했다.

"옛 맹세를 남들이야 어찌 알겠습니까? 만약에 폐하께서 가시지 않으신다면 소신이 이 몸을 던져서라도 운장형의 원수를 갚겠습니다. 만약에 원수를 갚지 못할 때에는 소신이 차라리 죽을지언정 두 번 다시 폐하를 뵙지 않겠습니다."

현덕이 말했다.

"짐도 경과 함께 가겠소. 경은 본부병(本部兵)을 맡아 가지고 낭주(閬州)로부터 쳐 나가오. 짐은 정병을 통솔하고 강주(江州)로 나가서 함께 같이 동오를 토벌하여 이 원한을 풀어 보기로 하겠소."

장비가 떠날 때, 현덕이 간곡히 부탁했다.

"짐은 평소부터 경이 술을 많이 마신 뒤에 난폭해져서 부하들을 매질하고도 그대로 좌우에 거느린다는 사실을 잘 알고 있는데, 이것은 화근을 불러일으키는 일이오. 앞으로는 마땅히 관용을 베풀어 예전과 같은 일이 없도록 하시오."

장비는 절하고 물러났다.

그 이튿날, 현덕이 군사를 정비해 가지고 떠나려고 하는데, 학사(學士) 진복(秦宓)이 아뢨다.

"폐하께서는 만승(萬乘)의 몸을 버리시고, 소의(小義)에 따르려 하옵시니, 이는 옛사람들이 취하지 않은 길입니다. 원컨대 폐하께서는 신중히 고려하옵소서."

현덕의 말이,

"운장과 짐은 한몸과 같도다. 대의(大義)가 아직도 존재하거늘 어찌 잊어버릴 수 있겠소?"

하니 진복이 땅에 꿇어 엎드린 채 다시 간했다.

"소신의 말씀을 받아들이시지 않으신다 하오면 진실로 실수하심이 있으실까 두렵습니다."

현덕이 대로했다.

"짐이 군사를 일으키려는 마당에, 그대는 어찌하여 이다지 불길한 말을 하는고?"

무사들에게 끌어내서 참형에 처하라고 호통을 쳤다. 그러나 진복은 안색도 변함이 없이 현덕을 돌아다보고 웃으면서 말했다.

"소신은 비록 죽어도 한이 없습니다. 단지 가석하오음은 새로 창업하신 일이 전복될까 염려됩니다!"

여러 관료들이 진복을 위해서 죄를 사해 달라고 애원했다. 그러자 현덕이 말했다.

"우선 옥중에 넣어 두어라. 짐이 원수를 갚고 돌아오면 그때 처분하겠노라."

공명은 이 말을 듣자 즉시 표(表)를 올려서 진복을 구출하려고 했다.

그 표문은 대략 다음과 같은 것이었다.

소신 제갈량 등은 오적(吳賊)이 간궤(奸詭)한 계책을 다하여 형주에 복망지화(覆亡之禍)를 끼치고, 장성(將星)을 두우(斗牛)에 죽였고, 천주(天柱)를 초지(楚地)에 꺾어 버렸음을 절실히 생각하오니 애통한 정리 진실로 잊어버릴 수 없습니다. 그러나 한정(漢鼎)을 옮겨 놓은 사실을 생각하면 그 죄는 조조에게 있사오며, 유조(劉祚)를 옮겨 놓은 것도 그 죄과가 손권에게 있는 것은 아닙니다. 삼가 여쭙거니와 위적(魏賊)을 제거하기만 하오면 오(吳)는 스스로 복종할 것입니다. 원컨대 폐하께서는 진복의 금석(金石) 같은 말씀을 받아들이셔서 사졸의 힘을 배양하고 따로 좋은 계책을 마련하소서. 이렇게 되오면 사직에도 매우 다행한 일이오며, 천하 또한 다행한 일입니다!

현덕은 다 보고 나더니 표를 땅에 내동댕이치면서 말했다.

"짐의 마음은 이미 결정되었도다! 이 이상 간할 필요는 없노라!"

드디어 승상 제갈량에게 명령하여 태자를 보호하고 양천(兩川)을 지키도록 하고, 표기장군(驃騎將軍) 마초(馬超)와 그의 아우 마대(馬岱)는 진북장군(鎭北將軍) 위연(魏延)을 도우면서 한중(漢中)을 지키며 위병(魏兵)을 막아내게 하고, 호위장군(虎威將軍) 조자룡은 후군을 맡는 동시에 아울러 양초(糧草)를 감독하게 하고, 황권(黃權)·정기(程畿)를 참모로, 마량(馬良)·진진(陳震)은 문서를 관리하게 하고, 황충(黃忠)을 전부선봉(前部先鋒), 풍습(馮習)·장남(張南)을 부장(副將), 부동(傅彤)·장익(張翼)을 중군호위(中軍護尉), 조융(趙融)·요순(廖淳)을 후비군(後備軍)으로 하고, 천장(川將) 수백 명과 오계번병(五谿番兵) 도합 75만 명이 장무 원년(章武元年) 7월 병인일(丙寅日)을 택하여 출사(出師)하였다.

한편, 장비는 낭중(閬中)으로 돌아가자 군중에 영을 내려서 사흘 안으로 백기(白旗)와 흰 갑옷을 마련하여 3군에게 모두 입힌 채 오나라를 토벌하기로 했다. 이튿날, 장하(帳下)의 두 말장(末將) 범강(范彊)과 장달(張達)이 장안으로 들어와서 보고했다.

"백기와 흰 갑옷을 그 시일 안에 마련할 도리가 없습니다. 기한을 넉넉히 늦추어 주셔야만 되겠습니다."

장비가 대로하여 말했다.

"나는 급히 원수를 갚고 싶다. 내일이라도 당장에 역적 놈이 있는 곳으로 달려가지 못함이 유감인데, 그대는 어찌 감히 대장의 명령을 거역하겠다는 건가?"

무사에게 호통을 쳐서 그들을 나무 위에 매달아 놓고 각각 등을 50대씩 매질했다. 매를 다 때리고 손가락으로 가리키며 또 말했다.

"내일 중으로 모조리 마련해야 된다! 만약에 기한을 어긴다면 당장에 너희 두 놈을 죽여서 여러 사람에게 시범을 보이겠다!"

어쩌나 호되게 매질을 했던지, 두 사람은 입으로 온통 피를 토하면서 영중(營中)으로 돌아와서 서로 상의했다.

범강이 탄식했다.

"오늘은 지독하게 형벌을 받았는데, 우리들 보고 어떻게 마련해 놓으라는 말인가? 놈은 성미가 불덩어리같이 거칠어서 내일 모두 마련해 놓지 못한다면 자네와 나는 목이 달아나고 말 걸세!"

장달이 말했다.

"놈이 우리를 죽이겠다면, 우리들이 먼저 놈을 죽이느니만 같지 못할 걸세."

범강이 또 말했다.

"놈의 곁에 쉽사리 얼씬도 하기 어려우니 어찌하겠나?"

장달의 말이,

"우리 둘이 만약에 죽을 운수가 아니라면 놈이 침상 위에 술이 취해서 쓰러져 있을 것이고, 만약에 우리가 죽어야만 된다면 놈이 술이 취하지 않았을 것이고……. 둘 중 하나겠지!" 하며 두 사람은 이렇게 단단히 상의를 했다.

한편, 장비는 장중(帳中)에 있다가 생각이 뒤숭숭하고 행동 거지가 안절부절 못하게 되자 부장에게 물어 봤다.

"나는 지금 마음속이 두근두근하고 몸이 후들후들 떨리며, 앉아도 드러누워도 불안하기만 하니 이게 무슨 탓일까?"

부장이 대답했다.

"그것은 군후께서 관공(관운장)을 생각하시기 때문에, 그런 것입니다."

장비는 사람을 시켜서 술을 가져오라고 해서 부장과 함께 마셨다. 결국 술이 곤드레만드레가 되어서 장중에 드러누워 버렸다.

범강과 장달은 이런 소식을 탐지하고 초경쯤 되었을 무렵 각각 단도를 몸에 품고 살며시 장중으로 들어가서, 기밀을 알릴 중요한 일이 있다 거짓말하고 곧장 침상 앞으로 대들었다.

본래 장비는 잠잘 때 눈을 감지 않는 버릇이 있었다. 그날 밤에도 장중에서 잠이 들어 있는 것을 두 도둑이 바라보니, 여전히 수염을 위로 뻗치고 눈을 부릅뜨고 있으니 감히 손을 대지 못했다.

한참 만에 코고는 소리가 우뢰같이 들려와 그제야 범강과 장달은 앞으로 다가들어서 단도로 힘껏 장비의 배를 찔러 버렸다.

"아아앗!"

장비는 처참한 비명을 한번 크게 지르더니 그대로 절명하고 말았다. 그때 나이 56세.

그날밤에 두 도둑은 장비의 수급을 잘라 가지고 수십 명을 거느리고 밤을 새워 동오로 달아났다.

이튿날 군중에서는 이 소식을 알고 군사를 동원하여 그들의 뒤를 추격했지만 잡지 못했다.

이때, 장비의 부장에 오반(吳班)이란 사람이 있었는데, 그는 예전에 형주에서 성도로 와서 선주 현덕을 만났을 적에 아문장(牙門將)으로 기용되어 장비를 보좌하여 낭중을 지키고 있었다.

오반은 당장에 우선 표를 올려 이 사실을 알리게 하고 나서, 장비의 장자 장포(張苞)를 시켜서 시체를 관곽에 모시게 하고, 장포의 아우 장소(張紹)에게 낭중을 지키도록 하였다. 그리고 장포를 보내서 선주 현덕에게 보고하도록 했다.

이때, 유현덕은 길일을 택하여 이미 출정한 뒤였고, 여러 관료들은 공명을 따라서 성 밖 10여 리 지점까지 현덕을 전송하고 돌아온 길이었다.

공명은 성도로 돌아와서도 울적한 심사로 따분한 시간을 보내고 있었다.

공명은 여러 관료들을 돌아다보며 말했다.

"법효직(法孝直―법정)이 있었다면 기어이 주상의 동행(東行)을 말릴 수 있었으련만……"

한편, 유현덕은 그날밤에 가슴 속이 두근거리고 몸이 후들후들 떨리며 안절부절 못했다. 장 밖으로 나와서 천문(天文)

을 우러러보니 서북쪽에 있는 별 하나가 크기가 말(斗)만한데 홀연 땅으로 떨어지는 것이었다.

현덕은 매우 이상하다 생각하고 밤중에 공명에게 사람을 보내서 물어 봤더니, 공명이 회답을 보내왔다.

"상장(上將) 한 사람을 잃을 징조입니다. 사흘 안으로 반드시 깜짝 놀랄 소식이 있을 것입니다."

현덕은 공명의 말을 듣자, 군사를 한 군데 멈추고 움직이지 않았다.

홀연 시신(侍臣)이 아뢨다.

"낭중 장거기(張車騎)의 부장 오반(吳班)이 사람을 파견하여 표를 가지고 왔습니다."

현덕이 발을 동동 구르며 탄식했다.

"아아! 둘째아우마저 갔구나!"

표를 펼쳐 보니 과연 장비의 흉한 소식이 보고되어 있었다.

현덕은 방성통곡, 그 자리에서 정신을 잃고 쓰러졌다. 여러 관료들이 손을 써서 정신을 차리게 했다.

그 이튿날, 1대의 군마가 바람을 휘몰아치며 달려들고 있다는 보고가 날아들었다. 현덕은 영 밖으로 나가 보았다.

얼마 후 젊은 장수 한 사람이 백포(白袍)에 은투구를 쓰고 말 위에서 떨어지듯 굴러내리며 땅에 엎드려 통곡을 하는데, 그가 바로 장포였다.

"범강과 장달이 소신의 부친을 죽이고 수급을 동오로 가져 갔습니다."

현덕은 애통하여 마지않으며, 음식이 목을 넘어가지 않았다.

여러 신하들이 간곡히 간했다.

"폐하께서는 이제야말로 자중하셔야 됩니다. 두 아우님들을 위하셔서 원수를 갚으시려 하옵시는데 먼저 용체(龍體)를 해롭게 하시는 일이 있으시면 어찌 되겠습니까?"

현덕은 그제야 겨우 밥상을 대했다.

현덕이 장포에게 물었다.

"경은 오반과 함께 본부군을 인솔하고 경의 부친을 위하여 선봉이 되어서 나설 수 있겠는가?"

장포가 대답했다.

"나라를 위하고, 부친을 위하여 만 번 죽더라도 사양하지 않겠습니다!"

현덕이 장포를 시켜서 군사를 동원하려고 하는데 또 1대의 군사가 바람을 휘몰아치며 달려든다는 보고가 날아들었다.

현덕이 신하에게 명령하여 알아보니 얼마 안 되어서 신하가 젊은 장군 하나를 데리고 왔다. 그는 백포를 입고 은투구를 쓰고는 영 안으로 들어서자 땅에 엎드려 통곡하는 것이었다.

현덕이 바라보니 바로 관흥(關興)이었다. 현덕은 관흥을 보자 관운장 생각이 나서 또다시 방성통곡했다. 여러 관료들이 간신히 권고하여 말렸다.

현덕이 탄식하며 말했다.

"짐이 포의(布衣—서민)로 있었을 때 일을 생각하자면…… 짐은 관운장·장비와 의형제를 맺고 생사를 같이 하겠다 맹세했는데……짐이 이제 천자가 되어, 두 아우와 더불어 부귀를 누리려 했더니, 불행하게도 모두 비명에 죽었도다! 두 조카들을 대하니 애끓는 슬픔을 어찌 금할 수 있으리오!"

말을 마치더니 그대로 통곡하여 그칠 줄을 모른다.

여러 관료들이 입을 모아 말했다.

"두 분 소장(小將)님들께서는 잠시 자리를 물러나 계시오. 성상께서 용체를 좀 쉬시도록 함이 좋을까 하오."

시신도 아뢨다.

"폐하께서는 이미 육순을 넘으셨으니, 너무 애통해하시면 용체에 해로우실까 합니다."

"두 아우가 모두 세상을 떠난 오늘날, 어찌 짐이 홀로 살기를 바랄 수 있으리요!"

현덕이 말을 마치자 머리를 땅에 부딪치며 통곡했다.

여러 관료들이 상의했다.

"이제 천자께서 이처럼 괴로워하시니 어떻게 진정해 올려야 되겠소?"

마량이 말했다.

"주상께서는 친히 대병을 통솔하시고 오나라를 토벌하시겠다 하시면서 하루종일 통곡만 하고 계시니 이는 우리 군에 불리한 일이오."

진진(陳震)이,

"내가 듣자니, 성도 청성산(靑城山) 서쪽에 숨어사는 선비 한 분이 있는데 성은 이(李), 이름은 의(意)로, 세상 사람이 전하는 말로는 이 노인은 이미 3백여 세로 사람의 생사길흉을 능히 알 수 있으며 당대의 신선이라 하오. 천자께 아뢰어 이 노인을 불러다가 길흉을 물어 보면 우리들의 말보다는 훨씬 나을 것이오."

마침내 이런 뜻을 현덕에게 입주(入奏)했다.

현덕은 그 의견을 따라서 곧 진진에게 조서를 내려서 청성산으로 그 노인을 부르러 보냈다.

진진은 밤을 새워가며 청성에 도착했다. 그 고장 사람들의 인도를 받으면서 산곡간 깊숙한 곳으로 들어가니 멀리 선장(仙莊)이 바라다뵈는데, 푸른 구름이 은은한 곳에 상서로운 기운이 비범했다.

홀연, 동자 하나가 나와서 영접하며 말했다.

"여기 오신 분은 진효기(陳孝起―진진)란 분이 아니십니까?"

진진이 깜짝 놀라며 말하기를,

"선동(仙童)은 어떻게 나의 성자(姓字)를 아는고?"

하니 동자가 대답했다.

"우리 스승께서 어제 이런 말씀을 하셨습니다. '오늘 반드시 황제의 조명(詔命)이 내려올 것인데, 그 사자는 반드시 진효기일 것이다'라고 하셨습니다."

진진이 감탄했다.

"정말 신선이로다! 사람들이 전하는 말이 헛된 말은 아니었구나!"

마침내 동자와 함께 선장으로 들어가 이의(李意)를 만나 절하고 천자의 조명을 전달했다. 그러나 이의는 자기는 늙었다는 핑계를 하고 갈 수 없다는 것이었다. 진진이 권했다.

"천자께서 선옹(仙翁)을 한번 뵙고 싶어하시니, 학가(鶴駕)를 인색하게 하시지 말면 다행인가 합니다."

재삼 간곡히 부탁했더니 이의는 그제야 가기를 승낙했다. 그 즉시 어영(御營)에 이르러 선주 유현덕을 입견(入見)했다.

현덕은 이의가 학발동안(鶴髮童顏)에 파랗고 부리부리한 두 눈이 반짝반짝 빛나며, 몸이 마치 오랜 세월을 버텨낸 잣나무와 같은 것을 보자, 대뜸 그가 이인(異人)임을 알 수 있었다. 그래서 정중하게 예의를 베풀어 대했다.

이의가 물었다.

"노부(老夫)는 거친 산 속의 시골뜨기로서 아무런 학식도 없습니다. 이렇게 폐하께서 불러 주시었사오니 무슨 분부하실 일이라도 있으십니까?"

현덕이,

"짐은 관운장·장비 두 아우와 생사를 함께 하기로 약속한 지 30여 년, 이제 두 아우가 살해되었기에, 친히 대군을 거느리고 복수를 해볼까 하는데 승부가 어찌 될지 통 추측할 수 없소. 오래 전부터 듣자니, 선옹은 현기(玄機)에 정통하다니 가르쳐 주시기를 바라오."

하니 이의가 대답했다.

"이는 천수(天數)이오니, 노부가 알 수 있는 일이 아닙니다."

현덕이 재삼 물으니 이의는 곧 종이와 먹을 가져오게 했다. 그는 병마(兵馬)와 기계(器械)의 그림을 40여 장이나 그린 후 그것을 일일이 찢어 버리고 나서, 또다시 한 사나이가 땅바닥에 반듯이 누워 있고, 그 옆에 또다른 한 사람이 땅을 파고 묻으려는 그림을 그린 위에다가 큼직하게 백(白) 자 한 자를 써 놓고 머리를 숙여 절하고 돌아가 버렸다.

현덕은 불쾌하기 짝이 없어서 여러 신하에게 소리쳤다.

"미친 늙은이로다! 믿을 만한 말이 못 된다!"

그 그림을 즉시 불에 태워 버리고 곧 군사를 급히 몰아 전진하라고 했다.

이때, 장포가 들어와서 아뢨다.

"오반의 군사가 이미 도착되었사온데 소신이 선봉이 되고 싶습니다."

현덕은 그 의지를 장하게 여기고 곧 선봉인을 가져다가 장포에게 주었다. 장포가 막 그 인을 허리에 차려고 했을 때, 또 한 젊은 장사가 분연히 나서며 말했다.

"그 인을 저에게 주십시오!"

쳐다보니 그는 바로 관흥이었다.

장포가 말했다.

"내가 이미 조명을 받았소."

"그대는 무슨 능력으로 이 임무를 감당하려 하시오?"

"나는 어려서부터 무예를 배웠고, 활을 쏘면 한 발도 허발(虛發)이 없소."

현덕이 일렀다.

"짐이 조카들의 무예를 한번 구경하고 싶도다. 그것으로써 우열을 결정짓기로 하겠다."

장포는 군사에게 명령하여 백 보 밖에 깃발 하나를 세우고 그 깃발 위에는 홍심(紅心)을 하나 그리게 했다. 그리고 활을 재서 연거푸 세 발을 쏘았다. 모두 홍심을 맞혔다. 여러 사람들이 입을 모아 칭찬했다. 관흥이 활을 손에 움켜잡고 말했다.

"홍심을 맞힌 것이 뭐가 그다지 신기한 일이랴!"

이렇게 말하고 있는데 마침 머리 위로 한 떼의 기러기가 날아갔다.

관흥이 그것을 가리켰다.

"내가 날아가는 저 기러기떼에서 셋째 놈을 쏘아서 떨어뜨리겠소!"

관흥이 활을 쏘아 보기 좋게 그 기러기를 맞혀 떨어뜨리니, 장포는 격분하여 미칠 듯이 날뛰면서 선뜻 말 위에 올라 부친이 전해 준 1장(丈) 8척의 점강모(點鋼矛)를 휘두르며 덤벼들었고, 관흥도 가전대도(家傳大刀)를 휘두르며 말 위에 올라 서로 대결하고 자웅을 결해 보려고 했다.

"이 무슨 무례한 짓인고?"

현덕이 호통을 치고 말렸더니, 두 소년 장사들은 얼른 말에서 뛰어내려 무기를 버리고 땅바닥에 꿇어 앉았다.

"그대들 둘 중에서 누가 나이가 많은고?"

현덕이 묻는 말에 장포가,

"소신이 한 살 위입니다."

하고 대답하자, 현덕이 관흥에게 장포를 형으로 섬기라고 명령하니, 두 사람은 장전(帳前)에서 화살을 꺾고 길이 서로 돕고 서로 구호하겠다는 맹세를 했다.

현덕은 조서를 내려서 오반을 선봉으로 내세우고, 장포와 관흥에게 호가(護駕)의 임무를 맡겼다. 그리고 수륙 양로로 동시에 진군을 개시하여 배와 말이 나란히 전진하여, 호호탕탕 오국으로 노도처럼 쳐들어갔다.

한편, 범강과 장달은 장비의 수급을 가지고 오후(吳侯) 손권에게 투항하여 지난 일을 자세히 보고했더니, 손권은 다 듣고 나서 두 사람을 받아들이며 백관에게 말했다.

"이제 유현덕이 제위에 올라 정병 70여만 병을 거느리고 어가친정(御駕親征)을 한다니 정세가 몹시 급박하오. 어찌했으면 좋겠소?"

백관이 깜짝 놀라 서로 얼굴들만 쳐다보고 있는데 제갈근(諸葛瑾)이 선뜻 나서면서 말했다.

"소생이 남은 생을 던져서라도 촉주(蜀主)를 만나 보고 이해관계를 설득시켜서 양국이 화해를 하고 함께 조비의 죄를 따져 보도록 하겠습니다."

손권은 크게 기뻐하여, 그 즉시 제갈근을 사자로 유현덕에게 파견하여 군사를 멈추도록 설득시키게 하였다.

82. 젊은 장수들의 공로

孫權降魏受九錫
先主征吳賞六軍

　장무 원년(章武 元年) 가을 8월, 선주 유현덕은 대군을 동원하여 기관(夔關)에 이르러 백제성(白帝城)에 가둔(駕屯)했다. 그리고 그 선봉은 이미 사천(四川)의 경계를 넘어섰을 때였다.

　측근의 신하 한 사람이 현덕에게 아뢨다.

　"오나라의 사자 제갈근이 도착하였습니다."

　현덕이 그대로 쫓아 버리라고 하니, 황권(黃權)이 아뢨다.

　"제갈근의 아우는 촉나라의 승상이 아닙니까? 반드시 일이 있어서 왔을 텐데, 폐하께서는 무슨 까닭으로 이를 거절하십니까? 불러들이셔서 그의 말을 들어 보셔야 할 것입니다. 들을 만하면 듣고, 듣기 어려운 일이면 그의 입을 빌려서 손권에게 문죄(問罪)함을 알리면 되지 않겠습니까?"

　현덕이 그의 말대로 제갈근을 성 안으로 불러들이니, 제갈근은 땅에 엎드려 절했다.

　현덕이 물었다.

　"자유(子瑜─제갈근)는 무슨 일로 멀리 여기까지 왔소?"

　제갈근이 대답했다.

"소신의 아우가 오랫동안 폐하를 섬겨 왔기에 소신은 목숨을 돌보지 않고 특히 여기까지 와서 형주의 일을 아뢰는 바입니다. 전에 관공(관운장)이 형주에 있을 때에는 오후(손권)께서 수차에 걸쳐 친연을 맺고자 요구했으나 관공이 승낙하지 않았습니다. 관공이 양양(襄陽)을 점령했을 때, 조조는 오후께 형주를 공격하라는 편지를 올렸으나 오후께서는 이에 응하지 않으셨습니다. 여몽(呂蒙)이 관공과 불목한 까닭으로 마음대로 군사를 동원하여 대사를 그르친 까닭이었습니다. 이제 오후께서는 후회막급이십니다. 이는 여몽의 죄요, 오후의 과실이 아닙니다. 이제 여몽도 세상을 떠났으니 원한도 이미 사라졌습니다. 손부인(孫夫人)께서는 항시 이곳에 돌아오시고 싶은 생각을 갖고 계십니다. 이번에 오후께서는 소신을 사자로 명령하셔서 부인을 돌아오시게 할 것과 투항한 장사들을 되돌려 보내시고 형주를 옛날과 같이 반환하셔서 길이 좋은 맹약을 맺어 함께 조비를 쳐부수어 찬역의 죄를 바로잡도록 하시자는 것입니다."

"그대의 동오(東吳)에서는 짐의 아우를 죽여 놓고도 오늘날 감히 교묘한 말로써 변명하려 하는고?"

"소신은 일의 경중대소(輕重大小)를 가려서 폐하와 논의하고자 합니다. 폐하께서는 한조(漢朝)의 황숙(皇叔)이신데, 이제 한제(漢帝) 이미 조비에게 찬탈되었는데도 이를 무찌르실 생각은 하시지 않고, 도리어 이성지친(異姓之親)이신 아우님들 때문에 만승지존(萬乘之尊)을 굽히셔서 큰 일을 버리시고 작은 일을 하시려 하십니다. 중원(中原)은 해내(海內)의 땅으로서, 양도(兩都)가 모두 대한(大漢)이 창업(創業)한 곳인데,

폐하께서는 이를 점령치 않으시고 형주를 가지고 싸우심은 중한 것을 버리시고 경한 것을 취하시는 일입니다. 폐하께서는 즉위하셨으니 반드시 한실을 일으키셔서 강산을 회복하시리라는 것은 천하가 다 알고 있는 바이온데, 이제 폐하께서 위나라를 불문에 붙여 두시고, 도리어 오나라를 토벌하려 하시니 이는 폐하를 위하여 하실 노릇이 아니라고 생각합니다."

현덕이 격분했다.

"나의 아우를 죽인 원수하고는 같은 하늘 밑에 서기도 싫다! 짐의 병력 철수는 죽기 전까지는 할 수 없는 노릇이다! 승상(공명)의 체면을 생각지 않는다면 먼저 그대의 목을 벨 것이지만, 이대로 돌려보낼 것이니, 손권에게 목을 깨끗이 씻고 죽을 준비나 하고 있으라고 전달하라!"

제갈근은 유현덕이 고집불통인 것을 보자 그대로 강남으로 돌아오는 수밖에 없었다.

한편, 장소(張昭)가 손권에게 이런 말을 했다.

"제갈근은 촉나라 군사의 수효가 많은 것을 알고, 사자로 간다는 것을 구실삼아 우리나라를 배반하고 촉나라로 달아났음에 틀림없습니다. 두 번 다시 돌아오지 않을 것입니다."

손권이 말했다.

"나와 자유(제갈근)와는 생사를 초월하여 서로 변할 수 없는 사이오. 나도 자유를 속일 수 없고, 자유도 나를 속일 수는 없소. 예전에 자유가 시상(柴桑)에 있었을 적에 공명이 오나라에 왔기에 나는 자유더러 공명을 머물러 있도록 하라고 했더니, 그 때 자유가 말하기를 '아우는 이미 현덕을 섬기고 있습니다. 의(義)에는 두 마음이 있을 수 없습니다. 아우가 이곳에 있을 수 없는 것이나 이 근이 다른 데로 갈 수 없는 것이나 똑같은 일입니다' 했소. 이야말로 신명(神明)을 궤뚫을 수 있는 말이오. 그가 이제 어찌 촉나라에 투항하리요? 나와 자유와는 신교(神交)라고 할 수 있으니 남의 말로 벌어질 사이가 아니오."

이런 말을 하고 있는데 홀연 제갈근이 돌아왔다는 보고가 들어왔다. 손권이 웃으며 말했다.

"나의 말이 과연 어떻소?"

장소는 만면에 부끄러움을 감추지 못하고 자리를 물러났다. 제갈근은 손권을 보고 유현덕에게 화해가 통하지 않는다고 말했다. 손권이 놀랐다.

"그렇다면, 강남이 위태로운 일인데!"

섬돌 아래로 한 사람이 선뜻 나서면서 말했다.

"소생에게 한 가지 계책이 있습니다. 이 위급을 풀어 놓을 수 있습니다."

그는 바로 중대부(中大夫) 조자(趙咨)였다. 손권이 물었다.

"그대에게 무슨 좋은 계책이 있소?"

"주공께서 표를 하나 작성해 주시면 소생이 사자로 가서 위제(魏帝) 조비를 만나 보고 이해관계를 설명해서 한중을 습격하게 하면 촉병이 위기에 빠질 것은 뻔한 노릇입니다."

"가장 좋은 계책이오. 그러나 경은 이번 가는 길에 동오의 기상을 손상시켜서는 안 되오."

"조금이라도 실수가 있다 하오면 강물에 빠져 죽고야 말겠습니다. 무슨 면목으로 다시 강남 사람을 대하겠습니까?"

손권은 크게 기뻐하여 그 즉시 칭신(稱臣)하는 표를 작성해서 조자를 사자로 임명했다. 조자는 밤을 새워가며 허도에 당도하여 먼저 태위(太尉) 가후(賈詡) 등과 대소 관료들을 만나봤다. 아침에 가후가 출반(出班)하여 아뢨다.

"동오에서 중대부 조자를 파견하여 표를 올리러 왔습니다."

조비가 웃으면서 말했다.

"이는 촉병을 물리치고 싶은 까닭이로군!"

곧바로 불러들였다. 조자가 섬돌에 꿇어 엎드려서 절하니 조비가 표를 다 보고 나서 조자에게 물었다.

"오후는 백성들의 주인으로서 어느 정도의 인물이오?"

"총명·인지(仁智)·웅략(雄略)의 주인이십니다."

조비가 웃으면서 또 말했다.

"그것은 너무나 지나치게 추켜세우는 말인데……."

"소신이 지나치게 자랑함이 아닙니다. 오후께서 노숙을 평범한 사람들 속에서 골라내신 것은 총명이시요, 여몽을 행진하는 군사 속에서 발탁하신 것은 머리가 밝으심입니다. 우금(于禁)을 잡으셨으나 죽이지 않으신 것은 인(仁)이요, 형주를 피묻은 칼과는 무관하게 수중에 넣으셨으니 지(智)요, 삼강(三江)에 의거하셔서 천하를 날카롭게 둘러보심은 웅(雄)이며, 폐하께 몸을 굽힘은 바로 약(略)입니다. 이런 점에서 논하옵자면 어찌 총명·인지·웅략의 주인이 아니시겠습니까?"

조비가 또 물었다.

"오주(吳主)는 학문도 상당히 아는 분인가?"

"오후께서는 만 척의 배를 강에 띄워 놓으시고 백만 대병을 거느리실 줄 알며, 어질고 능한 인물을 다룰 줄 아시고 항시

경략(經略)에 뜻을 두시며, 틈만 있으면 서전(書傳)을 보시고 사적(史籍)을 두루두루 살피시며, 그 대지(大旨)를 파악하시지만, 서생(書生)들처럼 따분하게 장귀(章句)를 찾아내고 따지는 일은 하시지 않습니다."

"짐은 오를 토벌할 생각인데 어떻겠소?"

"큰 나라에는 정벌하는 군사가 있고, 작은 나라에는 이것에 대한 방어책이 있는 법입니다."

"오나라는 위나라가 두렵지 않소?"

"백만 대병을 거느렸고, 장강(長江)·한수(漢水)를 못으로 삼고 있사온데 뭣이 두렵겠습니까?"

"동오에는 그대만한 인물이 몇 사람이나 있소?"

"대단히 총명한 인물이 8, 90명, 소신 정도의 인물이라면 수레에 싣고 말(斗)로 퍼낼 정도로 있사오니 그 수효를 이루 헤아릴 수 없습니다."

조비가 감탄해 마지않았다.

"'사방에 사신으로 보내서 군명(君命)을 욕되게 하지 않는다'는 말을 경이야말로 감당할 만하오."

조비는 그 즉시 명령을 내려서 태상경(太常卿) 형정(邢貞)을 사자로 삼아, 손권을 오왕(吳王)에 봉하고 9석(九錫)까지 내리겠다는 뜻을 전달하라 하니 조자는 은혜에 감사하고 성밖으로 나갔다.

이러한 처사에 대해서 대부(大夫) 유엽(劉曄)이 맹렬히 반대했으나, 조비는 그의 고집대로 시종일관했다.

"짐은 오나라도 돕지 않고, 촉나라도 돕지 않을 것이오. 오와 촉이 서로 싸우다가 어느 편이고 다른 한편을 격파해서 한

나라가 됐을 때, 그때 이것을 공격하면 쉽사리 뜻을 이룰 수 있을 것이오. 짐은 이미 결심한 바 있으니 경은 아무 말도 하지 마시오."

조비는 이렇게 딱 잘라서 말해 버리고 태상경 형정을 조자와 동행시켜서 책석(冊錫)을 받들고 동오로 떠나도록 명령했다.

한편, 손권이 백관을 소집해 놓고 촉나라 군사를 방비할 대책을 강구하고 있는 데 위왕이 그를 오왕에 봉하겠으니 나와서 사자를 영접하라는 보고가 들어왔다.

그러자 고옹(顧雍)이 맹렬히 반대하며 그런 작위는 받지 않는 것이 좋다고 간했으나, 손권은 시세(時勢)에 응하는 도리밖에 없다고 강경히 고집했다. 마침내 손권은 성 밖으로 나가서 형정을 영접했고, 그와 말을 나란히 해서 입성한 후 작위를 받고 문무 백관의 축하를 받았으며, 아름다운 옥과 밝은 구슬 등을 마련해서 사례하기 위해 사자까지 조비에게 파견했다.

바로 이때 촉군이 수륙 양면으로 위풍당당히 쳐들어온다는 놀라운 소식이 염탐꾼에 의해서 전해졌다.

손권이 어찌할 바를 모르고 탄식하고 있을 때, 한 젊은 대장이 분연히 앞으로 나서더니 꿇어 엎드리며 말했다.

"소신이 비록 나이는 어리다 하오나 병서(兵書)를 공부한 바 있사오니, 병력 수만을 주시면 촉병을 격파하겠습니다."

손권이 자세히 살펴보니 그는 바로 손환(孫桓)이었다. 손환은 자를 숙무(叔武)라 하며, 부친의 이름은 하(何)요, 본성은 유(兪)였는데, 손권의 형 손책의 총애를 받아, 사성(賜姓)하여 손씨가 되었다. 환은 하의 네 아들 중의 장자인데, 말타기와 활쏘기의 재간이 뛰어나서 항시 오왕(吳王)을 따라 출진하여 여러번 큰 공을 세웠으며, 이때에 무위도위(武衛都尉)의 직책을 맡고 있었으니 나이 26세였다. 손권이 물었다.

"그대에게 무슨 계책이 있어서 이길 수 있다 하는고?"

"소신에게는 이이(李異)·사정(謝旌)이라는 두 대장이 있사온데, 모두 만부부당(萬夫不當)의 용맹을 지니고 있습니다. 군사 수만 명만 주셔서 유현덕을 붙잡도록 해 주시기 바랍니다."

"조카가 비록 영용하다지만 아직도 나이 어리니 어찌하겠나? 반드시 도와줄 사람이 하나 있어야지."

주연(朱然)이 선뜻 나섰다.

"소신이 젊은 장군과 함께 유현덕을 붙잡아 오겠습니다."

손권은 손환을 좌도독에, 주연을 우도독에 봉하고, 수륙 양군 5만을 정비시켜서 그날로 떠나 보냈다. 초마가 탐지해 오기를, 촉군이 이미 의도(宜都)에 진을 치고 있다 하니 손환은 2만 5천의 군사를 거느리고 의도의 경계지대로 진군하여 전후 세 군데에 진을 쳐놓고 대비하고 있었다.

이때, 촉군의 대장 오반(吳班)은 선봉의 인(印)을 받아 가지고 출전한 이래 가는 곳마다 적군은 싸우지도 않고 항복했으니, 피 한 방울도 흘리지 않고 의도에까지 다다랐는데, 손환이 진을 치고 있다는 소식을 탐지하자, 그 즉시로 선주 유현덕에게 급보를 전달시켰다.

유현덕은 이때 자귀(秭歸)에 도착했는데, 이 소식을 듣고 대로했다.

"어린 놈이 어찌 감히 짐에게 대항하려 든단 말인고!"

관흥이 아뢨다.

"손권이 이런 아이를 장수로 내세웠다 하오면 폐하께서도 대장을 내보내실 것까지 없습니다. 원컨대 소신이 나가서 잡아오겠습니다."

현덕은 곧바로 관흥에게 출동하도록 명령을 내렸다. 관흥이 작별인사를 하고 자리를 물러나려고 하는데 장포가 나섰다.

"관흥이 적(賊)을 치러 나간다면 소신도 동행하고 싶습니다."

"조카 둘이서 동행한다니 심히 묘한 일이군! 그러나 피차간에 조심해서 실수가 없도록 하게."

관흥과 장포는 현덕의 앞을 물러나서 선봉과 합세하여 함께 진군을 개시하고 진세를 정비했다.

한편 손환은 촉나라 대군이 습격해 온다는 소식을 알고 당장 영채를 정비하여 대결 태세를 갖추었다.

장포와 손환은 한동안 서로 노려보며 욕설만 퍼붓고 있다가 성미 급한 장포가 먼저 사모창을 휘두르며 손환에게 덤벼들었다. 손환의 등뒤에 있던 사정이 재빨리 대들어서 30여 합을 싸우다가, 사정은 도주했고 장포가 추격했다. 사정이 패하리라는 것을 알아차린 이이가 당황하여 금도끼를 휘두르며 말을 달려 싸움을 거들려고 달려들었다. 그러나 장포와 20여 합을 대결해도 승부가 나지 않았다.

이 순간에, 오나라의 부장 담웅(譚雄)이 이이가 도저히 장포를 감당해 내지 못하리라는 것을 간파하자, 먼곳에서 몰래 활을 쏘아서 장포의 말을 맞혔다.

말은 부상을 입은 채 본진을 향해 달렸으나 문기(門旗) 근처까지 이르기 전에 털썩 쓰러져서 장포는 땅 위에 내동댕이 쳐지고 말았다.

이이는 도끼를 휘두르며 장포에게 달려들어 그의 머리를 내리찍으려는 아슬아슬한 찰나, 홀연 한 줄기 붉은 빛이 번갯불처럼 스쳐 지나가더니 이이의 목이 허공으로 날아서 땅 위에 떨어지고 말았다.

이것은 관흥이 장포의 말이 되돌아오는 광경을 바라보고 있다가 싸움을 거들러 내닫는 순간, 말이 쓰러지고 장포가 위기일발에 처해 있는 것을 발견하자, 호통을 치며 이이의 목을 한칼에 날려 버린 것이었다.

장포를 구출한 관흥은 그대로 밀고 나가서 적을 무찔렀고, 손환은 대패하고 말았으며, 이날은 양군이 징을 울려서 싸움을 일단 중지시켰다.

그 이튿날도 치열한 육박전이 또 계속되었다. 손환이 대로하여 도전해 오는 관흥과 대결했으나 30여 합을 싸우자 도주해 버렸고 관흥·장포 두 장수가 적진으로 돌진해 들어가니 오반도 장남(張南)·풍습(馮習)을 거느리고 함께 쳐들어갔다.

선두에서 달리던 장포는 사정과 맞닥뜨리게 되자 한칼에 그를 찔러 죽여 버렸고, 오군은 뿔뿔이 흩어지는 수밖에 없었다. 촉군의 대장들이 적군을 맹렬히 무찌르고 나서 군사를 수습해 보니, 관흥 한 사람만이 보이지 않았다. 장포가 깜짝 놀라서 즉시 말을 달려 관흥의 행방을 찾아서 몇 리 길을 달려갔더니, 관흥이 왼손에는 칼을 든 채 오른손에는 대장 한 사람을 산채로 붙잡아 가지고 돌아오는 것이었다.

"그는 누군가?"

하고 장포가 물었더니 관흥이 대답했다.

"난군(亂軍) 중에서 원수 한 놈을 만났기에 산채로 잡아오는 길이오."

　장포가 쳐다보니 그것은 바로 그 전날 먼곳에서 몰래 활을 쏘아 자기의 말을 부상당하게 했던 담웅이었다.

　장포는 크게 기뻐하여 함께 본진으로 돌아와서 담웅의 목을 베어 죽은 말에게 제사를 지내주고, 표를 작성하여 선주 유현덕에게 사람을 파견하여 승리를 보고했다.

　손환은 이이·사정·담웅 등 여러 장사를 잃고, 도저히 감당해 낼 힘이 없자 급히 오로 사람을 파견해서 원군을 청하기로 했다.

　한편, 촉군의 진영에서는 대장 장남과 풍습이 오반과 함께 새로운 작전을 세웠다. 그것은 적군의 허를 찔러서 야습을 감행하자는 것이었으며, 적장 주연을 유도해서 끌어내 놓고, 관흥·장포 두 대장이 산곡간에 숨어 있다가 쳐부술 것, 이렇게 하기 위해서 가짜 투항병을 주연에게 미리 보내서 이편에서 야습할 것이라고 자극을 주자는 것이었다.

　주연은 손환이 많은 장사들을 잃어버렸다는 소식을 듣자, 구원하러 나가려고 하는데, 홀연 복로군(伏路軍)이 투항하러 오는 소졸 몇 명을 배에 태워 가지고 나타났다. 한 소졸이 말했다.

　"저희들은 풍습의 부하였습니다만, 은상(恩賞)에 불만을 품고 도주하여 투항하러 왔습니다. 비밀히 알려드리는 바입니다만, 오늘밤에 풍습은 이편의 허를 찔러서 손장군의 영채에 야습을 감행할 작정이오며, 불길이 일어나는 것을 신호로 삼고 행동을 개시할 것입니다."

이 소졸들이 바로 풍습 편에서 파견된 가짜 투항병임은 더 말할 것도 없었다. 이 말을 듣자, 주연은 곧바로 손환에게 사자를 급파했으나 그 사자는 도중에서 관흥의 손에 죽고 말았다.

주연은 또 군사를 인솔하고 손환을 구원하러 나서려고 상의했더니, 부장 최우(崔禹)가 말했다.

"소졸들의 말이란 깊이 믿을 만한 게 못 됩니다. 만약에 잘못이 있다면 수륙 양군이 모조리 궁지에 빠지게 될 것입니다. 장군께서 수채(水寨)를 잘 지키고 계시면, 소생이 장군을 대신하여 한 번 나가 보고 싶습니다."

주연은 그 말대로 최우에게 군사 만 명을 인솔하여 적을 공격하라 명령했다.

그날밤, 풍습·장남·오반은 3로(三路)로 군사를 나누어 가지고 손환의 채중(寨中)으로 돌격을 가했다. 불길이 사방에서 치밀어오르며 오병들은 일대 혼란을 일으키고 살 길을 찾아서 도주하기에 바빴다.

최우가 행군을 계속하고 있는데 홀연 불길이 치밀어오르는 것이 보였다. 군사를 급히 몰아 앞으로만 나가고 있었다. 어느 산기슭을 막 돌아서자니, 홀연 산곡간에서부터 북소리가 요란스럽게 울리며 왼쪽에서 관흥, 오른쪽에서 장포가 일제히 내달았다. 대경실색한 최우, 말머리를 돌려서 도주하려 하는데, 장포가 정면에서부터 덤벼들더니 단 1합을 싸우자마자 최우를 산채로 붙잡아 버렸다. 주연은 위급한 소식을 듣자, 배를 5, 60리 하류로 후퇴시켰다.

손환은 패잔병을 인솔하고 도주하면서 부장에게 물어 보았다.

"앞으로 나가면 어느곳의 성이 견고하고 양식도 많소?"

"여기서 곧장 북쪽으로 가면 이릉성이 있사온데, 가히 둔병할 만한 곳입니다."

손환이 패잔병을 거느리고 이릉을 향하여 곧장 달려가서 성안으로 막 들어서려는데 벌써 오반이 재빨리 뒤를 추격해서 사방을 물샐 틈도 없이 포위해 버렸다.

한편, 관흥과 장포가 최우를 끌고 자귀로 돌아가니, 선주 유현덕은 크게 기뻐하며 최우를 참하라 명령했고, 3군에 대상을 내렸다. 이때부터 현덕의 위풍은 천하를 진동했고, 강남의 모든 장수들의 간담을 서늘하게 했다.

한편, 손환이 구원을 청하는 사자를 파견하니 오왕 손권은 크게 놀라서 그길로 문무백관을 소집해 가지고 대책을 상의했다.

"이제 손환은 이릉에서 포위를 당했고, 주연의 수군도 대패했으니, 저 촉병의 큰 세력을 어찌 막으면 좋겠소?"

장소가 대답했다.

"지금 장수들이 세상을 떠난 사람이 많다지만, 아직도 10여 명은 있사온데 유현덕을 두려워할 거야 있겠습니까? 명령을 내리셔서 한당을 정장(正將)으로 주태를 부장으로, 반장을 선봉으로, 능통을 합후(合後)로, 감녕을 구응(救應)으로 삼으시고 군사 10만을 동원하시면 막아내실 수 있습니다."

손권은 그 말대로 당장에 모든 장수들에게 출동령을 내렸다. 이때 감녕은 이질을 앓고 있었는데, 병자의 몸으로 출정했다.

선주 유현덕은 무협(巫峽) · 건평(建平)에서 곧장 이릉 경계 지대에 이르는 70여 리를 40여 군데의 영채로 연결시켜 놓고, 관흥 · 장포가 계속적으로 큰 공을 세우는 것을 보자, 이렇게 말했다.

"옛날에 짐을 따르던 여러 장수들은 모두 늙어서 쓸모 없게 됐는데, 또다시 두 조카가 이같이 대단한 영웅들이니 짐이 손권을 두려워할 게 무엇이 있으리오!"

이런 말을 하고 있는데, 홀연 한당과 주태가 군사를 거느리고 쳐들어온다는 보고가 들어왔다.

현덕이 그 즉시 대장을 파견하여 대적하게 하려 했더니, 측근의 신하가 아뢨다.

"노장 황충이 부하 5, 6명을 거느리고 동오에 투항했습니다."

현덕이 웃으며 말했다.

"황한승(황충)은 반역할 사람이 아니다. 짐이 늙은 사람은 쓸모가 없다고 한 마디를 잘못했더니, 그 늙었다는 게 마땅치 않아서 용기를 내서 대적하러 나간 것이다."

현덕은 곧 관흥과 장포를 불러들여서 이번 싸움에는 황충이 위태로우니 나가서 싸움을 거들어 주고, 그가 작은 공로라도 세우거든 즉시 함께 돌아오라고 당부했다. 두 장수는 곧 황충을 도와주러 나갔다.

이야말로 노신(老臣)이 충군(忠君)의 뜻을 저버리지 않으니 젊은이도 보국(報國)의 공을 세울 수 있다는 것이다.

83. 백면서생, 대장이 되다

때는 장무(章武) 2년(서기 222년) 봄, 정월.

무위후장군(武威後將軍) 황충은 유현덕이 노장은 쓸모 없다고 한 말을 노엽게 생각하고 용기를 내어 부하 5, 6기를 거느리고 이릉 영중(營中)으로 달려갔다.

오반이 장남·풍습과 함께 그를 영접하고 무슨 일로 이렇게 달려왔느냐고 물었더니, 황충이 대답했다.

"내 나이 비록 칠순이라고는 하지만, 아직도 고기 열 근을 먹고 이석지궁(二石之弓)을 쏠 수 있소. 어제 주상께서 우리 늙은 위인들은 쓸모가 없다고 하셨기에 여기까지 달려와서 동오와 싸워서 내가 적장의 목을 베는 솜씨가 늙었는지 늙지 않았는지 한번 보여드리고자 하는 바요."

이런 말을 하고 있는 사이 홀연 오병이 벌써 앞에서 쳐들어오고 초마가 영채 근처까지 대들었다는 보고가 날아들었다. 그러자 노장 황충은 여러 사람들이 말리는 말도 듣지 않고 마침내 오군의 진두로 달려나가서 말을 멈추고 칼을 움켜잡더니 선봉 반장에게 도전했다.

반장은 부장 사적(史蹟)을 출마시켰다. 사적은 황충이 늙었다 업신여기고 대뜸 창을 휘두르며 덤벼들었지만, 3합도 싸우지 못하고 황충의 칼에 목이 날아가 버렸다.

반장이 격분하여 예전에 관운장이 쓰던 청룡도를 휘두르며 덤벼들었으나, 황충의 분투 앞에 견디다 못해서 몇 합도 싸우지 못하고 말머리를 돌려 도주해 버렸다.

황충은 반장을 추격하여 오병을 시원스럽게 무찔러서 몰아내고 돌아오는 길에 관흥·장포를 만났다. 유현덕이 싸움을 거들어 주러 나가라고 해서 왔는데 그만큼 공로를 세웠으니 영채로 돌아가는 게 좋겠다고 권고하는 관흥·장포의 말에, 노장 황충은 귀도 기울이지 않았다.

그 이튿날, 반장이 또다시 쳐들어오니 황충은 오반이 싸움을 거들겠다는 것도 뿌리치고 친히 군사 5천을 거느리고 그와 대결했다.

"오늘이야말로 관공(관운장)의 원수를 갚아야겠다!"

호통을 치며 추격해 나간 황충이 30리도 채 못 가서 사방에서 고함소리가 일어났다. 그리고 복병이 일제히 덤벼들고, 앞에서 반장, 뒤에서 능통이 황충을 옴쭉도 못하게 포위하고 말았다.

이때 광풍이 사납게 일어나고 급히 후퇴하려는 황충의 한쪽 어깨에 번갯불같이 날아들어 꽂히는 한 자루의 화살.

그 뒤로 또 맹렬히 공격해 들어오는 오군을 가로막고 황충을 구출한 것은 역시 관흥과 장포였다.

화살을 맞은 채 영채로 돌아온 황충은 늙은 몸을 그 이상 지탱하지 못하고 생명이 위독해졌다. 선주 유현덕은 그의 등을 어루만지며,

"노장군이 부상을 입게 된 것은 짐의 과실이었소!"
하고 괴로워했으나, 드디어 황충은 75세의 고령으로 그대로 정신을 잃고 절명하고 말았다.

오호대장(五虎大將) 중에서 이미 세 장수를 잃은 현덕은 슬픔을 금치 못했다. 곧바로 어림군(御林軍)을 효정(猇亭)으로 진격시키고, 전군을 8로로 나누어서, 수로는 황권(黃權)에게 맡기고, 현덕 자신이 대군을 거느리고 육로로 출발했다. 때는 장무 2년 2월 중순이었다.

마침내 양군은 맞닥뜨려졌다.

저편은 한당·주태, 주태의 아우 주평(周平), 그리고 부장 하순(夏恂).

이편은 유현덕·관흥·장포.

치열한 접전 속에서 장포가 무서운 호통소리와 함께 하순을 한칼에 찔러서 거꾸러뜨리고, 주평을 또한 한칼에 찔러서 죽여 버렸다.

관흥·장포 두 장수가 계속하여 육박해 들어가니 한당·주태는 당황하여 영채를 향해 뺑소니를 쳐버렸다. 이 광경을 보고 있던 현덕이,

"과연 범 같은 아버지(虎父)에게 개 같은 아들(犬子)은 없도다!"
하고 감탄하여 마지않으며, 채찍을 한번 선뜻 휘두르니, 촉군의 8로 군사들은 노도처럼 일제히 쳐들어갔고, 오군의 전사자는 벌판에 즐비하게 나뒹굴게 되니 피가 강물처럼 흘렀다.

한편 오군의 감녕은 이질에 걸려서 배 안에 혼자 남아 있다가, 촉군이 쳐들어왔다는 소식을 듣고 급히 말에 올라 도주하

려는데, 홀연 앞을 가로막는 만왕(蠻王) 사마가(沙摩柯)가 거느리는 만병(蠻兵)과 맞닥뜨리게 되어서 머리에 화살을 맞은 채 부지구(富池口)까지 달아났다.

그러나 마침내 큰 나무 아래 주저앉아서 절명하고 말았다. 나무 위에 떼를 지어 앉아 있던 까마귀들이 그의 시체를 둘러싸고 빙빙 돌고 있었다. 오왕은 이 소식을 알자 애통해 마지 않으며 예를 갖추어 후히 장사를 지내 주었다.

유현덕은 드디어 오병을 완전히 격퇴시키고 효정을 점령했다. 군사를 수습해 놓고 보니 관흥이 보이지 않아 몹시 당황하여 그 즉시 장포와 그밖의 몇 사람을 내세워서 관흥의 행방을 탐지하게 했다.

관흥은 오군의 진지로 쳐들어가는 도중, 원수 반장과 맞닥뜨리게 되어서 말을 달려 그를 추격했다. 반장이 산곡간으로 뺑소니를 쳐서 행방을 감춰 버리니, 관흥은 그를 찾아서 이리저리 헤매다가 날이 저물고 길을 잃어버리게 되었다. 밤 2경이나 되었을 때에야 다행히 어떤 산장을 찾아들어 한 노인의 집에서 잠자리를 내어 주어 쉬게 되었다.

공교롭게도 그 집 당내(堂內)에는 촛불이 밝게 켜 있고, 중당(中堂)에는 관운장의 모습을 그림으로 그린 신상(神像) 한 폭이 벽에 붙어 있었다.

관흥은 통곡하며 그 앞에 꿇어 엎드려 절을 했고, 그가 관운장의 아들 관흥임을 알게 된 이 집 노인은 관운장 재세시의 용맹을 칭송하면서 관흥에게 술과 음식을 잘 대접했다. 그리고 말까지 안장을 내려놓고 배불리 먹이를 주었다.

그런데 밤이 3경쯤 되었을 무렵.

갑자기, 이 집 문을 두드리며 하룻밤의 잠자리를 청하는 또 한 명의 장수가 있었으니 그는 바로 오군의 대장 반장이었다.

외나무 다리에서 만난 원수.

노인이 문을 열어주니 얼른 안으로 들어서던 반장이 관운장의 신상을 흘끗 쳐다보자마자 혼비백산하는 순간, 관흥의 손에 든든히 잡힌 칼날이 번쩍 광채를 발하면서 단숨에 반장의 목을 베어서 땅 위에 내동댕이쳤다.

관흥은 그의 부친이 쓰던 청룡언월도(靑龍偃月刀)를 다시 수중에 넣고 반당의 수급을 말머리에 매달고 반장의 말을 집어타고 본영을 향해서 말을 달렸다.

관흥이 몇 리 길도 가지 못해서 홀연 나타나며 앞을 가로막는 대장이 한 사람 있었다. 그는 바로 반장의 부장 마충(馬忠)이었다.

관흥은 발연대로하여 청룡언월도를 휘두르며 마충을 없애버리려고 덤벼들었는데 난데없이 마충의 부하 3백여 명이 습격해 와서 관흥을 옴쭉도 못하게 포위하고 말았다.

관흥은 단기.

위기일발의 찰나에 홀연 서북쪽에서부터 1대의 군마가 비호같이 날아들었다. 바로 장포였다. 마충은 당황하여 곧바로 군사를 몰고 뺑소니를 쳤으며, 관흥·장포가 이를 추격했더니, 미방·부사인(傅士仁)이 마충을 찾아 나섰다가 앞을 가로막고 덤벼들어서 혼전이 벌어졌다. 장포와 관흥은 병력이 넉넉지 못함을 재빨리 간파하고 황망히 철퇴해 버렸다.

그들이 효정으로 돌아와서 반장의 수급을 현덕에게 바치고 자초지종을 이야기하니, 현덕은 감탄하여 마지않으며, 3군에 상을 후히 내렸다.

한편, 마충은 진지로 돌아와서 한당·주태를 만나 함께 패잔병을 수습하고, 부사인·미방을 거느리고 강변에 다시 진을 쳤다.

3경에 병사들의 통곡소리가 들려와서 미방이 몰래 군정을 살펴보니 병사들의 사기는 땅에 떨어졌고, 미방과 부사인을 원수같이 여기며 그들을 죽여 버리고 촉군에 투항할 궁리를 하고 있는 것이었다.

미방은 깜짝 놀라서, 부사인과 상의한 끝에 그날밤으로 영채로 돌아와서 마충을 찔러 죽이고, 그 수급을 가지고 수십기를 거느리고 효정으로 급행하여 눈물을 흘리며 유현덕에게 투항을 애원했다.

유현덕은 노기가 충천하여 제단을 마련해 놓고 마충의 수급을 제물로 올리고, 또 관흥에게 명령하여 미방·부사인을 발가벗겨서 영전에 끌어낸 다음 친히 칼을 잡고 과살(剮殺)해서 관운장의 위령제를 지냈다.

이때, 장포가 선뜻 나서면서,

"둘째 백부의 원수는 이미 주륙했사오나, 신의 아버지의 원수는 언제 갚아 보겠습니까?"

하면서 통곡하니 현덕은 강남만 평정하면 반드시 그때가 올 것이라고 장포의 쓰라린 마음을 위로해 주었다.

한편 한당·주태는 유현덕이 관운장의 원수를 갚고 제사를 지냈다는 사실을 알자 당황하여 손권에게 보고했더니, 손권은 접을 집어먹고 문무백관을 모아 상의했다.

보즐(步騭)이 말하기를 촉제(蜀帝)가 지금껏 미워하고 있는 범강(范彊)·장달(張達)이 아직도 오에 있으니 그들을 잡아서 장비의 수급과 함께 돌려 보내고, 형주를 내주고 현덕의 부인(손권의 누이동생)을 돌려보내서 화해를 구하면서 함께 위를 쳐부수자고 하면 촉군은 저절로 물러가리라는 것이었다.

손권은 그 의견대로 침향(沈香)나무 갑에 장비의 수급을 담고, 범강·장달을 결박해서 함거(檻車) 안에 가두어 가지고 정병(程兵)에게 국서를 주어서 효정으로 떠나 보냈다.

선주 유현덕은 장비의 수급이 아직도 살아 있는 것만 같아 통곡하여 마지않으며, 장포에게 명령하여 장비의 제단을 마련하게 했고, 장포는 범강·장달을 산산조각이 나도록 찔러 죽여서 그의 부친의 영혼을 위로했다.

그러나 유현덕의 격분은 좀처럼 가라앉지 않았다.

"짐이 이가 갈리는 원수는 바로 손권이다. 이제 네놈들과 화해를 맺는다면 두 아우와의 옛 맹약을 배반하는 것이다. 이제는 먼저 오를 쳐부순 다음으로 위를 격파하는 것뿐이다." 하면서 사자의 목을 베어 버리겠다는 것을 여러 관원들이 간신히 말렸다. 손권의 사자가 도주하다시피 돌아와서 오왕에게 이런 사정을 보고했더니 손권은 대경실색, 어찌할 바를 몰랐다.

감택(闞澤)이 출반하여 하늘도 버티어 낼 만한 인물이 있는데 어째서 기용하지 않느냐고 아뢌다.

그 인물이란 형주에 있는 육백언(陸伯言―陸遜)을 말하는 것이었다. 감택의 말에 의하면 육백언은 비록 선비 출신이긴 하지만, 사실은 웅재대략(雄才大略)을 지니고 있으며, 주유와

도 견줄 만한 인물이니, 그를 기용하면 촉을 격파하기에 문제 없으리라는 것이었다.

그런데 옆에서 장소·고옹·보즐이 이구동성으로 반대했다. 그 이유는 육손은 일개 서생으로 인망도 없는 인물이며, 고작해야 1군(郡)을 다스릴 재목밖에 못 된다는 것이었다.

감택이 화가 나서 소리쳤다.

"만약에 육백언을 기용하지 않으신다면 동오는 마지막입니다! 소신은 온 가족을 다 내놓고서라도 보증하겠습니다."

손권도 결심을 했다. 여러 사람의 반대를 물리치고 육손을 불러들이라고 명령했다. 육손은 오군 오현(吳郡吳縣) 사람으로 한나라 성문교위(城門校尉) 육우(陸紆)의 손자이며, 구강군(九江郡) 도위(都尉) 육준(陸駿)의 아들이었다. 신장이 8척, 얼굴이 백옥 같고 진서장군(鎭西將軍)의 관직에 있었다.

인사가 끝나자 손권이 말했다.

"이제 촉병이 국경선에 박두해 왔으므로, 내가 경에게 명령하니, 군마를 총독하여 유비를 격파해 주기 바라오."

"강동 땅의 문무(文武)는 모두 대왕님의 오랜 신하들이온데, 소신은 연소하고 재주 없는 몸이오니 어찌 감당해 낼 수 있겠습니까?"

"이제 경을 대도독(大都督)에 임명할 것이니 경은 사퇴하지 마시오."

"만약에 모두 불복하오면 어찌하겠습니까?"

손권은 패검(佩劍)을 잡았다.

"만약에 호령을 듣지 않는 자 있으면 선참후주(先斬後奏)하라!"

"중한 명을 내리셨으니 어찌 배명(拜命)하지 않겠습니까?

원컨대 대왕님께서는 내일 중관(衆官)을 소집하시고 연후에 사신(賜臣)하옵소서."

감택이 말했다.

"옛적에 대장을 명할 때는 반드시 단을 마련하고, 모든 사람을 모아 놓고 백모 황월(白旄黃鉞)과 인수 병부(印綬兵符)를 하사하신 뒤에 엄숙하게 위령(威令)이 행사되었습니다. 이제 대왕님께서는 마땅히 이 예식을 준행하심에 있어서, 택일하여 단을 쌓으라 하시고 육손으로 하여금 대도독을 임명하시고, 절월(節鉞)을 내리시면 모든 사람이 불복할 리 없습니다."

손권은 그 말대로 명령을 내려 밤을 새워가며 단을 마련케 했고, 백관을 소집해 놓고 육손에게 등단을 청하여 대도독·우호군(右護軍)·진서장군의 직을 임명하고, 누후(婁侯)에 봉했다. 그리고 보검 인수(寶劍印綬)를 하사하여 6군 81주와 아울러 형초(荊楚)의 각로 군마를 총독 장악하게 했다.

오왕이 또 부탁의 말을 했다.

"내부의 일은 내가 맡을 것이니 외부 일은 장군이 다스려 주시오."

육손은 명을 받고 단 아래로 내려와서 서성(徐盛)·정봉(丁奉)을 호위로 그날로 출사(出師)하라 명령했고, 또 한편으로 각로의 군마를 정비하여 수륙 양면으로 동시에 진격하게 했다.

문서가 효정으로 전달되니 한당·주태가 깜짝 놀랐다.

"주상께서는 어찌하여 일개 서생을 시키셔서 군사를 통솔하도록 하시는 걸까?"

육손이 도착하니 모든 사람의 불평이 대단했다. 육손이 장(帳)에 나가서 의사(議事)를 시작하니 여러 사람들이 억지로

치하했다.

육손이 말했다.

"주상께서는 나를 대장으로 임명하셨고, 군사를 독려하여 촉을 격파하라 하셨소. 군에는 언제나 법이 있으므로 공들은 마땅히 준수해야 할 것이며, 위반할 때에는 왕법(王法)에 의해 처리할 것이니, 후회하는 일이 없도록 하시오."

감히 말하는 사람이 없더니, 한참만에 주태가 입을 열었다.

"지금, 주상님의 조카이신 안동장군(安東將軍) 손환이 이릉성에 포위되어 군량도 없고 구원병도 가지 않아서 곤경에 빠져 계시니, 도독께서는 급히 좋은 계책을 세우셔서 손공을 구출하여 주상님을 안심시켜 드리십시오."

"손장군이 군심을 잘 파악하고 있다는 걸 나는 평소에 잘 알고 있으니, 반드시 지키고 있을 것이므로 구원병을 보낼 것까지는 없소. 내가 촉을 격파하고 나면 그는 저절로 나올 수 있을 것이오."

모든 사람이 육손의 말을 듣자, 비웃으며 자리를 물러났다.

한당이 주태에게 못마땅해서 말했다.

"저런 어린 사람을 장수에 임명했으니 우리 동오도 마지막이오! 공은 그의 소행을 어떻게 생각하시오?"

"나도 좀 속을 떠 봤지만, 아무런 계책도 없는 모양이니 어찌 촉을 격파하겠소?"

이튿날, 육손은 여러 장수들에게 각처의 요소를 견고히 지키고 경솔히 나와 싸우지 말라고 명령했지만, 그 명령이 잘 이행되지 않아서 그것이 무슨 까닭이냐고 물어 봤다. 그랬더니 한당이 대답했다.

"나는 손장군을 따라서 강남을 평정한 뒤로부터 수백 번 싸움을 경험했으며, 다른 여러 장수들도 역시 토역장군(討逆將軍)을 따라서, 혹은 현재의 대장님을 따라서 무장을 갖추고 창칼을 잡고 생사를 들락날락한 사람들이오. 이제 주상님께서는 공을 대도독에 임명하시고 촉병을 물리치라 하셨으니 마땅히 계책을 세우시고 군사를 동원하여 대사를 도모하셔야 할 텐데, 그저 지키고 싸우지 말라고만 하시니, 어찌 하늘이 적(賊)을 죽여주기만 기다리고 있으리까? 나는 삶을 꾀하려고 죽음을 두려워하는 사람이 아니지만, 우리들의 예기를 꺾어 놓으시는 것은 무슨 까닭이시오?"

장하의 모든 장수들이 입을 모아 말했다.

"한장군의 말이 옳소. 우리들도 한 번 결사적으로 싸워 보고 싶소."

육손이 그 말을 듣더니 칼을 움켜잡으며 무서운 음성으로 소리쳤다.

"내 비록 일개 서생이라고는 하지만, 이번에 주상님께서 중임을 맡기셨을 적에는, 다소라도 나에게 취하실 점이 있고 능히 욕됨을 참고 중임을 책임질 만하다고 인정하신 까닭이오. 그대들은 어디까지나 각 요소요소를 수비하고 망동하지 마시오. 명령에 위반하는 자는 모두 참하겠소!"

모두 투덜거리며 그 자리를 물러났다.

한편 선주 유현덕은 효정에서 사천(四川)에 이르는 7백 리를 연결해서 군마를 포열(布列)하고 전후 40군데나 영채를 마련해 놓고 있었다.

하루는 염탐꾼이 보고하기를 동오의 육손이 대도독이 되어서 군사를 통솔하고 여러 장수들에게 명령하여 요소를 견고히 수비하고 있다는 것이었다.

육손이 누구냐고 물었더니, 마량이 대답했다.

"육손은 동오의 나이 어린 서생에 지나지 않습니다만 재간이 많고 모략이 대단합니다. 예전에 형주를 습격한 것은 모두 이 사람의 속임수에서 나온 것입니다."

선주가 대로했다.

"놈이 속임수를 써서 짐의 두 아우를 죽였다면, 마땅히 놈을 붙잡아야겠소!"

그 즉시 진병령(進兵令)을 내렸다. 마량이 간했다.

"육손의 재간은 주유에 못지않습니다. 만만히 보셔서는 안 됩니다."

그러나 유현덕은 그런 말을 들을 생각도 하지 않고 친히 전군을 거느리고 각처 관진(關津) 요소로 공격을 개시했다.

한편 한당은 유현덕의 군사가 쳐들어오는 것을 보자, 육손에게 사람을 급히 파견했다. 한당이 경거망동이나 하지 않나 해서 당장에 말을 달려온 육손이 사방을 살펴보니, 한당은 산 꼭대기에 말을 멈추고 있으며 촉군이 물밀듯이 몰려들고 있는데, 군중에서 은은히 누런 비단 일산이 바라다 보였다.

한당이 손가락으로 가리키며 말했다.

"군중에 반드시 유현덕이 있을 것이니, 내가 나가서 한번 싸워 보고 싶소."

육손이 대답했다.

"유현덕은 군사를 거느리고 동쪽으로 내려와서 10여 차례

연승했고, 예기가 왕성하니 지금은 이 높은 곳에서 요소를 지키고 경솔히 나가지 않는 것이 좋겠소. 나가면 반드시 불리하오. 장수와 군졸을 격려하여 수비책을 널리 세워서 정세 변동을 관망하도록 하시오. 지금 적군은 평원 광야 사이를 치달으며 이야말로 의기양양하겠지만, 우리 편에서 든든히 지키고 나서지 않으면 싸울래야 싸울 수가 없을 것이고, 반드시 산림 수목 사이로 이동해서 진을 칠 것이니, 나는 그때 기계(奇計)로써 적을 이겨 보려 하오."

한당은 입으로는 응낙하면서도 마음속으로 불만이 컸다. 유현덕이 아무리 매도하고 도전을 해도 육손은 각처 요로를 돌아다니면서 병사들에게 절대로 가볍게 움직이지 말고 든든히 지키고만 있으라고 명령했다.

적군이 덤벼들지 않자 점점 초조해지는 유현덕에게 마량이 아뢨다.

"육손이 싸우려고 하지 않는 것은 아군에 무슨 변동이 있기만 기다리고 있는 것입니다. 폐하께서는 잘 살피시기 바랍니다."

선봉 풍습이 또 아뢨다.

"날씨가 너무 더워서 군사는 불덩이 속에 진을 치고 있는 것 같습니다. 물을 얻기가 매우 불편합니다."

선주는 각영에 명령을 내려서 모두 산림이 무성한 곳으로 이동하라 하고 가을이 되기를 기다려서 총공격을 개시할 작정을 했다. 마량이 군사를 이동하는 도중에 오군의 습격을 받지나 않을까 걱정했더니, 현덕이 말했다.

"짐이 오반에게 명령하여 약한 군사 만 명을 거느리고 오영(吳營)의 가까운 지점에 주둔시킬 것이며, 짐이 친히 8천 정병을 뽑아 가지고 산곡간에 숨어 있겠소. 만약에 육손이 짐이 군을 움직인 것을 알아채면 반드시 습격해 올 것이오. 그때에는 오반에게 명령하여 싸움에 패한 체하고 달아나게 할 것이니, 육손이 추격해 오기만 한다면, 짐이 군사를 인솔하고 갑자기 나타나서 귀로를 차단하면 놈은 결국 붙잡히고야 말 것이오.”

마량이 또 아뢨다.

“근래들어 제갈승상께서 동천(東川)에 나가셔서 각지의 요새지대를 두루 살피고 계신 것은 위나라의 침범에 대비하시는 것이라고 생각합니다. 폐하께서도 이번에 각영이 옮기는 곳을 그림으로 그리셔서 성상께 물어 보심이 어떻겠습니까?”

“짐도 병법을 어지간히 알고 있으니 승상에게 물어 볼 필요가 있겠소?”

“옛날부터 겸청(兼廳)은 명(明)이오, 편청(偏廳)은 폐(蔽)라고 했습니다. 명찰하시기 바랍니다.”

드디어 선주 유현덕은 이 의견을 받아들여서 마량을 시켜 상세한 그림을 그리게 하고, 그것을 동천에 있는 승상에게 가지고 가서 물어 보고 오라는 명령을 내렸다.

마량이 명령을 받고 떠나간 다음, 유현덕은 숲속 깊숙이 영채를 이동하고 더위를 피해 있었는데, 이런 소식을 염탐꾼이 재빨리 한당·주태에게 알렸다. 그들 두 사람은 기뻐서 어쩔 줄 모르며 육손에게 와서 말했다.

“현재 촉병의 40여 개 진영은 숲속에서 더위를 피하고 있소. 이 허를 찔러서 쳐들어가면 어떻겠소?”

촉주 유현덕이 복병을 배치해 놓았으니 오병은 섣불리 움직이다가는 틀림없이 붙잡히고야 말 형국이다.

84. 꾀와 꾀의 대결

陸遜營燒七百里
孔明巧布八陣圖

한당과 주태는 촉의 선주 유현덕이 서늘한 곳으로 진지를 이동했다는 사실을 탐지하고, 급히 육손에게로 달려가서 알렸다.

육손은 크게 기뻐하며 친히 군사를 거느리고 동정을 살피러 나섰다. 바라보니 평지에 만여 명도 못 되는 군사를 주둔시켜 놓았는데, 태반이 늙었거나 약한 병사들이고 '선봉 오반'이라고 크게 쓴 기호(旗號)를 내걸고 있었다.

주태가 한당과 둘이서 나서면 저따위 군사들은 쉽사리 무찔러 버릴 수 있겠다고 주장하니, 육손은 잠시 묵묵히 쳐다보고만 있다가, 이윽고 채찍으로 가리키면서 말했다.

"저 산곡간에서 살기가 퍼져 오르고 있는 것을 보면, 반드시 복병이 숨어 있는 게 틀림없소. 그래서 평지에다 저렇게 약한 군사를 모아 놓고 우리를 유인하려 하는 것이오. 모든 제공은 절대로 싸우러 나가서는 안 되오."

여러 장수들은 이 말을 듣자, 육손이 겁이 나서 하는 말인 줄만 알았다.

이튿날, 저쪽에서는 오반이 부하를 거느리고 성 아래까지 나타나더니 입에 담을 수 없는 욕설을 퍼붓고, 많은 병사들이·

갑옷과 투구를 벗어 던지고 알몸으로 앉아 있기도 하고, 나뒹굴며 잠을 자기도 하는 것이었다.

서성·정봉이 육손 앞에 나와서 말했다.

"촉병은 너무나 우리를 업신여깁니다. 우리들도 한번 나가서 싸우고 싶습니다."

육손이 웃으면서 말했다.

"공들은 단지 혈기만 믿고 손오병법(孫吳兵法)을 모르오. 저것은 우리를 유도하자는 계책이니 사흘 후면 속임수라는 것을 알 수 있을 것이오."

서성이 말했다.

"사흘 후면 적군은 또 진영을 이동해 버릴 텐데 그때에는 어떻게 격파할 수 있겠습니까?"

"나는 바로 그들이 진영을 이동하기를 기다리고 있소."

육손이 태연히 대답하니, 여러 장수들은 비웃으며 자리를 물러났다. 사흘 후 여러 장수들이 관상(關上)에 모여서 바라보니 오반의 군사는 벌써 퇴각해 버렸다.

육손이 손으로 가리키며 말했다.

"살기가 치밀어오르니 유현덕이 반드시 산곡간에서 나올 것이오."

그 말이 채 끝나기도 전에, 촉병이 일제히 무장을 든든히 갖추고 선주를 가운데 모시고 지나가니 오병들은 모조리 간담이 서늘했다. 육손이 계속 말했다.

"공들이 오반을 공격하자는 것을 내가 듣지 않은 것은 바로 이것 때문이었소. 이제 복병이 이미 나타났으니 열흘 안에 촉을 반드시 격파할 수 있을 것이오."

여러 장수들이 이구동성으로 말했다.

"촉을 격파하려면 애당초부터 했어야지 이제 그들이 5, 6백 리나 연결하여 진영을 마련했고 7, 8개월이나 지켜 와서 모든 요로를 견고히 수비하고 있는데 어찌 격파할 수 있겠소?"

"공들은 병법을 모르오. 유현덕은 당대의 효웅(梟雄)으로 지모가 탁월한 사람이오. 병사를 처음으로 모아 놓았을 때에는 그 법도(法度)가 정연했는데, 이제 오랫동안 지키고만 있느라고 병사들은 피곤해 있고 의기도 꺾여졌으니, 공격을 가할 때는 바로 지금이오."

여러 장수들은 그제야 탄복하여 마지않았다.

육손이 촉을 격파할 계책을 세우자, 손권에게 서신을 보내서 며칠 내로 촉을 격파할 수 있다는 뜻을 알렸다. 손권이 서신을 다 보고 나더니 말했다.

"강동에 다시 이런 이인(異人)이 생겨났으니, 내 뭣을 또 걱정하랴? 여러 장수들은 그가 겁을 집어먹고 있다고 나에게 편지를 해주었지만 나만은 그것을 믿지 않았다. 이제 그의 말을 들어보니 과연 겁을 집어먹은 것이 아니었다."

드디어 오병을 대거 동원하여 싸움을 거들러 보냈다.

한편 선주 유현덕은 효정에서 수군(水軍)을 있는 대로 동원해서 물줄기를 타고 내려와 강을 끼고 수채(水寨)를 마련하면서 오나라 국경선으로 깊숙이 들어갔다.

황권이 간했다.

"수군이 강을 끼고 내려가는 것은 앞으로 나가기는 쉽지만, 뒤로 물러서기는 어렵습니다. 소신이 앞장을 서서 나갈 것이오니 폐하께서는 후진에 계시면서 만일의 실수라도 없도록 하시기 바랍니다."

"오적(吳賊)은 간담이 서늘해졌는데 짐이 장구대진(長驅大進)한다기로서니 망설일 게 뭐 있겠소?"

유현덕은 이렇게 말하면서 여러 관원들이 간곡히 간하는 말도 듣지 않았다.

드디어 군사를 양로로 나누어 황권에게는 강북의 사군을 총독하여 위구(魏寇)를 막아내라 명령하고, 선주 자신은 강남의 제군을 통솔하여 강을 끼고 따로 영채를 세워서 진격하기로 했다.

염탐꾼이 이런 사실을 탐지해 가지고 밤을 새워가며 위주(魏主) 조비에게 보고했다. 촉병이 오를 토벌하는데 종횡 7백여 리나 되게 영채를 마련하고, 그것을 40여 둔(屯)으로 나누었는데, 모두 산림 속에 영채를 구축하고 있으며, 최근에는 황권이 강 북쪽 기슭에서 군사를 통솔하고, 매일 백 여리 밖에까지 탐병(探兵)을 내보내는데 무슨 의도인지 알 수 없다는 것이었다.

위주 조비가 이 말을 듣더니 얼굴을 번쩍 쳐들고 껄껄껄 웃으며 말했다.

"유비는 패하고 말 것이오."

여러 신하들이 그 까닭을 물으니 조비가 대답했다.

"유현덕은 병법을 모르오. 7백 리나 진영을 연결해서 쳐 놓고 어떻게 적을 막아내겠다는 것이오? 고원이나 산악지대, 혹은 습하고 좁은 골짜기에다 둔병을 하는 것은 병법에서 크게 금하는 바요. 유현덕은 반드시 동오의 육손에게 패하고 말 것이오. 열흘 안에 반드시 소식이 있을 것이니 두고 보시오."

여러 신하들이 그래도 믿을 수 없어서 군사를 동원하여 대비책을 강구하도록 요청했다. 그랬더니 위주 조비가 자신있게 말했다.

"육손이 승리를 거둔다면 반드시 오병을 총동원해서 서천을 점령하러 나설 것이오. 오병이 먼곳으로 떠나고 나라 안이 텅 비었을 때, 짐이 군사를 풀어 싸움을 돕겠다 거짓말을 하고 3로로 일제히 진병하면 동오를 손에 침을 바르고 움켜잡는 격이 될 것이오."

모든 사람은 감탄할 뿐. 위주 조비는 드디어 명령을 내렸다. 조인(曹仁)은 유수(濡須)로, 조휴(曹休)는 동구(洞口)로, 조진(曹眞)은 남군(南郡)으로, 각각 군사를 인솔하여 나갈 것이며, 3로의 군마는 한곳에 집결할 날짜를 작정해서 동오를 암습할 것이며, 조비 자신은 뒤를 따라가며 싸움을 거들겠다는 작전계획이었다.

한편 마량은 동천에 도착하여 공명을 찾아보고 그림을 내보이면서 말했다.

"이번에 강을 끼고 진지를 이동하여 7백 리를 연결했는데, 40여 둔이 모두 계간(溪澗)을 의지하고 나무가 무성한 곳에 자리잡았습니다. 황상(皇上)께서는 이 마량을 시키셔서 그림을 승상께 보여 드리라고 하셨습니다."

공명이 그것을 다 보고 나더니 상을 치며 야단했다.

"누가 주상께 이런 영채를 마련하라고 했소? 그자의 목을 베야겠군!"

"모두 주상께서 친히 하신 것이고 다른 사람의 꾀가 아닙니다."

공명이 한탄했다.

"한조의 기수(氣數)도 다 됐구나!"

마량이 그 까닭을 물었더니 공명이 대답했다.

"고원이나 산악지대 혹은 습하고 좁은 골짜기에다 영채를 마련하는 것은 병가에서 크게 금하는 바요. 저편에서 화공(火攻)을 가한다면 무엇으로 구출할 수 있겠소? 또 어찌 영채를 7백 리나 연결해 놓고 적을 막아낼 수 있단 말이오? 머지않아 화가 닥쳐올 것이오. 육손이 지키기만 하고 나오지 않는 것은 바로 이것 때문이오. 그대는 빨리 돌아가서 주상께 모든 영채를 다시 고치시고 이렇게 하시지 말도록 하시오."

"오병이 벌써 승리하고 있다면 어찌하겠습니까?"

"육손이 감히 추격해 오지는 못할 것이니 성도(城都)를 보전하는 것은 걱정 없을 것이오."

"육손이 어째서 추격해 오지 않는다고 하십니까?"

"위병이 그들의 후방을 습격할까 두려워하기 때문이오. 주상께서 만약 실수라고 하셨을 경우에는 곧 백제성(白帝城)으로 몸을 피하시도록 하시오. 내가 서천으로 들어갔을 때 이미 군사 10만을 어복포(魚腹浦)에 매복시켜 놓았소."

"소생이 어복포를 수차 왕래했지만 한 명의 군졸도 본 일이 없었는데, 승상께서 이런 거짓말을 하십니까?"

"나중에 꼭 볼 수 있을 것이오. 여러 말 마시오."

마량은 표장(表章)을 받아 가지고 급히 어영으로 돌아왔다. 그리고 공명은 성도로 돌아가서 군마를 정비, 동원해서 구원하기로 작정했다.

한편 육손은 촉병들의 사기가 저하되고 방비도 제대로 하지 않고 게으름을 피우고 있는 사실을 간파하자, 장에 대소 장사들을 모아 놓고 말했다.

"나는 큰 명을 배수한 이래 한 번도 출전한 일이 없었소. 이제 촉병의 정세를 관찰하고 그들의 동정을 알 수 있겠소. 그래서 먼저 강남 연안의 영채를 한 군데 꼭 점령해야겠는데 출전할 사람은 없소?"

그 말이 채 끝나기도 전에 한당·주태·능통이 선뜻 나섰다.

"우리들을 한번 내보내 주시오."

육손은 그들을 내보내려 하지 않고 섬돌 아래 있는 말장(末將) 순우단(淳于丹)에게 말했다.

"그대에게 5천 기를 줄 것이니 오늘밤, 촉의 대장 부동(傅彤)이 지키고 있는 강남의 넷째 영채를 점령하는데 성공해야겠소. 나도 군사를 이끌고 뒤를 받치리라."

그리고 순우단이 군사를 인솔하고 떠나간 뒤에 서성·정봉을 불러서 명령했다.

"그대들은 각각 군사 3천씩을 거느리고 영채 밖 5리 지점에 둔병하고 있다가, 순우단이 패하여 돌아올 때 추격해 오는 군사가 있거든 나서서 구해 줄 것이며, 적병을 추격하지는 마시오."

두 장수도 명령대로 군사를 인솔하고 떠났다.

순우단은 날이 저물 무렵에 진지를 떠났는데, 촉영에 이르렀을 때는 이미 3경이 지난 뒤였다. 북을 울리며 쳐들어가니 저편에서는 부동이 군사를 거느리고 달려나와서 창을 휘두르며 순우단에게 덤벼들었다. 순우단은 감당하지 못하고 도주했다. 홀연 고함소리가 일어나더니 1대의 군마가 퇴로를 가로막고 나섰다. 선두에 선 대장은 조융(趙融). 순우단이 간신히 길을 뚫고 뺑소니를 치는데, 홀연 1군의 만병(蠻兵)이 앞을 가로막고 선두에 나선 장수는 만장(蠻將) 사마가(沙摩柯)였다. 순우단이 간신히 몸을 피하여 자기 영채에서 5리쯤 떨어진 지점까지 왔을 때, 오군의 서성과 정봉이 좌우에서 뛰쳐나와서 추격해 오는 적병을 물리치고 순우단을 구출해 가지고 영채로 돌아갔다. 순우단이 화살을 맞은 채 육손을 만나 보고 죄를 청하니, 육손이 말했다.

"그대의 잘못이 아니오. 나는 적의 허실을 한번 시험해 본 것이오. 촉을 격파할 계책을 나는 이미 세웠소."

서성과 정봉이 촉군의 기세가 대단한 것을 걱정했으나, 육손이 또 웃으면서 말했다.

"나의 계책은 단지 제갈량만을 속일 수 없을 뿐이오. 천행으로 제갈량이 여기 없으니, 큰 공을 세울 수 있을 것은 틀림없소."

이리하여 대소 장수들을 모아 놓고 명령을 내렸다. 주연은 수로(水路)로 군사를 몰고, 내일 오후에 동남풍이 맹렬히 일어나거든 배에다가 짚과 풀을 쌓아 놓고 계획대로 행동을 개시하도록 했고, 한당은 1군을 거느리고 강북 연안을 공격하게 하고, 주태는 1군을 거느리고 강남 연안을 공격하도록 했다.

그리고 모든 병사들은 유황·염초를 집어넣은 모초(茅草)를 한 단씩 준비해서, 화종(火種)을 감춰 가지고, 창칼을 들고 일제히 상륙할 것이며, 촉영에 도착하면 바람을 따라서 불을 지르라고 했다. 또 촉병의 40둔 가운데서 한 둔씩 걸러서 20둔만 태워 버리면 되고, 각군은 건량(乾糧)을 마련해 가지고 주야로 추격해서 유현덕을 잡을 때까지는 절대로 후퇴하지 말라고 했다.

여러 장수들은 군령을 듣고 각각 계책을 받아 가지고 물러
갔다.

선주 유현덕이 어영에서 오군을 격파할 계책을 생각하느라
고 골몰해 있을 때, 홀연 어영 왼쪽에서 불길이 치밀어오르더
니 순식간에 오른쪽에서도 똑같이 불길이 치밀어올라서 맹렬
한 동남풍에 휩쓸려 천하가 불바다로 변했다.
그리고 요란한 고함소리와 함께 쳐들어오는 오군. 현덕이
풍습의 진지로 달려갔으나 그곳에서도 화염이 충천할 뿐만 아
니라, 풍습과 대결하고 있던 오장(吳將) 서성이 풍습을 버리
고 유현덕에게로 덤벼드니 그는 서쪽을 향하여 무작정 말을
달리는 도리밖에 없었다.
달아나는 현덕의 앞길을 가로막고 내닫는 것은 오장 정봉. 현
덕은 장포에게 구출되어 어림군을 거느리고, 도중에서 나타난
촉장 부동의 군사와 합세하여 마안산(馬鞍山)으로 도주했다.
그러나 장포와 부동이 현덕을 보호하고 산으로 올라가고 있
을 때, 육손의 대군은 산기슭을 물샐 틈도 없이 포위해 버렸
다. 불길을 헤치며 몇 기를 거느리고 달려나온 장수가 있으니,
그는 바로 관흥이었다. 관흥은 유현덕에게 백제성으로 몸을
피하자고 권고하는지라 촉군은 관흥을 선봉으로 장포가 중군,
부동이 후군을 맡아 가지고 선주를 보호하며 산을 내려오자,
적장 주연이 군사를 거느리고 강변에서 또 덤벼들었다.
관흥과 장포가 이것을 막아내려고 미친 듯이 말을 달리며
싸웠으나, 빗발치듯 퍼붓는 화살 속에서 부상을 당하고 도무
지 뚫고 나갈 수가 없었다.

동녘이 훤하게 밝아 올 무렵, 육손이 친히 대군을 거느리고 산곡간에서부터 나타나더니 노도처럼 촉군에게 공격을 가했다. 그리고 주연의 군사들이 현덕의 앞길을 또다시 가로막았다. 이 위태로운 찰나에 난데없이 나타난 1군의 군마가 재빨리 유현덕을 구출하니, 선두에 나선 장수는 바로 상산 조자룡이었다.

육손은 조자룡이 나타난 것을 알자, 그 즉시 군사들에게 후퇴하라는 명령을 내렸다. 조자룡은 적진을 무인지경처럼 쳐부수며, 돌진하다가 덤벼드는 주연을 한칼에 찔러서 말 아래로 거꾸러뜨리고, 유현덕을 구출해 백제성으로 도주했다. 이때 현덕을 따라온 부하는 백여 명에 불과했다.

촉장 부동은 유현덕의 후군을 통솔하며 도망하고 있는데, 적진에서 정봉이 항복하라고 호통을 치며 덤벼들었다. 그들 두 사람이 창부리를 맞대고 결투하기를 백여 합, 마침내 부동은 포위망을 돌파하지 못하고 왈칵 피를 토하면서 오군의 진중에서 절명하고 말았다.

또 촉군의 제주(祭主) 정기(程畿)는 단기로 강변으로 달려가서 수군에게 구원을 청했지만, 수군은 오군의 군사가 쳐들어온 것을 보자 팔방으로 도주해 버렸고, 그 혼자서 포위를 당하자 도저히 탈출할 길이 없다 단념하고 선뜻 칼을 뽑아서 목을 찔러 자결해 버렸다.

한편에서는 오반과 장남은 오랫동안 이릉성을 포위하고 있었는데, 난데없이 풍습이 달려들며 자기 진영이 패배한 소식을 전하니 곧바로 군사를 거느리고 유현덕을 구출하러 나섰다. 이 기회에 손환은 간신히 위기를 모면할 수 있었다.

장남과 풍습 두 장수가 앞으로 달리고 있을 때, 앞에서는 오군이 밀려오고, 뒤에서는 이릉성에서 빠져 나오는 손환의 군사가 맹렬히 공격해와 결사적으로 분투했다. 그러나 마침내 뚫고 나갈 길이 없어서 난군 중에서 두 사람이 같이 절명하고 말았다.

오반은 간신히 포위망을 돌파하고 달아나다가 오군에게 또 다시 추격을 당했으나 다행히 조자룡에게 구출을 받아 백제성으로 돌아갈 수 있었다.

이때, 만왕 사마가는 단기로 도망하고 있었는데, 주태와 맞닥뜨리게 되어서 20여 합을 분투했으나 결국 주태의 손에 죽고 말았다. 두로(杜路)·유녕(劉寧) 등은 오군에 투항해 버렸고, 촉군 진지에 저장되어 있던 무기와 양식은 형적을 찾을 길이 없게 됐으며, 오군에게 투항한 장사는 부지기수였다.

이때, 손부인은 오나라 땅에 있었는데, 효정에서의 유현덕의 패전을 알게 되었다. 그리고 선주 유현덕이 진중에서 전사했다는 헛소문을 믿고, 수레를 장강 기슭까지 몰아 놓자 서쪽을 쳐다보고 통곡하더니 강물에 몸을 던져 죽어 버리고 말았다. 뒤에 사람들이 강변에 효희사(梟姬祠)라는 묘를 세워 주었다.

육손은 싸움에 큰 승리를 거두고 서쪽을 향하여 그대로 추격을 계속하고 있었는데 기관(夔關)에 가까이 다다랐을 때, 말 위에서 멀리 바라보자니 앞쪽 산에 연접한 강변에서 한 줄기 이상한 살기가 하늘을 찌를 듯이 퍼져 오르고 있었다.

육손이 10리쯤 후퇴해서 넓은 벌판에 진을 쳐 놓고 심복을 내보내서 몇 차례나 조사해 봤으나 그들의 보고에 의하면 강변에는 8, 90개나 되는 큰 돌이 나뒹굴고 있을 뿐, 사람의 그림자라곤 찾아볼 수 없다는 것이었다.

육손은 그래도 이상해서 그 고장 사람 10여 명을 붙잡아 놓고 물어 봤더니, 그 고장은 어복포(魚腹浦)라고 하는데 일찍이 제갈공명이 서천으로 들어갔을 때, 군사를 몰고 이곳에 이르러 돌을 운반해다가 쌓아서 그 위에 진세를 형성해 놓았기 때문에, 그때부터 항시 이상한 기운이 마치 구름같이 그 속에서 일고 있다는 것이었다.

이런 사실을 알게 된 육손은 불현듯 말을 잡아타고 부하 수십 기만을 거느리고 그 석진(石陣)을 살펴보러 나섰다.

산비탈에 말을 세우고 보자니 사면팔방으로 모두 문이 달려 있었다.

육손이 웃으면서 말했다.

"이건 사람을 속이자는 속임수로구나! 무슨 실속이 있단 말인가!"

드디어 몇 기를 거느리고 산비탈 아래로 내려와서 석진 속으로 쑥 들어서 보았다.

"날이 저물었으니 도독께서는 돌아가심이 좋을 것 같소."

부장이 이렇게 말하자, 육손이 석진에서 밖으로 나오려고 했다. 바로 이때 느닷없이 광풍이 사납게 불더니 삼시간에 모래가 날고 돌이 굴러서 천지를 뒤덮었고, 강에는 휘몰아치는 파도소리가 마치 검고(劍鼓) 소리같이 무시무시했다.

육손이 깜짝 놀랐다.

"내가 제갈공명의 계책에 빠졌구나!"

육손은 급히 몸을 돌려서 그 석진에서 빠져 나오려고 했으나, 그때에는 이미 이상하게도 나갈 길을 찾을 수가 없었다.

이때, 육손의 말 앞에 나타나는 노인이 한 사람 있었다. 그가 웃으면서 말했다.

"장군은 이 진에서 나갈 작정이시오?"

"장자(長者)께서 밖으로 나갈 수 있도록 좀 인도해 주시오."

그 노인은 지팡이를 짚고 서서히 걸어 나갔다. 석진을 다 나올 때까지 아무것도 가로막히는 것이 없었다. 그리고 육손을 산비탈 위까지 무난히 내보내 주었다. 육손이 물어 봤다.

"장자께서는 뉘십니까?"

"노부(老夫)는 바로 제갈공명의 장인 동승언(董承彦)이오. 지난날 나의 사위가 사천에 들어왔을 때 이곳에 석진을 쳐 놓았소. 이것을 팔진도(八陣圖)라고 부르며, 둔갑법에 의하여 휴(休)·생(生)·상(傷)·두(杜)·경(景)·사(死)·경(驚)·개(開)의 8문(八門)이 있는데, 매일 매시 변화 무쌍해서 10만 정병에 비길 만하오. 내 사위가 떠나갈 때 이 노부에게 일러 두기를 '언제고 동오의 대장이 이 진중에서 길을 잃고 쩔쩔매게 될 테니 절대로 나갈 길을 인도해 주시지 마십시오'라고 했소만, 나는 평소부터 착한 일을 좋아하는 사람인지라, 사문(死門) 속에 휘말려든 대장이 차마 보기 딱해서 생문(生門)을 인도해 드린 것이오."

육손이 얼른 말을 내려서 노인에게 감사하다 절하고 영채로 돌아와서 감탄해 했다.

"공명은 정말 와룡(臥龍)이로다! 도저히 내가 미칠 수 없다!"

즉시 진지를 철수하라고 명령을 내렸더니, 좌우 사람들이 말했다.

"유현덕은 크게 패하여 간신히 성 한 군데를 지키고 있습니다. 이제야말로 습격해야 할 때인데 이제 석진을 보시고 후퇴하시라니, 무슨 까닭입니까?"

"내가 석진이 두려워서 후퇴하자는 것은 아니오. 내가 촉군을 추격하고 있다는 것을 알게 되면 간사하기 그의 부친 못지 않은 조비가 우리의 허를 찌르고 덤벼들 것을 걱정해서 그러는 것이오."

육손이 후퇴한 지 이틀이 되지도 않아서, 과연 세 군데로부터 비보(飛報)가 날아드는데 위군의 조인이 유수(濡須)로부터, 조휴가 동구(洞口)로부터, 조진이 남군(南軍)으로부터, 도합 10만 대병을 거느리고 3면에서 밤을 새가며 국경으로 향하고 있는데, 그 의도가 뭣인지 알 수 없다는 것이었다.

육손이 깔깔 웃었다.

"내가 생각한 그대로다! 나는 이미 군사에게 명령하여 이것을 막아낼 채비를 갖추고 있다!"

이야말로 웅심(雄心)이 서촉(西蜀)을 삼키려다가 또다시 북조(北朝)를 막아낼 승산을 세우는 판이다.

85. 촛불이 꺼지듯이

劉 先 主 遺 詔 託 孤 兒
諸 葛 亮 安 居 平 五 路

　장무 2년(서기 222년) 여름, 6월.

　동오의 육손이 효정·이릉에서 촉군을 크게 격파하니, 선주 유현덕은 백제성으로 몸을 피했고, 조자룡이 군사를 거느리고 방비의 책임을 맡게 됐다.

　마량(馬良)이 돌아오기는 했으나, 그때는 이미 대군이 패배한 뒤여서 분함을 참지 못하고 공명의 말을 선주에게 전달하는 도리밖에 없었다.

　유형덕은 공명의 의견을 좀더 일찍이 듣지 못한 것을 아무리 후회해도 이미 소용없는 일이어서 관역을 영안궁(永安宮)이라 고쳐 부르기도 했다. 그리고 풍습·장남·부동·정기·사마가가 나라를 위해서 몸을 바친 사실을 알게 되자 슬퍼하여 마지않았다.

　이때 근신(近臣) 중에서 황권이 북쪽 강변에서 군사를 거느리고 위에 투항했으니 그의 가족을 처벌하라고 권고했다. 그러나 현덕은 모든 것은 자기의 과실에서 생긴 일이오, 황권이 자기를 배반하려는 마음에서 그런 짓을 한 것이 아니라고 관대하게 근신의 말을 물리치며 그의 가족들을 예전이나 다름없이 후대했다.

한편 위군에 항복한 황권이 눈물을 흘리며 조비와 대면하니 조비는 그를 진남장군(鎭南將軍)에 봉하려고 했으나, 그는 완강히 거절하고 받지 않았다.

근신이 또 전하는 말이, 촉주 유현덕이 황권의 일족을 모조리 주살했다는 정보가 들어왔다고 했으나, 황권은 어디까지나 유현덕의 충신이었으니 끝까지 그럴 리가 없다고 유현덕의 인품을 믿는 점에 변함이 없었다. 이렇듯 신하된 도리를 지키는 황권의 태도에 조비도 탄복하여 마지않았다.

조비가 토벌에 관한 일을 가후와 상의하니 그가 간곡히 권하기를, 아직도 필승을 기하기는 어려울 때이니, 잠시 수비나 견고히 하고 두 나라에 변고가 생기기를 기다려서 군사를 움직이는 것이 좋겠다고 했다.

유엽(劉曄)도 역시 육손이 지모에 뛰어난 인물이니 이쪽에서는 방비에 만전을 기하는 게 좋을 것이라고 권고했으나, 조비는 자기 고집만 내세우고 충고를 받아들이지 않았다.

마침내 조비는 친히 어림군(御林軍)을 거느리고 3로 군사를 응원하러 나갈 작정을 했다. 이때 동오의 정세에 관한 정보가 날아들었는데, 여범(呂範)의 군사는 조휴와 대결하려 하고, 주환(朱桓)의 군사는 유수에서 조인의 군사와 대결하려 하고, 제갈근의 군사는 남군에서 조진과 대치하고 있다는 것이었다.

이런 사실을 알게 된 조비는 유엽이 간곡히 말리는 말도 듣지 않고 군사를 거느리고 떠나갔다.

한편 오나라의 대장으로 불과 27세이지만, 담력과 지모에 있어서 손권이 매우 중히 여기는 주환은 이때 군사를 인솔하고 유수에 나와 있었다. 그는 조인이 대군을 거느리고 선계(羨溪)로 쳐들어왔다는 사실을 알자 전군을 총동원시켜서 선계로 내보내고, 자기는 5천 기를 거느리고 성을 지키고 있었다.

조인 휘하의 대장 상조(常雕)가 제갈건(諸葛虔)·왕쌍(王雙)과 더불어 정예 5만 명을 거느리고 이 성으로 쳐들어온다는 정보가 날아들었다.

그러나 주환은 한 손에 칼을 움켜잡고 태연자약하게 말했다.

"싸움의 승패는 오로지 대장에게 있는 것이다! 나는 백전백승의 만반태세를 갖추고 있다. 조인 따위가 뭣이 겁나겠나!"

군사들에게 명령하여 깃발을 감추고 북소리를 내지 말고 수비하는 사람이 없는 것처럼 조용히 있으라고 했다.

위군의 선봉 상조는 정병을 거느리고 유수성으로 쳐들어가자마자 주환과 맞닥뜨리게 되어서 3합도 싸우지 못하고 주환의 칼을 맞고 말 위에서 떨어져 절명하고 말았다. 그리고 노도같이 밀려드는 오군의 기세에 위군은 대패하여 뿔뿔이 흩어졌고 전사자가 부지기수였다.

뒤늦게 조인이 싸움터로 달려들기는 했으나 그 역시 오군의 측면 공격을 감당해 내지 못하고 대패하여 조비에게로 돌아와서 패전의 전말을 상세히 보고했다.

조비는 깜짝 놀라서 새로운 계책을 생각하느라고 머리를 짜고 있을 때, 홀연 탐마가 달려들어 보고하는데, 조진·하후상이 남군을 포위했다가 성 안에서 육손, 성 밖에서 제갈근의 복병의 공격을 받아 대패했으며, 조휴도 여범에게 격파 당했다는 것이었다.

조비는 3로의 군사들이 모조리 패배했다는 사실을 알게 되자 그제야 가후·유엽의 권고를 듣지 않은 것을 후회했다. 그러나 때는 이미 늦었고, 때마침 여름이 한고비에 다다라 역병이 유행해서 군사 10명중 6, 7명은 병들어 넘어져 버리니 하는 수 없이 군사를 철수하여 낙양(洛陽)으로 돌아갔다. 이때부터 오와 위는 자연 불목하게 되었다.

선주 유현덕은 장무 3년 4월 영안궁에서 마침내 병석에 눕게 됐다. 병이 매우 악화되었을 뿐만 아니라, 그를 가장 괴롭히는 것은 관운장과 장비의 망령과 유혼(幽魂)이었다.

밤 3경쯤 되면, 마치 살아 있는 사람의 모습과 같이 관운장과 장비의 유혼은 유현덕의 병상 가에 우뚝 서서 그를 놀라게 하기 일쑤였고, 이럴 때마다 유현덕은 그들의 소맷자락을 붙들고 통곡을 하며, 정신을 차려 보면 관운장과 장비의 망령은 바람처럼 간 곳 없이 사라져 버리곤 했다.

유현덕은 자기의 수명이 얼마 남지 않았다는 것을 알아차렸다. 드디어 승상 제갈량과 상서령(尙書令) 이엄(李嚴)과 그밖의 몇 사람을 머리맡에 불러 세우고, 지필을 가져오라 해서 최후의 조서를 썼다.

간단하게 요령만 적은 그 조서의 골자는 제갈공명에게 모든 국사를 맡기고 자기는 이 세상을 떠나려고 하니, 태자 선(禪)에게 이 조서를 내려서 나중 일을 선처해 달라는 것이었다.

공명은 당장에 꿇어 엎드리며 통곡으로 호소했다.

"원컨대 폐하께서는 용체를 편히 쉬시도록 하십시오. 소신들은 견마지로를 다하여 폐하의 지우(知遇)의 은혜에 보답할

까 합니다."

유현덕은 근시에게 명령하여 공명을 부축해서 일으키고, 한 손으로 눈물을 씻으며 또 한 손으로는 공명의 손을 잡고 말했다.

"짐은 이제 죽소! 심중의 말을 몇 마디 하고 싶소!"

"무슨 말씀을 하고 싶으십니까?"

현덕이 울면서 말했다.

"그대의 재질은 조비의 10배나 되니 반드시 천하를 안정시키고 대사를 이룩할 수 있을 것이오. 만약에 태자가 보좌할 만한 위인이라 생각되거든 부디 잘 보좌해 주오. 만약에 태자가 너무 부재(不才)의 몸이거든 그대가 바로 성도의 주인이 되어 주오!"

유현덕이 눈물로써 호소하니 공명은 전신에 식은 땀을 흘리며 송구스러워서 그 자리에 울면서 꿇어 엎드렸다.

"소신이 어찌 고굉(股肱)의 힘을 다하지 않겠습니까! 충정을 다하여 죽음으로써 뒤를 이어 나가겠습니다!"

말을 마치더니 머리를 박으며 피를 흘렸다. 현덕은 또다시 공명을 자리에 앉히더니 노왕(魯王) 유영(劉永)과 양왕(梁王) 유리(劉理)를 앞으로 불러 세웠다.

그들에게 분부했다.

"너희들은 짐의 말을 잘 명심해라. 짐이 죽은 뒤 너희들 3 형제는 모두 승상을 어버이로서 섬기고 태만해서는 안 된다!"

선주는 두 왕들을 공명에게 절하게 했다.

절이 끝나니 공명이 말했다.

"소신이 간뇌도지(肝腦塗地)한다 할지라도 어찌 지우의 은혜에 보답할 수 있으리오!"

현덕이 여러 관원에게 일렀다.

"짐은 아들들을 승상에게 부탁했고, 어버이로서 섬기라고 했소. 경들도 다같이 태만함이 없이 기대에 어긋나지 않도록 해주오."

또 조자룡에게 부탁했다.

"짐은 경과 환난을 함께 겪으며 오늘에 이르렀는데 여기서 작별하게 되리라고는 생각지 못했소. 경은 짐과의 오래 교분을 생각하고 아침 저녁으로 내 아들들을 돌봐 주어 짐의 기대에 어긋남이 없도록 해주오!"

조자룡이 울면서 아뢨다.

"소신은 감히 견마지로를 사양치 않겠습니다!"

유현덕이 다시 여러 관원에게 말했다.

"경들 여러 관원에게 짐은 일일이 부탁의 말을 할 수는 없소. 원컨대 각자가 모두 자중자애하기 바라오."

말을 마치자, 마치 한 자루의 촛불이 조용히 꺼지듯이 유현덕은 숨을 거두고 말았다. 그의 수명이 63세, 때는 장무 3년, 여름 4월 24일이었다.

선주 유현덕이 운명하니 문무백관 슬퍼하지 않는 사람이 없었고, 공명은 여러 관원을 거느리고 영구를 받들어 성도로 돌아갔으며, 태자 유선이 성 밖에까지 영접하여 영구를 정전(正殿)에 안치하고 장례를 지냈다.

여러 신하들이 선주의 유조(遺詔)를 다 읽고 나자, 공명이 말했다.

"나라에는 하루도 인군이 없으면 안 됩니다. 태자께서 위에 오르시도록 해서 한통(漢統)을 계승하시도록 해주시오."

이리하여 태자 선을 황제의 위에 오르게 하고 건홍(建興)이라 연호를 고쳤으며, 제갈공명은 무경후(武鄕侯)에 봉하게 되어 익주 목의 직책을 맡았다. 그리고 선주를 혜릉(惠陵)에 매장한 다음 소열황제(昭烈皇帝)라는 시호(諡號)를 바쳤고, 황후 오씨를 황태후로, 감부인에게는 소열황후(昭烈皇后)라는 시호를 바쳤고, 미부인도 황후로 추시(追諡)했으며, 문무백관의 벼슬자리를 승진시키고 천하에 대사령을 내렸다.

위군에서는 이런 사실을 재빨리 탐지하고 시급히 중원으로 연락했다. 조비가 기뻐서 어쩔 줄 모르며 말했다.

"유현덕이 죽었다니 나도 이젠 안심이오. 주인을 잃고 허둥지둥하는 판에 쳐들어가기로 합시다."

가후가 이 말을 듣더니 간했다.

"유현덕은 죽었다 하지만, 반드시 그 아들을 제갈량에게 맡겼을 것입니다. 제갈량은 유현덕의 은혜에 감격하여 성심을 기울여서 어린 주인을 보좌할 것입니다. 그러니 경솔한 공격은 삼가심이 좋을까 합니다."

이런 말을 하고 있을 때, 반중(班中)에서부터 한 사람이 분연히 일어서며 말했다.

"이 기회를 놓치신다면 두 번 다시 공격할 기회는 없을 것입니다."

여러 사람이 바라보니 그는 바로 사마의(司馬懿)였다. 조비가 기뻐하며 사마의와 대책을 상의했다.

"중원의 군사만 가지고 함락시키기는 어렵습니다. 5로(五路)의 대군을 일시에 동원하여 제갈량이 덤벼들 틈을 주지 않으면 반드시 격파할 수 있습니다."

사마의가 설명하는 5로대군이란 다음과 같은 배치로 형성되어 있다.

제1로—요동(遼東) 선비국(鮮卑國)으로 사자를 파견해서 국왕 가비능(軻比能)에게 황금과 비단을 선사하고 요소(遼西)의 강병(羌兵) 10만을 동원시켜서 육로로 서평관(西平關)을 습격할 것.

제2로—남만(南蠻)으로 사자를 파견하여 만왕(蠻王) 맹획(孟獲)에게 작위를 내리고, 그를 시켜서 10만의 군사를 거느리고 익주(益州)·영창(永昌)·장가(牂牁)·월전(越嶲) 4군(群)으로 향하여 서천의 남쪽을 들이칠 것.

제3로—오나라로 화해하자는 사자를 파견해서 영토를 나누어 주겠다는 약속으로 10만의 군사를 동원케 해서, 장강(長江)에서부터 양천(兩川)으로 진격하여 부성(涪城)을 칠 것.

제4로—항장(降將) 맹달(孟達)에게 사자를 파견해서 상용(上庸)의 군사 10만을 동원하여 서쪽 한중을 공격 할 것.

제5로—대장군 조진(曹眞)이 대도독이 되어서 10만의 군사를 인솔하고 경조(京兆)로부터 양평관을 뚫고 나가서 서천을 공격할 것.

조비는 매우 기뻐하며 그 즉시 언변이 능한 관원 네 사람을 밀사로 파견하고, 조진을 대도독에 임명하여 군사 10만을 거느리고 양평관으로 향하게 했다.

한편, 촉한(蜀漢)은 개국 후주(開國後主) 유선이 즉위한 뒤부터 구신(舊臣)들이 많이 병들어 세상을 떠났고, 정사는 제갈공명의 결재 아래 행해졌다. 유선은 제갈공명과 여러 신하들의 권고로 장비의 딸인 17세의 소녀를 황후로 맞아들였다.

건흥 원년 가을 8월.

국경지대로부터 위군의 5로대군이 총공격을 개시하려 한다는 정보가 날아들었다. 사전에 승상 공명에게 전달하려 했으나 승상은 무슨 까닭인지 조정에 며칠씩 나오지 않고 있다는 것이었다.

이런 소식을 알게 된 후주 유선은 깜짝 놀라 곧바로 근시(近侍)를 파견하여 공명을 불러들이라고 했다. 얼마 후 돌아온 사자가 아뢨다.

"승상부 사람들의 말에 의하면 승상께서는 병환으로 나오실 수 없다고 합니다."

유선은 점점 당황하여 그 이튿날에는 황문시랑(黃門侍郎) 동윤(董允), 간의대부(諫議大夫) 두경(杜瓊)을 승상의 병석에까지 보내서, 이 중대한 일을 전달하고 오라고 명령했다.

두 사람이 승상부로 갔으나, 그들은 문앞에서 가로막히고 말았다. 두경이 물었다.

"선제께서는 아드님을 승상께 부탁하셨는데, 이제 주상께서 보위에 오르신 지 얼마 되지도 않아서 조비의 5로대군이 국경지대로 박두해 오고 있는 이때에 승상께서는 몸이 편찮으시다는 이유로 나오시지 않으시니 이 무슨 까닭입니까?"

한참 만에 문리가 나와서, 승상의 대답을 전달했다.

"몸이 다소 좋아지셨으니 내일 아침에는 도당(都堂)에 나가셔서 일을 의논하시겠다 하오."

그 이튿날, 여러 사람들이 승상부 앞으로 가서 진종일 기다렸건만, 밤이 되어도 공명은 밖에 나오지 않았다. 여러 관원은

갈피를 못 잡고 허둥지둥 하다가 흩어져 돌아왔을 뿐이었다.

두경이 후주를 알현하고 아뢌다.

"폐하께서 친히 승상부에 나가셔서 대책을 상의하시기 바랍니다."

후주 유선은 여러 관원을 거느리고 궁으로 들어가서 이런 뜻을 황태후에게 전달하니, 황태후가 대경실색했다.

"이 어찌된 일이오? 승상이 이런 태도를 취하시다니, 선제 폐하의 말씀을 거역하는 일이니 내 몸소 가 보겠소."

그러나 동윤이 말렸다.

"승상께서는 반드시 깊이 생각하는 바가 있으실 것입니다. 우선 폐하께서 나가셔서 만나 보시고 나서, 정말 거역하시는 뜻이 있으시다면, 그때 태후께서 승상을 태묘(太廟)로 불러내셔서 문책하셔도 늦지 않으실 것입니다."

이튿날, 후주의 거가(車駕)가 승상부에 도착되었다.

문리는 거가의 도착을 보자 황망히 땅에 엎드려 절하면서 영접했다.

"승상은 어디 계시오?"

"어디 계신지는 자세히 알 수 없으나 백관들은 한 발자국이라도 문 안에 들어서지 못하게 하라는 승상의 분부가 계셨습니다."

그 말을 듣자 후주는 거가에서 내려서 혼자 세 번째 문앞까지 걸어갔다. 그랬더니 공명이 혼자서 대지팡이에 의지하여 못 속의 물고기를 내려다보고 서 있는 모습이 눈에 띄었다. 후주는 한참 동안이나 공명의 뒤에 묵묵히 서 있다가 천천히 물어 봤다.

"승상, 병환은 좀 차도가 있으시오?"

뒤를 돌아다본 공명은 지팡이를 훌쩍 던져 버리고 땅에 꿇어 엎드려 절했다.

"소신은 죽을 죄를 지었습니다!"

후주가 부축해 일으키며 말했다.

"이제, 조비가 군사를 5로로 나누어 가지고 국경을 침범하여 사태가 매우 급박한데, 상부(相父)께서는 어찌하여 부(府)에 나오셔서 일을 보려고 하시지 않습니까?"

공명이 껄껄껄 웃으면서 후주를 안으로 부축해 들여서 자리 잡아 앉게 했다.

"5로의 군사가 쳐들어온다 함을 소신인들 어찌 모르고 있겠습니까? 소신은 물고기를 구경하고 있는 것이 아니었습니다. 생각하는 바가 있어서 그랬습니다."

"그러면 어찌하실 작정이십니까?"

"강왕 가비능, 만왕 맹획, 반장 맹달, 위장 조진 등, 4로의 군사들은 이미 소신이 몰아냈습니다. 나머지는 손권의 군사뿐으로, 이것은 언변에 능한 사람을 하나 파견하면 될 노릇인데, 마땅한 사람을 얻지 못해서 심사숙고하던 차였으니, 폐하께서는 크게 걱정하시지 마십시오."

후주 유선이 이 말을 듣더니 놀랍기도 하고 기쁘기도 해서 어쩔 줄 몰라했다.

"상부께서는 귀신도 생각하기 어려운 묘책을 간직하고 계셨습니다! 원컨대 퇴병(退兵)의 계책을 가르쳐 주시기 바랍니다."

"성도의 여러 관원은 병법의 불가사의하며 오묘한 점을 모르오니, 어찌 이것을 남에게 누설할 수 있었겠습니까? 소신은

며칠 전부터 서번(西番) 국왕 가비능이 서평관을 침범하리라
는 사실을 알고, 강인(羌人)들 사이에 신위장군(神威將軍)이
라 불리며 존경을 받고 있는 마초에게 급사(急使)를 보내서
서평관을 든든히 지키도록 지시해 놓았으니 그곳은 아무 걱정
도 없습니다. 익주 4군으로 쳐들어온다는 남만의 맹획에 대해
서는 역시 급사를 파견하여 위연에게 명령하여 좌우 양쪽으로
번갈아가며 군사를 동원하여 대군이 있는 것처럼 의병작전(疑
兵作戰)을 써서 막아내도록 지시했으니 이쪽도 아무 걱정 없
습니다. 또 한중에는 맹달이 가 있는데, 소신은 맹달이 이엄
(李嚴)과 생사를 함께할 것을 맹세한 사이임을 알고, 전번에
이엄을 영안궁에 머무르게 하는 동안 이엄의 친필 비슷한 서
신 한 통을 작성해서 맹달에게 전달한 까닭으로 맹달은 꾀병
을 핑계하고 군사를 몰고 나서지는 않을 것이니 이쪽 1로도
걱정하실 것 없습니다. 조진이 양평관으로 가 있다고는 하지
만 소신은 벌써 이 방면에 조자룡을 배치해서 절대로 나가서
싸우지는 말고 지키고만 있으라고 지시했으니, 조진도 얼마
안 되어서 스스로 후퇴하고야 말 것입니다. 이밖에도 소신은
만일의 경우를 염려하여 관흥·장포에게 병력을 주어서 각 요
로를 그때 그때 거들어 주도록 지시해 두었습니다. 남은 것은
동오의 군사뿐인데, 그들은 시급히 동원되기는 어려울 것입니
다. 4로의 군사들이 우리를 순조롭게 공격하지 못한다는 사실
을 알게 되면 동오의 군사들은 움직이려 들지 않을 겁니다.
또 손권은 먼젓번에 조비가 3로의 군사를 거느리고 동오를 공
격했다는 앙심을 품고 있어서, 조비의 말을 호락호락 듣지 않
을 것입니다. 그러니까 언변에 능한 사람을 보내서 손권을 설

득시켜 동오만 싸움에 나서지 않도록 하면 다른 4로의 군사쯤
은 아무것도 두려울 것이 없습니다. 소신은 단지 적당한 인물
이 없어서 망설이고 있었던 차입니다."

　후주 유선은 자못 만족한 기분으로 공명과 술 몇 잔을 마셨
으며. 공명은 문 있는 곳까지 후주를 전송했다.

　문앞을 둘러싸고 있던 여러 관원은 밖으로 나오는 후주의
희색이 만면한 표정을 보자 어리둥절할 뿐 무슨 까닭인지 도
무지 알 수가 없었다.

　그런데 공명은 그 많은 관원들 가운데서 단 한 사람이 기쁜
듯이 하늘을 바라다보며 웃고 있는 것을 발견했다. 그는 의양
군(義陽郡) 신야현(新野縣) 사람인 등지(鄧芝—字는 伯苗)로,
호부상서(戶部尚書)로 있었다.

　많은 사람이 흩어져서 돌아간 뒤에 공명은 그를 몰래 서원
으로 불러들였다. 그리고 그에게 3국(오·위·촉)이 정립해
있는 이때에 두 나라를 격파하고 천하를 통일하여 한을 재흥
시킬 묘책이 없겠느냐고 넌지시 물어 봤다. 그랬더니 그가 대
답했다.

　"소생이 생각컨대, 위는 국적(國賊)이긴 하지만 그 힘이 몹
시 강대하니 급히 뒤엎어 버리기는 어려울 것이므로 서서히
격파해야만 될 줄 압니다. 우리 폐하께서는 즉위하신 지 얼마
안 되고 민심도 안정되어 있지 않으니 우선 동오와 순치(脣
齒)의 밀접한 정리를 맺으셔서 선제에 대한 구원(舊怨)을 깨
끗이 씻어 버리도록 하는 것이 안전한 계책인 줄 압니다."

　공명은 통쾌하게 웃어젖혔다.

　"나도 평소부터 그렇게 생각하고 있었는데 적당한 인물이

없어서 걱정했더니 이제야 그 사람을 찾아내게 됐소."

"그러면 승상께서는 왜 그 사람을 파견하지 않으십니까?"

"나는 사람을 파견하여 동오와 인연을 맺고자 하는데 그대라면 이 뜻을 명백히 알고 군명(君命)을 욕되게 하지 않을 것 같소. 오에 파견할 임무는 공이 아니면 안 되겠소."

"우재(愚才)는 아는 바도 없사오니 이 중임을 감당해 낼 것 같지 않습니다."

"내가 내일 천자께 알려 드려서 공이 한 번 수고해 주도록 할 것이니 결코 사양하지 말기 바라오."

등지는 그렇게 하겠노라 승낙하고 돌아갔다.

그 이튿날 공명은 후주 유선에게 등지를 파견해서 동오의 설득 공작의 임무를 맡겨 보내자고 아뢰니 등지는 절하고 즉시 동오를 향하여 떠났다.

이야말로 오나라 사람이 겨우 싸움이 그치는 것을 보게 되니, 촉의 사신이 또다시 옥백(玉帛)으로써 통해 보자고 나선다.

86. 기름가마 옆에서

難 張 溫 秦 宓 逞 天 辨
破 曹 丕 徐 盛 用 火 攻

오주(吳主) 손권은 동오의 육손이 위군을 물리치자 그를 보국장군(輔國將軍) 강릉후(江陵侯)에 봉했으니, 오나라의 군권은 모두 육손이 장악하게 되었다.

손권은 또 장소·고옹의 권고를 받아들여 연호를 황무 원년(黃武元年)으로 고쳤다.

이때, 위주(魏主)에게서 사자가 왔다고 하여 손권이 그를 불러들여서 만나 보았더니, 위가 이번에 서천을 점령하는데 동오에서도 싸움을 거들어 주면 촉을 점령한 뒤에는 영토를 절반 나누어 주겠다는 것이었다.

손권이 결정을 못하고 망설이기만 하다가 장소·고옹과 상의하니, 그들도 역시 좋은 계책이 없어 손권은 곧바로 육손을 불러들여서 물어 봤다.

육손의 의견은 우선 그렇게 하겠다 승낙만 해놓고, 이편에서는 군사를 정비해 가며 위나라 4로군의 동정만 살피기로 했다. 만약에 위나라의 4로군이 승리를 거두게 되고 제갈공명이 버티지 못하면 그 즉시 군사를 동원해서 위나라에 호응해서 성도를 점령하는 것이 상책이고, 만약에 위나라가 패배할 때에는 따로 계책을 세우자는 것이었다.

준비가 되는 대로 길일을 택해서 출동하겠다고 적당히 대답해서 사자를 보내고 나서, 사방으로 염탐꾼을 파견하여 탐지해 보니, 과연 제갈공명이 예측한 바와 틀림없이, 위나라의 4로군은 요로 요로에서 공격을 개시했으나 목적을 달성치 못하고 철수해 버렸다는 것이었다.

손권이 문무제관을 모아 놓고 말했다.

"과연 육손의 말이 맞았소. 내가 만약에 함부로 군사를 동원시켰다면 또 서촉의 원망을 살 뻔했소."

이때, 마침 서촉에서 사자 등지가 도착했다고 하여서 손권이 장소와 대책을 상의했다.

"우선 뜰에 기름을 수백 근 담은 큰 가마솥을 걸고 불을 때어서 펄펄 끓게 해놓으십시오. 정병 천 명을 뽑아서 칼을 들고 궁문(宮門)에서 전상(殿上)까지 늘어세워 놓고 나서, 선부른 수작을 하면 기름가마 속에 처박아 버리겠다고 협박을 하시면서 어떻게 대답하는지 들어보시는 게 좋겠습니다."

손권은 장소의 말대로 만반준비를 갖추어 놓고 등지를 만나보기로 했다.

등지는 궁문 앞에 이르자 이 삼엄한 광경을 목격하고 재빨리 손권의 심중을 간파했지만 조금도 얼굴에 이상한 빛을 나타내지 않고 태연자약하게 버티면서 안으로 들어섰다.

근시(近侍)들이 그를 주렴(珠簾) 앞으로 인도했으나, 그는 싱글싱글 웃으면서 간단히 인사를 하고는 꿇어 앉으려고도 하지 않았다.

손권이 주렴을 걷어올리며 호통을 쳤다.

"어찌하여 인사를 차리지 않는가?"

"천자의 사신이 소국(小國)의 주인에게 먼저 인사를 차려야 할 까닭은 없지 않습니까?"

등지의 말이 하도 딱 자르듯이 매서워서, 손권은 또 격분해서 입을 열었다.

"제 분수도 모르고 세 치밖에 안 되는 혓바닥을 함부로 놀리다니, 옛날에 제왕(齊王)의 기름가마 속에 처박혀서 죽은 역생(酈生─酈食其)과 같은 꼴을 당하고 싶은 건가?"

그러나 등지는 껄껄껄 웃어젖힐 뿐.

"허어! 동오에는 현자가 많은 줄 알았더니 일개 나 같은 서생을 대하는데도 이다지 부들부들 떨 줄이야!"

손권은 분노가 극도로 치밀었다.

"내가 그대 따위 일개 필부를 두려워하는 줄 아는가?"

"이 등백묘(鄧伯苗)를 두려워하지 않으신다면, 두려워하시지 않는 위인이 세객(說客)으로 왔기로서니 뭘 그다지 언짢아하십니까?"

"그대는 제갈량의 지시를 받고 나에게 위나라와 교정(交情)을 끊고 촉과 결탁하도록 설득 공작을 하러 온 것이지?"

"소생은 촉중(蜀中)의 일개 유생에 지나지 못합니다만, 이번에는 특히 오국의 이해관계를 생각하고 온 바입니다. 그런데 병사를 배치하고 가마솥을 마련해 놓고 일개 사신을 거절하시려는 광경을 보니, 이런 국량(局量)으로 뭘 받아들일 관대함이 있으시겠습니까?"

이 말에는 손권도 부끄러워 얼굴이 달아오르는 것 같았다. 그 즉시 무사를 물리치고, 등지를 전상에 청했다.

"오·위의 이해관계가 어떻게 되는 것인지 원컨대 선생께서 가르쳐 주시오."

"대왕께서는 촉나라와 화친하려 하십니까? 그렇지 않으면 위나라와 화친하려 하십니까?"

"나는 마침 촉주(蜀主)와 강화를 구하려던 참이었소. 그런데 그가 나이도 어리고 견식도 없어 보이기에 시종이 여일치 못할까 걱정하던 중이오."

"대왕께서는 당대의 영호(英豪)이시고, 제갈량 역시 일대의 준걸이십니다. 만약에 두 나라가 입술과 이의 관계를 맺고 나간다면 천하를 두루 취하기 힘들지 않을 것입니다. 만약에 대왕께서 위에게 머리를 숙이고 들어가신다면 위나라에서는 반드시 대왕께서 조근(朝覲)하시기를 요구할 것이며, 태자를 인질로 보내라고 할 것입니다. 거기에 복종하시지 않을 때에는 군사를 동원하여 공격할 것이니, 이렇게 되면 촉나라에서도 장강을 끼고 내려와서 공격을 가할 것입니다. 그러니 강남의 땅이 두 번 다시 대왕의 수중으로 돌아가기는 어려울 것입니다. 소생이 여쭙는 말에 잘못이 있다면 이 자리에서 목숨을 바치고 두 번 다시 세객으로 나타나지는 않겠습니다."

등지는 옷자락을 걷어붙이더니 뜰 앞으로 뛰어내려가 펄펄 끓는 기름가마 속으로 뛰어들려고 했다. 손권이 대뜸 덤벼들어 말리고는 안으로 청해 들여서 빈객의 자리에 앉혔다.

"선생의 말씀은 내가 생각하던 바와 똑같소. 나는 촉주와 화친 하고 싶으니, 선생께서 나를 위해서 중간에 드셔서 일을 잘 이루게 해주시겠소?"

"기름가마 속에 넣어서 소생을 죽이려고 하신 것도 대왕이시고, 이제 이런 말씀을 하시는 것도 대왕이시니, 어찌 믿을 수가 있겠습니까?"

"나는 이미 결심했으니까, 그런 걱정까지 할 것은 없소."

이리하여 오왕은 등지를 가지 못하게 해놓고, 여러 관원을 소집해서, 오나라에는 촉나라에서 온 등지같이 자기의 심정을 저쪽에 전달해 줄 만한 인물이 없느냐고 상의해 봤다.

그 자리에서 선뜻 나서는 한 사람이 있었다. 그는 바로 중랑장(中郎將)으로 있는 장온(張溫—字는 惠恕)이었다.

"사자의 임무를 소생에게 맡겨 주시기 바랍니다."

손권은 크게 기뻐하며 장온에게 선물을 듬뿍 마련해 주고 등지와 동행해서, 서천으로 가서 화친하도록 떠나보냈다.

한편 공명은 등지를 떠나보내고 나서 후주에게 말했다.

"이번에 등지가 떠나갔으니 반드시 임무는 완수하고 돌아올 것입니다. 오나라에는 현자가 많으니까 누구든지 답례의 사자를 보낼 것입니다. 폐하께서는 이를 영접하셔서 후대하시고 다시 오나라로 보내셔서 화를 맺도록 하시기 바랍니다. 오나라가 화해에 응하기만 한다면 위나라도 두 번 다시 우리나라를 기웃거리지는 못할 것입니다. 오와 위 두 나라의 거추장스러운 것이 없어지면 소신은 남정(南征)을 꾀하여 남만을 평정해 놓고 나서 위나라를 격파할 생각입니다. 위가 멸망하면 동오도 길지는 못할 것이니, 이리되면 다시 통일의 기업을 이룩하실 수 있습니다."

동오에서 장온이 등지와 함께 답례의 사자로 나타나니, 후주는 공명의 말대로 주연을 베풀어 그를 후대하고 지극히 겸

손한 태도로, 연회가 끝나자 백관을 거느리고 장온을 관사(館舍)에까지 전송해 주었다. 그 이튿날은 공명이 잔치를 마련하고, 그 자리에서 장온에게 말했다.

"우리 선제(先帝)께서는 재세시에 오나라와 불목하신 점이 있으셨지만 이미 돌아가셨고, 오늘날에 와서는 주상께서 오왕을 심히 경모하시며 옛 원한을 버리시고 맹호(盟好)를 맺고 힘을 합쳐서 위나라를 격파하려 하시오. 대부(大夫)께서도 돌아가셔서 잘 말씀드리기 바라오."

장온은 쾌히 승낙하면서 술기운이 돌기 시작하자 방약무인으로 오만한 태도를 나타냈다.

그 이튿날 후주는 장언에게 금백을 주고 성남(城南) 우정(郵亭)에 연회를 또 베풀고 여러 관원에게 송별 인사를 차리도록 명령했다.

주석이 한창 어울려 들어가고 있을 때, 어떤 사람 하나가 술이 취해서 나타났다. 그는 아무것도 아랑곳하지 않고 인사를 하는 둥 마는 둥 하더니 자리에 앉았다. 장온이 이상히 여기고 공명에게 물었다.

"저 사람은 누구입니까?"

"진복(秦宓―字는 子勅)이라고 하는 익주의 학사(學士)요."

장온이 웃으면서 말했다.

"명칭은 학사지만, 가슴 속에 학문이 들어 있는지 어디 알 수 있겠습니까?"

진복이 정색하면서 말했다.

"촉나라에서는 삼척동자들도 학문을 배우고 있소. 나에게 학문이 없다는 말이오?"

"그러면 공은 뭘 배우셨나 한 번 말해 보시오."

"위로는 천문에서부터 아래로는 지리에 이르기까지, 삼교구류(三敎九流), 제자백가(諸子百家) 통하지 않는 바가 없고, 고금흥폐(古今興廢), 성현경전(聖賢經傳) 등등 공부하지 않은 게 없소."

장온이 또 싱긋 웃었다.

"그렇게 큰 소리를 탕탕 치시니 어디 하늘을 두고 한번 물어 봅시다. 대체 하늘에는 머리가 있소?"

"있소."

"머리가 어느 쪽에 있단 말이오?"

"서쪽에 있소. 시경(詩經)에도 '바로 돌아다보아 서쪽을 본다(乃眷西顧)'라는 말이 있소. 이렇게 보면, 머리는 바로 서쪽에 있는 것이오."

"하늘에는 귀도 있소?"

"하늘은 높은 곳에 있어서 낮은 것을 듣게 마련이오. 시경에도 '학이 구고(九皐—九澤)에서 우니 그 소리가 하늘에 들린다'는 말이 있소. 귀가 없이 어찌 듣겠소."

"하늘에는 발도 있소?"

"있소. 시경에 '천보간난(天步艱難)'이란 말이 있으니, 발이 없다면 어찌 걸을 수 있겠소?"

"하늘에는 성(姓)도 있소?"

"있소. 바로 유(劉)라는 성이오. 천자의 성이 유씨이시니 그것만 봐도 알 수 있지 않소?"

"해는 동쪽에서 뜨는 것이오?"

"동쪽에서 뜨지만, 서쪽으로 떨어지오."

이렇게 까다로운 질문에 일일이 답변하는 진복의 결론은 결국 천하가 서촉으로 돌아올 것을 암시하면서 청산유수같이 대답하니 만좌의 사람들이 모두 탄복했다.

장온이 입을 다물자, 이번에는 진복이 물었다.

"선생은 동오의 명사로서 하늘에 관한 일을 질문하셨으니 반드시 천리(天理)를 잘 아실 것이오. 옛적에 혼돈되었던 것이 음영으로 나누어졌고, 가볍게 가라앉은 것이 위로 떠올라서 하늘이 되었고, 무겁고 탁한 것이 아래로 뭉쳐서 땅이 되었는데, 공공씨(共工氏)가 싸움에 패하여 머리를 부주산(不周山)에 부딪히니 천주(天柱)가 부러지고, 땅덩어리의 한귀퉁이가 부서져서 하늘이 서북쪽으로 기울어지게 됐고, 땅은 동남쪽으로 가라앉게 됐다고 하는데, 하늘이 가볍게 가라앉아서 위로 뜬 것이라면 어째서 서북쪽으로 기울어졌는지, 또 가볍게 가라앉은 것 이외에는 또 뭣이 있는지, 선생께서 좀 가르쳐 주시오."

장온이 대꾸할 말이 없어서 자리를 피하여 사과하는 말을 했다.

"촉나라에는 이렇게 준걸이 많은 줄은 몰랐습니다. 방금 강론(講論)해 주신 말씀을 듣고 답답하던 것이 확 틔는 것 같소."

공명이 장온에게 부끄러움을 주어서는 안 된다 생각하고 대뜸 말했다.

"주석에서의 질문이란 모두 농담에 지나지 않는 것이오. 공은 안방정국(安邦定國)의 길을 잘 아시는 분이니 그러한 농담을 대단하게 여기시지 않겠지요."

장온은 감사하다고 절했다. 공명은 다시 등지에게 명령하여 답례의 사신으로 장온과 함께 오나라로 동행하게 했으니, 두 사람은 공명과 작별하고 동오로 향했다.

한편, 오왕은 장온을 촉나라로 떠나보낸 후 아무런 소식이 없어서 문무백관을 모아 놓고 대책을 강구했다. 마침 그때 촉나라의 등지가 장온과 동행하여 답례의 사자로 왔다는 소식을 접하고 곧 인도해 들이라고 명령했다. 장온이 뜰 앞에 꿇어 엎드려서 후주와 공명의 덕을 찬양했고, 등지는 길이 화의를 맺기 위해서 다시 왔다고 말하니 손권은 크게 기뻐하면서 연회를 마련하고 그를 후대했다. 그 연회에서 손권이 등지에게 말했다.

"만약에 오와 촉이 한마음 한뜻으로 위를 격파하고 천하태평한 세월이 되어서 두 주인이 각각 자기 나라를 잘 다스리면 어찌 즐거운 일이 아니겠소?"

등지가 대답했다.

"천무이일(天無二日)이오, 민무이왕(民無二王)이라고 합니다. 위나라를 격멸한 뒤에 천명이 누구에게로 돌아갈 것인지는 알 수 없습니다. 그러나 인군된 사람이 각각 그 덕을 닦고, 신하된 자 각각 그 충성을 다하면 전쟁이란 없어질 것입니다."

손권이 껄껄껄 웃었다.

"그대의 성의는 정말 대단하오!"

하고 등지에게 선물을 후하게 주어서 촉나라로 돌려보냈으니, 이로써 오와 촉은 서로 사이가 좋아졌다.

위나라의 염탐꾼이 이런 사실을 탐지하고 급히 중원으로 알리니, 위주 조비는 격분하여 마지않았다.

"오와 촉이 결탁하는 것은 중원을 수중에 넣자는 배짱이다! 짐이 먼저 토벌해 버려야겠다."

조비는 문무백관을 일당에 모아놓고 오를 공격할 계책을 세우려 했다. 이때 대사마 조인과 태위 가후는 이미 이 세상에 없었으므로 시중(侍中) 신비(辛毗)가 나서서, 10년 동안 서서히 병사를 충분히 양성해 가지고 오와 촉을 격파할 계책을 세우는 게 좋겠다고 의견을 냈다.

조비가 화를 벌컥 냈다.

"그것은 어리석은 소리이다! 이제 오와 촉이 결탁했으니 조만간 국경을 침범할 텐데, 어느 겨를에 10년을 기다린단 말인가?"

그 즉시 군사를 동원하여 오나라를 공격하기로 지령을 내리니, 사마의가 아뢌다.

"오나라는 장강을 끼고 있으니, 전선(戰船)을 마련해 가지고 채하(蔡河)·영수(潁水)로부터 회하(淮河)로 나가서 수춘(壽春)을 거쳐서 광릉(廣陵)으로 나간 후 일제히 장강을 건너 단번에 남서(南徐)로 쳐들어가심이 상책인가 합니다."

조비는 그의 의견대로 따르기로 했다. 낮과 밤을 헤아리지 않고 용배(龍舟) 10척을 만드니, 길이가 20여 장, 2천여 명을 수용할 수 있는 규모였다. 그리고 따로 병선(兵船) 30여 척도 만들었다.

때는 위나라 황초(黃初) 5년(서기 224년) 가을 8월. 조진을 선봉으로, 장요·장합·문빙·서황 등 대장을 딸려서 먼저 떠나 보내고 허저·여건을 중군의 호위로, 조휴를 후군으로, 유엽(劉曄)·장제(蔣濟)를 참모에 임명하여 수륙 군마 30여만 명이 날짜를 택하여 동원됐다.

사마의를 상서복사(尙書僕射)에 임명하여 허창에 남아 있게 했고, 무릇 국정대사를 그가 결정짓도록 했다.

이런 사실을 탐지한 동오의 염탐꾼이 재빨리 오나라에 알리는바람에 근신들은 당황하여 손권에게 알렸다.

손권은 문무백관을 소집해 놓고 대책을 협의하면서 이 대임을 치러낼 만한 인물은 육손밖에 없다고 생각했지만 육손은 이때 형주를 지키고 있어서 쉽사리 자리를 뜰 수도 없었다. 이때 선뜻 나서는 인물이 있었으니 그가 바로 서성(徐盛)이었다.

"소신이 비록 재주 없는 몸이기는 하지만 1군을 거느리고 위군을 막아내겠습니다. 만약에 조비가 친히 강을 건너서 온다면 소신이 반드시 산채로 잡아서 전하께 바칠 것이며, 만약에 강을 건너오지 않는다면 위병의 태반을 죽여서 그들이 다시 우리 동오를 똑바로 쳐다보지도 못하게 하겠습니다."

손권은 크게 기뻐하여 그를 안동장군(安東將軍)에 봉하고, 건업(建業)·남서의 군사를 통솔하는 도독에 임명했다. 서성은 명령을 받들고 물러나자, 곧바로 전군에 명령을 내려서 무장을 든든히 하고 깃발을 준비해서 강안 수호의 만반태세를 갖추도록 했다. 이때 한 사람이 불쑥 앞으로 나서더니 말했다.

"지금 대왕께서 큰 임무를 장군께 맡기신 것은 위나라를 쳐부수고 조비를 산채로 잡기 위해서라고 생각하오. 이제 곧 군사를 북쪽 강변으로 내보내서 회남 땅에서 적군을 맞아 격파함이 좋을까 싶소. 조비가 여기까지 진격해 온 다음에는 이미 때는 늦을 것이오."

서성이 쳐다보니 바로 오왕의 조카 손소(孫韶)였다. 그의 자는 공례(公禮)로, 양위장군(揚威將軍)의 관직에 있는데, 전에는 광릉의 수비를 맡은 일도 있었으며 대단히 담력있고 패기가 넘치는 젊은 무사였다.

서성이 말했다.

"조비의 세력은 대단하고 또 명장을 선봉으로 내세울 것이니 강 건너까지 가서 적군을 맞이해서는 안 되오. 나는 그들의 병선이 북녘 강변에 집중하기를 기다려서 쳐부술 계책이 서 있소."

"소생에게는 3천 명의 부하가 있으며 또 광릉의 지리에 밝으니, 그곳까지 밀고 나가서 조비와 한번 결전해 보고 싶소. 만약에 실수할 때에는 어떠한 처벌이라도 달게 받겠소."

서성은 그 말을 들어주지 않았고, 손소는 무슨 일이 있어도 나가 보겠다고 한참 동안이나 옥신각신했다. 결국 서성은 격분해서 호통을 쳤다.

"그대는 어디까지나 나의 명령을 듣지 않겠다는 건가? 이래 가지고야 어찌 내가 여러 장수들을 통솔할 수 있겠는가?"

무사에게 호통을 쳐서 손소를 끌어내다가 참형에 처하라고 명령했다. 도부수들은 손소를 원문(轅門) 밖으로 끌어내 놓고 검정 깃발을 내걸었다. 손소의 부장의 급보를 받고 손권이 말을 달려갔더니 바로 형을 집행하려는 순간이었다. 말에서 얼른 내리면서 도부수들을 물리치고 손소를 구출하니 손소가 울면서 말했다.

"저는 예전에 광릉에 있었기 때문에 그곳 지리에 밝습니다. 그 곳에서 조비와 싸우지 않고, 그가 장강으로 진격해 내려오기를 기다려서 싸운다면 우리나라는 멸망하고 맙니다."

손권이 뚜벅뚜벅 영채 안으로 걸어들어가니, 서성이 말했다.

"대왕께서는 소신을 도독에 임명하셔서서 위군을 격파하라고 하시면서, 군령을 위반한 손소의 목을 베려는 것을 어째서 막으십니까?"

"그자는 혈기방장한 것만 믿고 군법을 범했으니 관대히 봐주시오."

"법이란 국가의 전형(典刑)입니다. 만약에 친하다고 용서해 준다면 어찌 많은 사람을 호령하겠습니까?"

"군법을 범한 자이니, 응당 장군의 처분대로 맡겨야 할 것이지만, 그자는 본래 유(兪)씨 소생으로서 나의 형께서 매우 귀엽게 여기셔서 손(孫)이라 사성(賜姓)하신 것이고, 또 나를 위해서 공로도 적지 않게 세웠는데, 이제 죽인다면 형께도 면목없는 일이 될 것이오."

"주공의 체면을 생각하여 사죄(死罪)를 면해 주겠습니다."

손권은 손소에게 절하라고 했으나, 손소는 언성을 높여서 외칠 뿐이었다.

"저의 견해로는 군사를 몰고 나가서 조비를 치는 수밖에 없소. 죽는 한이 있더라도 그대의 견식에는 복종하지 않겠소."

서성의 얼굴빛이 핼쑥하게 변하는 것을 보자, 손권이 호통을 쳐서 손소를 밖으로 쫓아내고, 서성에게 말했다.

"저런 놈은 있으나 없으나 오나라에는 아무 손실도 없소. 앞으로는 두 번 다시 저놈을 쓰지 않겠소."

그러나 그날밤 손소가 기어이 부하 3천 명을 거느리고 아무도 모르게 북쪽 강변으로 건너갔다는 정보가 날아들자, 서성은 그의 신변에 만일의 사태라도 발생하면 오왕에게 미안하다는 생각을 하고, 정봉(丁奉)을 불러서 비밀리에 계책을 주어서 군사 3천을 인솔하고 북쪽 강변으로 가서 싸움을 거들어 주게 했다.

한편, 위왕은 용배를 타고 광릉에 이르렀고, 선봉 조진은 군사를 대강 강변에 주둔시키고 진을 쳤다. 그러나 적군의 동정이 전혀 보이지 않자, 위왕이 친히 용배를 강 기슭에 대고 배 위에서 멀리 남녘 강변을 바라보았다. 그러나 역시 아무런 기미도 찾아낼 수 없었다. 조비가 유엽·장제를 쳐다보고 물었다.

"강을 건너도 괜찮을까?"

유엽이 대답했다.

"병법이란 실실허허(實實虛虛)한 것입니다. 적군도 대군이 오는 줄 알고서 어찌 대비함이 없겠습니까? 움직이지 않는 것이 좋겠습니다. 4, 5일 동안 기다리시며 동정을 살피시다가 선봉을 먼저 강 건너로 보내셔서 탐지해 보심이 어떻겠습니까?"

"경의 말이 나의 의사와 똑같소!"

조비는 그날밤에 배 위에서 쉬기로 했다. 마침 하늘에는 달도 없어서 병사들이 손에 손에 햇불을 밝혀 들고 천지를 낮과 같이 비추었다. 멀리 남녘 강변을 보니 일점의 광선도 보이지 않았다. 조비가 좌우 사람에게 물었다.

"이는 무슨 까닭일까?"

근신이 대답했다.

"폐하의 천병(天兵)이 도착했다는 소문을 듣고 당황하여 도주한 것 같습니다."

그 말을 듣고, 조비는 남몰래 미소를 지었다. 날이 새어 먼동이 훤히 트기 시작할 무렵에는 짙은 안개가 끼어서 상대방의 얼굴을 알아볼 수 없을 지경이었다.

바람이 불기 시작하자 순식간에 안개가 걷히니 어찌된 셈일까. 건너편 언덕에는 성벽이 줄을 지어 있고 노(櫓)에서는 창과 칼이 햇빛에 번쩍거리며 깃발이 빈틈없이 꽂혀 있지 않은가.

이때 정보가 날아드는데 남서의 연안 일대에는 석두성(石頭城)에 이르기까지 수백 리에 걸쳐서 성곽·배·수레가 연결되어 있으며 모두가 하룻밤 사이에 나타난 것들이라고 했다.

조비는 깜짝 놀랐다.

알고 보니 이것은 서성이 갈대로 사람의 형체를 만들어서 푸른 옷을 입히고 깃발을 손에 쥐게 해가지고 형체만 있는 성과 노에 세워 둔 것이었다.

그런데 위군은 성위에 늘어서 있는 수많은 군사들을 바라다보자 간담이 서늘하지 않을 수 없었다.

"위나라에 아무리 병사 수가 많다고 해도 아무 쓸모 없다. 강남에 이런 명장이 있다면 아직도 격파하기는 어렵다."

조비가 이렇게 탄식하고 있을 때 홀연 맹렬한 바람이 일더니 파도가 하늘을 무찌를 듯 아무리 큰 배라도 뒤집힐 지경이었다. 조진이 당황하여 문빙에게 명령하여 조그마한 배를 내보내서 조비를 구출하라고 했다. 문빙은 용배 위로 뛰어올라가 조비를 등에 업고서 조그마한 배 위로 옮겨 놓고 간신히 나루터까지 그를 구출할 수 있었다.

이때, 또 정보가 날아드는데, 조자룡이 양평관(陽平關)에서부터 쳐들어와서 장안(長安)을 향하여 진격 중이라는 것이었다.

조비는 얼굴이 새파랗게 질리며 당장에 후퇴령을 내렸다.

앞을 다투며 도주하기 시작하는데, 오군이 맹렬히 추격해 와서 조비는 어용지물(御用之物)까지 모조리 포기하고 도주하라는 명령을 내렸다.

위군의 용배가 간신히 회하로 접어들었을 때, 난데없이 피리와 북소리가 일제히 울리더니 요란한 고함소리와 함께 옆쪽에서 1대의 군마가 덤벼들었다.

선두에 선 사람은 바로 손소. 위군은 대패하여 태반이 전사했고, 강물에 빠져 죽은 사람이 부지기수였다.

그래도 여러 장수들이 필사적으로 위주를 구출해서 다시 30리쯤 도주하여 강변 갈대가 무성해 있는 지점에 이르렀다.

이곳에는 미리부터 동오의 군사들에 의해서 어유(魚油)가 퍼부어져 있었는데 거기다 또 불까지 질렀다. 불길은 바람을 타고 하늘을 무찌르며 뻗쳐올라서 용배 앞을 가로막았다.

당황한 조비가 조그마한 배로 옮겨타고 강변으로 저어 나가고 있을 때 이미 용배에도 불길이 활활 붙어 올랐다.

조비가 극도로 혼비백산하여 말 위로 뛰어올랐을 때 1군의 군마가 또다시 노도처럼 밀려 들었다.

앞장선 대장은 정봉이었다. 장요가 말을 달려 덤벼들며 정봉과 대결하려고 했으나, 정봉이 쏜 화살에 허리를 맞고 말았다. 서황이 그를 간신히 구출해 가지고 함께 위주 조비를 보호하면서 도주했으며 전사자의 수효는 이루 헤아릴 수도 없었다.

위군은 추격해 오는 손소·정봉에게 배며 수레며 기계며 할 것 없이 모조리 빼앗겨 버렸으니, 그 수효가 얼마나 되는지도 알 수 없을 정도였으며, 위병은 마침내 처참하리만큼 싸움에 대패해 돌아가고 말았다.

오나라의 대장 서성은 크게 승리를 거두고 오왕에게 큰 상을 받았고 장요는 허창으로 돌아간 뒤 활에 맞은 상처가 덧나서 세상을 떠나고 말았다.

조비는 그를 정중하게 매장해 주었다.

한편 조자룡은 군사를 인솔하고 양평관에서부터 진격해 나왔는데, 도중에서 승상의 서신을 받게 됐다.

익주의 노장(老將) 옹개(雍闓)가 남만왕 맹획과 결탁하고 만병(蠻兵) 10만을 동원하여 4군(郡)을 침범하고 있으니, 마초에게 양평관을 지키게 하고, 조자룡을 불러들여서 승상 제갈량이 친히 남정(南征)의 군사를 동원하겠다는 사연이었다.

조자룡은 급히 군사를 정비해 가지고 돌아섰다.

이때, 공명은 성도에서 군사를 정비해 가지고 친히 남정에 나서려 하고 있었다.

이야말로 동오가 북위(北魏)와 대적하는 것을 보고 나니, 또 다시 서촉이 남만과 싸우는 것을 보게 된다.

87. 교묘한 이간책

征　南　寇　丞　相　大　興　師
抗　天　兵　蠻　王　初　受　執

　승상 제갈량은 성도에서 정사를 맡아 보면서 대소 제반사를 무슨 일이나 공평하게 다스렸기 때문에, 양천(兩川)의 백성들은 태평한 나날을 보내며 밤에도 문을 닫아거는 법이 없고 길바닥에 떨어진 남의 물건이라고 줍는 법이 없었다. 무기와 군량도 부족한 것이 없었고, 쌀이 창고에 가득 찼으며, 재물이 부고(府庫)에 넘칠 지경이었다.

　건흥 3년(서기 225년).

　익주로부터 급보가 날아드는데, 만왕 맹획이 10만 대군을 동원하여 국경선을 침범하고 건녕 태수(建寧太守) 옹개는 한조(漢朝) 집방후(什方侯) 옹치(雍齒)의 후예인데, 그도 맹획과 결탁하여 반란을 일으키고 있으며, 장가군(牂牁郡) 태수 주포(朱褒)와 월전군(越巂郡) 태수 고정(高定)은 이미 그들에게 성문을 열어 주었다고 한다. 그러나 단지 영창(永昌) 태수 왕항(王伉)만이 반란에 가담할 것을 거부하고 있기 때문에, 옹개·주포·고정 세 사람의 군사들이 맹획을 향도관(嚮導官)으로 내세우고 영창군을 공격하므로 왕항이 공조(功曹) 여개(呂凱)와 백성을 모아 가지고 성을 사수하고 있기는 하나 그

형세가 매우 위급하다는 것이었다.

공명은 급히 입조(入朝)하여 이러한 사실을 후주에게 아뢨다.

"남만이 천위(天威)에 복종치 않는 것은 국가의 대환(大患)입니다. 신이 몸소 대군을 인솔하고 토벌하고 올까 합니다."

"동에는 손권, 북에는 조비가 있소. 상부(相父)께서 짐을 버리고 떠나겠다 하시지만, 만약에 오와 위가 함께 진격해 온다면 막아낼 길이 없지 않겠소?"

"동오는 이번에 우리나라와 화친한 지 얼마 안 되니 다른 생각은 없을 것 같습니다. 설사 딴 마음을 먹는다손치더라도, 이엄이 백제성을 지키고 있으므로 육손을 막아낼 수 있을 것입니다. 또 조비는 대패한 직후인지라 사기가 저상하여 원정을 꾀할 기력도 없습니다. 또 마초가 요로를 든든히 지키고 있으니 근심하실 것은 없습니다. 또 신은 관흥·장포를 시켜서 각처의 요로에 대비케 하고 있으므로 폐하께서는 안심하시기 바랍니다. 신이 우선 만족을 소탕해 놓고 나서 북벌을 단행하여 중원을 수중에 넣어서 선제의 삼고초려의 은혜와 신이 맡은 중책에 보답하고자 합니다."

공명의 말이 끝나자마자 반부(班部) 안에서 한 사람이 나서면서 말했다.

"그건 안 됩니다."

여러 사람이 쳐다보니 간의대부(諫議大夫)로 있는 남양(南陽) 사람 왕연(王連―字는 文儀)이었다. 그가 간했다.

"남방은 불모(不毛)의 땅이요, 장기(瘴氣)와 역질(疫疾)이 나돌고 있습니다. 국가의 중책을 맡으신 승상께서 친히 원정을 하신다 함은 옳지 않습니다. 또 옹개 따위는 하잘것없는

위인이오니, 승상께서는 대장 한 사람만 파견하셔서서 토벌하게
하시면 성공하실 수 있을 것입니다.”

왕연의 재삼 간하는 말도 듣지 않고, 공명은 그날로 후주와
작별하고, 장완(蔣琬)을 참군(參軍), 비위(費褘)를 장사(長
史)·동궐(董厥)·번건(樊建)을 연사(掾史)로 삼고, 조자룡·
위연을 대장으로 삼아 군마를 총독케 하고 왕평(王平)·장익
(張翼)을 부장으로 명령하여, 서천의 대장 수십 명을 거느리
고 50만 대군을 일으켜서 익주로 진격하기로 했다.

하루는 관운장의 셋째아들 관색(關索)이 군중으로 와서 공
명을 찾아보고 말했다.

“소생은 형주가 함락된 뒤 포가장(鮑家莊)에서 몸을 휴양하
고 있었습니다. 여태까지 선제의 원수를 갚아 보고자 몇 번이
나 서천으로 가고 싶었습니다만, 상처가 완쾌되지 않아서 뜻
을 이루지 못했습니다. 이번에 상처도 회복되었기에 도처에
문의해 봤더니 동오에 있던 원수들은 주살되었다 하기에 서천
으로 가서 천자께 배알하고자 했습니다. 마침 남정(南征)의
군사를 만나게 되어서 함께 나가고 싶어서 달려온 길입니다.”

공명은 이 말을 듣고 감격하여 마지 않으며 그 즉시 조정에
이 뜻을 보고해서 그를 선봉에 임명하여 남정의 군사에 가담
케 했다.

이리하여 대군은 대오를 정연히 짜고 행군을 계속했는데,
배가 고프면 먹고 목이 마르면 마시고, 밤에는 쉬고 날이 밝
으면 떠났다. 그러나 도중에 쌀 한 톨이라도 백성의 것을 함
부로 뺏는 법이 없었다.

한편 옹개는 공명이 친히 대군을 거느리고 쳐들어온다는 소식을 듣자, 당장에 고정(高定)·주포와 상의하여 고정이 중군, 옹개가 좌군, 주포가 우군을 맡아 가지고 각각 5, 6만 명의 군사를 동원하여 공명과 대결하기로 했다.

고정은 악환(鄂煥)에게 선봉을 명령했다. 이 악환이란 자는 신장이 9척에다가 용모는 추악하고 괴상하며 방천극(方天戟)을 쓰는 솜씨가 능란한 만부부당의 맹장으로서, 서슴지 않고 촉군과 대결하려고 여러 부하들을 거느리고 대채(大寨)를 떠났다.

또 공명은 대군을 인솔하고 익주의 경계선에 도착했는데 선봉 위연, 부장 장익·왕평은 경계선에 다다르자마자 대뜸 악환의 군사와 맞닥뜨리게 됐다.

양진(兩陣)이 원을 이루어 대치하게 되자, 위연이 출마하여 호통을 치며 매도했다.

"반적(反賊)아! 빨리 항복해라!"

악환이 말을 달려 덤벼들었다. 몇 합을 싸우지도 않고 위연은 감당하기 어려운 체하고 돌아서서 달아나니, 악환이 놓칠세라 뒤를 추격했다. 몇 리도 가지 못해서 느닷없이 고함소리가 일더니 장익·왕평의 군사가 좌우에서 덤벼들었고, 위연도 말머리를 돌려서 대들며 세 사람의 대장이 힘을 합쳐서 악환을 산채로 잡아 가지고 대채로 압송해서 공명 앞에 무릎을 꿇게 했다.

공명이 묶은 것을 풀어 주고 술과 음식을 대접하면서 물었다.

"그대는 누구의 부장인가?"

"고정이 부장입니다."

"나는 고정이 충의 있는 사람으로 알고 있는데, 이번에 옹개에게 속아서 이런 짓을 한 것이오. 이제 그대를 놓아 보낼 것이니 고태수(고정)를 시켜서 빨리 항복하여 큰 화를 면하게 하시오."

악환은 절하고 돌아가서 고정과 대면하고 공명의 인덕을 찬양하니, 그 역시 감격하여 마지않았다. 그 이튿날 옹개가 영채에 나타나서 인사를 마치더니 물었다.

"악환은 어떻게 돌아올 수 있었소?"

"제갈량이 의리를 생각하고 돌려보내 주었소!"

"그것은 제갈량의 이간책이오.. 우리 두 사람을 불화하게 만들려고 이런 꾀를 부린 것이오."

고정이 반신반의하며 마음속으로 망설이고 있을 때, 촉나라 대장이 도전해 왔다는 정보가 날아들었다. 옹개는 친히 3만의 군사를 거느리고 나가 싸웠으나 몇 합도 싸우지 못해서 말머리를 돌려 뺑소니를 쳤고, 위연은 군사를 몰고 20리나 추격했다.

이튿날, 옹개는 또다시 군사를 거느리고 싸우러 나갔으나, 공명은 그날부터 사흘 동안이나 한 명의 군사도 내보내지 않았다. 나흘째 되던 날, 옹개와 고정은 양쪽으로 군사를 나누어 가지고 촉나라 영채를 공격했다.

이에 앞서 공명은 위연에게 명령하여 군사를 양쪽으로 나누어서 도중에 대기하고 있게 하니, 과연 옹개와 고정의 군사들이 쳐들어오자 위연은 그 태반을 무찔러 버렸고, 산채로 잡은 군사들은 대채로 끌고 와서 옹개의 부하를 한쪽에 따로 가두고, 고정의 부하도 한쪽에 따로 가두어 두어 병사들을 시켜서 헛소문을 퍼뜨리게 했다.

"고정의 부하는 죽음을 면할 수 있지만, 옹개의 부하는 모조리 죽여 버릴 것이다."

여러 군사들이 이 소문을 듣지 않은 사람이 없었다. 얼마 안 되어서 공명은 옹개의 부하들을 장전(帳前)으로 불러 세웠다.

"그대들은 모두 누구의 부하인가?"

여럿이 모두 고백했다.

"우리들은 사실은 모두 고정 태수의 부하들입니다."

공명은 처벌을 중지시키고 술과 음식을 대접해서 병사를 시켜 국경지대까지 전송케 하여 그들의 진지로 돌려보냈다. 다음으로 고정의 부하들을 불러들여서 물어 보았더니 그들의 대답이,

"우리야말로 진짜 고정의 부하 군사들입니다."

하니 공명은 그들도 또 용서해 주고 술과 음식을 대접하고 나서 언성을 높여서 말했다.

"옹개가 오늘 사람을 보내서 투항하겠다고 하는데, 그대들의 주인과 주포의 수급을 함께 바쳐서 공로를 세우겠다고 하지만, 나는 그런 소행을 받아들일 수 없소. 그대들이 고정의 부하임을 알게 된 이상에는 내 그대들을 석방하여 돌려보내 줄 것이니 다시 배반할 생각을 해서는 못 쓰오. 만약에 두 번 다시 붙잡혀 오면 그때에는 결코 호락호락 용서를 받지 못할 것이오."

여러 부하들은 모두 절하고 물러나서 본채(本寨)로 돌아가 고정에게 이런 사실을 알려 주었다.

고정이 몰래 사람을 파견해서 옹개의 진중 동정을 살펴보니 부하들의 태반이 용서를 받고 돌아온 자들이며 모두 공명의

인정 많은 처사를 찬양하고 있었다. 그리고 그것 때문에 부하의 대부분이 고정의 수하로 들어오고 싶어한다는 것이었다.

고정은 그래도 역시 불안하게 생각해서 부하 한 사람을 공명의 진중으로 보내서 사실을 탐지해 오라고 명령했다. 이 염탐꾼은 도중에서 길목을 지키고 있는 군사에게 붙잡혀서 공명에게로 끌려갔다.

공명은 고의로 옹개의 부하라 인정하는 체하고 장중으로 불러들여서 물어 보았다.

"그대의 대장이 고정과 주포의 수급을 가지고 오겠다고 나와 약속했는데, 어째서 기약한 날짜를 어긴 건가? 이런 사실도 잘 모르고 그대 같은 바보가 어찌 염탐꾼 노릇을 할 수 있단 말인가?"

그 군사가 우물우물 대답을 제대로 못하자, 공명은 술과 음식을 주어서 대접하고 한 통의 밀서를 작성해서 그에게 주었다.

"이 편지를 옹개에게 전하고 정신 차려서 빨리 손을 쓰라고 하시오."

염탐꾼이 고정에게로 돌아와서 공명의 편지를 내주고 공명이 말한 대로 전달했더니, 고정은 그 편지를 읽자 노발대발하며,

"이놈이! 나는 저를 속인 일이라곤 손톱만큼도 없는데, 내 목숨을 노리다니! 천하에 괘씸한 놈! 이대로 참을 수는 없다."

하며, 그 즉시 악환을 불러서 상의했다. 그랬더니 악환이 말했다.

"공명은 인의를 생명같이 여기는 사람입니다. 우리들의 이번 모반은 모두 옹개의 충동을 받고 계획했던 노릇이니, 옹개를 죽이고 공명에게 투항함이 좋을 것 같습니다."

"어떻게 손을 쓰면 좋겠소?"

"우선 연회를 마련하고 나오라고 청해 보는 게 좋을 것입니다. 만약에 놈에게 다른 배짱이 없으면 기뻐서 나올 것이고 나오지 않는다면 필시 다른 생각을 품고 있는 것이니, 그때는 장군께서 앞에 놓고 공격하시면 소생이 영채 뒤 골목에 숨어 있다가 옹개를 그대로 붙잡겠습니다."

고정이 악환의 말대로 옹개를 초대했지만 옹개는 부하들에게 들은 말이 있고 무슨 변고라도 있을까 겁이 나서 감히 그 자리에 나오지 못했다.

그날밤, 고정은 마침내 군사를 거느리고 옹개의 영채를 습격했다. 먼저 공명에게 용서를 받고 석방되어 온 군사들은 모조리 고정의 은혜를 느끼고 있던 차인지라 자연히 고정 편에 가담하게 되었고, 옹개의 군사는 싸우지도 못하고 혼란스럽기만 해서 옹개는 하는 수 없이 말을 달려 산길로 도주해 버렸다.

2리 길도 채 달아나지 못했을 때, 북소리가 요란스럽게 들려오더니 1군의 군마가 덤벼들었다. 이것은 바로 악환이었다. 방천극을 휘두르며 말을 달려 덤벼들더니 당황하여 어쩔 줄 모르는 옹개를 단번에 찔러서 거꾸러뜨리고 수급을 수중에 넣었다.

옹개의 부하 군사들이 모조리 고정에게 항복하니 고정은 양로의 군사를 거느리고 공명에게로 가서 항복하고 옹개의 수급을 바쳤다.

공명은 장상(帳上)에 높이 앉아서 껄껄 웃으면서 당장에 고정의 목을 베라고 추상 같은 호령을 내렸다. 얼이 빠진 고정이 그 까닭을 물었더니, 공명은 한 통의 편지를 꺼내서 고정에게 보이면서 그것은 주포가 사람을 시켜서 보낸 것인데, 고정이 옹개와 생사를 함께하기로 맹세한 사이니 절대로 옹개를 죽이지 못하리라는 사연이었다.

그것은 주포의 이간책이라고 고정이 아무리 변명했으나, 공명은 듣지 않고 주포를 산채로 잡아오면 의심을 풀겠다고 했으니, 이것 또한 공명의 교묘한 이간책이었다.

결국, 고정은 그 자리를 물러나서 악환과 결탁하여 주포의 목을 베어 가지고 공명에게 바쳤다. 공명이 또 껄껄 웃으며 말했다.

"나는 고의로 그대가 이자를 죽여서 공로를 세우도록 해준 것이오."

공명은 고정을 익주 태수에 임명하여 3군을 다스리게 하고, 악환을 아장(牙將)에 임명해서 3로의 군마를 모조리 평정했다.

공명은 영창성(永昌城) 안으로 들어가서 태수 왕항과, 성을 지키는데 공로를 세운 여개를 불러서 남만을 공략할 계책을 상의했더니, 여개가 도면 한 장을 공명에게 내주면서 말했다.

"이것은 소생이 이 성에 있으면서 몰래 사람을 파견해서 군사가 주둔하기에 적합한 지점과 싸움터로 적합한 지점을 조사시켜서 작성한 '평만지장도(平蠻指掌圖)'인데 한번 보시면 남만을 토벌하시는데 도움이 될 것입니다."

공명은 크게 기뻐하여 여개를 행군교수(行軍敎授) 겸 향도관을 삼고 대군을 인솔하여 남만의 경지 깊숙이 들어갔다.

행군을 계속하고 있는데 천자에게서 사자가 도착했다고 하는지라 공명이 중군으로 불러들여 보니, 흰옷을 입고 나타난 것은 마속(馬謖)이었다. 형 마량(馬良)이 죽어서 상복을 입고 왔다는 것이었다.

"주상의 칙명을 받고, 하사하신 술과 비단을 가지고 왔습니다."

공명은 그것을 일일이 군사들에게 나누어 주고 마속을 장중으로 불러들여서 이야기를 주고받았다.

공명이 참고삼아서 고견(高見)을 말해 달라고 했더니, 마속이 말했다.

"남만은 멀고 산이 험준해서 복종하지 않은 지 오래 됐습니다. 오늘 격파한다 해도 내일이면 또다시 배반할 것입니다. 승상께서 대군을 동원해서 나오셨으니 반드시 귀순하겠지만, 다시 대군을 거느리시고 조비를 토벌하러 북으로 올라가시면 그들은 군사의 힘이 줄어드는 것을 보고 반드시 또 배반할 것입니다. 그들의 마음을 귀순시키는 것이 가장 상책인가 합니다."

이 말에 감탄한 공명은 마속을 참모에 임명하고 또다시 대군을 거느리고 행군을 계속했다.

한편 만왕 맹획은 공명이 교묘한 이간책을 써서 옹개 등을 거꾸러뜨린 사실을 알게 되자, 곧바로 삼동원수(三洞元帥)를 소집해 놓고 상의했다. 제1동은 금환삼결 원수(金環三結元帥), 제2동은 동다나 원수(董茶那元帥), 제3동은 아회남 원수(阿會喃元帥). 그들이 앞에 모이자 맹획이 말했다.

"이번에 제갈승상이 대군을 거느리고 우리나라를 침공했으니, 우리는 전력을 기울여서 쫓아내야겠소. 그대들 세 원수는 3로로 갈라져서 진격하시오. 승리를 얻은 사람은 동주(洞主)를 삼겠소."

금환삼결이 가운데 길, 동다나는 왼쪽 길, 아회남은 오른쪽

길을 맡아, 각각 만병 5만 명씩을 거느리고 명령대로 진격을 개시했다.

한편 공명이 영채 안에서 장수들과 의논하느라 바쁘던 중 홀연 정마(精馬)가 급보를 전달했다. 삼동 원수들이 3로로 진격해 온다는 것이었다.

공명은 그 즉시 조자룡과 위연을 불러들여 그들에게는 아무 명령도 내리지 않고, 다시 왕평·마충을 불러들여서 명령을 내렸다.

"남만의 군사가 3로로 진격해 들어오니 조자룡과 위연을 내보내려 했지만, 그들이 지리를 잘 모르니 왕평은 왼쪽 적군을 맡고, 마충은 오른쪽 적군을 맡아서 격파하시오. 조자룡과 위연에게도 싸움을 거들도록 지시할 것이니 오늘 안으로 군사를 정비해 가지고 내일 날이 밝을 무렵에 출동하시오."

두 사람이 물러나간 뒤, 공명은 또 장의(張嶷)·장익(張翼) 두 사람을 불러서 똑같은 말을 하고, 두 장수가 가운데 길을 맡아 가지고 왕평·마충과 동시에 출동하라고 명령했다.

조자룡과 위연은 공명이 자기 두 사람을 내보내지 않자 불만을 품게 되었다. 공명이 두 사람에게 권고하기를, 지리도 잘 몰라 남만의 계교에 빠지기 쉬우니 자중하고 나서지 않는 것이 좋겠다고 했다.

두 사람은 묵묵히 공명의 앞에서 물러나오기는 했으나 조자룡이 위연을 자기 영채로 데리고 가서 말했다.

"우리는 처음부터 선봉의 명령을 받고 여기까지 왔는데, 지리를 모른다고 해서 뒤로 물리고 저런 약한 자들을 내보낸대서야 부끄러운 일이 아니겠소?"

"우리 둘이 나가서 동정을 탐지하고 토인(土人)을 붙잡아서 길을 안내시켜 쳐들어가면 대사를 이룰 수 있을 것이오."

조자룡은 그 말에 찬성하고, 두 사람은 말을 달려 가운데 길로 뛰쳐나왔다. 몇 리도 나가지 않아서 과연 만병 수십 기가 먼지를 일으키며 달려오고 있는 것을 발견했다. 두 사람이 좌우에서 덤벼드니 만병들은 당황하여 도주하는 것을 추격하여 몇 명을 산채로 잡아 영채로 돌아왔다. 그리고 술과 음식을 대접하고는 적군의 정세를 물어보니, 만병이 대답했다.

"여기서 곧장 뻗어 나간 산기슭에 있는 것이 금환삼결 원수의 진지고, 그 진지의 동서편에 있는 길은 오계동(五溪洞)과 동다나·아회남 원수의 진지로 통하게 돼 있습니다."

두 사람은 당장에 군사 5천 명을 정비해 가지고 만병에게 길을 인도하게 하여 밤 2경쯤 출동했다.

밝은 달과 반짝거리는 별들이 서로 광채를 다투는 맑은 밤이었다. 금환삼결의 진지에 도착한 것은 밤 4경이 되었을 무렵이었다. 남만의 병사들은 밥을 지으면서 날이 밝기만 하면 출동하려고 부산했다. 조자룡과 위연이 좌우 양쪽으로 쳐들어가니, 만병들은 불의의 습격에 당황해서 어쩔 줄 몰랐다. 조자룡이 즉시 중군으로 뛰어들었더니 마침 거기 있던 금환삼결 원수와 맞닥뜨려져서 한칼에 말 아래로 거꾸러뜨리고 수급을 수중에 넣었다.

또다시 조자룡은 아회남의 진지로 향했고, 위연은 동다나의 진지로 향했는데, 그때는 벌써 날이 훤히 밝아올 무렵이었다.

동다나의 진지에서는 위연뿐만이 아니라, 왕평까지 합세하니 만병들은 사방으로 흩어져 도주해 버렸고, 동다나도 간신히 혈로(血路)를 타개하여 뺑소니를 쳐 버려서 위연도 그 이상 추격하지는 못했다.

조자룡이 부하를 거느리고 아회남의 진지를 뒤로 돌아 들어가 공격을 가하자 마충도 또한 정면에서 달려들어 앞뒤에서 동시에 들이치니, 만병들은 대패하여 흩어졌고, 아회남은 난군(亂軍) 중에서 묘하게 어디론지 뺑소니를 쳤다. 여러 장수들이 군사를 수습해 가지고 공명에게 돌아오니, 공명이 물었다.

"3동의 만군 중에서 두 동주가 도망쳤다면 금환삼결 원수는 어디 있단 말이오?"

이때, 조자룡이 그 수급을 내놓으면서 말했다.

"동다나와 아회남은 말을 버리고 산을 넘어서 도주해 버렸습니다."

공명이 깔깔깔 웃었다.

"그 두 놈도 내가 이미 붙잡아 놓았소."

여러 장수들이 믿을 수 없다는 표정을 하고 우두커니 서 있는데 장의가 동다나를, 장익이 아회남을 끌고 들어서서 여러 사람은 모두 놀라 자빠질 뻔했다.

공명이 또 말했다.

"나는 여개의 도면을 보고 적진의 형편을 잘 알고 있었소. 그래서 일부러 조자룡과 위연의 사기를 고무해 주어 적진에 깊이 들어가 금환삼결을 잡도록 한 것이며, 왕평·마충에게 거들도록 했던 것이오. 이 중대한 임무는 조자룡과 위연 장군이 아니고는 완수할 수 없었소. 또 동다나와 아회남이 산 속에서 도주할 것을 알아채고 장의·장익을 매복시켰다가, 관색(關索)과 함께 힘을 합쳐서 붙잡도록 한 거요."

여러 사람들은 공명의 앞에 꿇어 엎드렸다.

"승상의 기산(機算)은 귀신도 헤아릴 수 없겠습니다."

공명이 동다나와 아회남에게 술과 음식을 대접하고, 결박한 줄을 풀어 주어 다음부터는 나쁜 짓에 가담하지 말라고 타일러서 각자의 동(洞)으로 돌려보냈다. 두 만장(蠻將)들이 눈물을 흘리며 돌아가는 뒷모습을 한참 바라보고 있던 공명은 여러 장수들에게 말했다.

"내일은 맹획이 몸소 군사를 거느리고 달려들 것이니, 그때는 꼭 산채로 붙잡고 말 테요."

공명은 말을 마치더니 조자룡과 위연을 불러서 계책을 가르쳐 준 다음 각각 군사 5천 명씩을 주어서 떠나 보내고, 또 왕평·관색에게도 군사를 주고 계책을 알려서 떠나 보낸 후 장상에 앉아서 결과를 기다렸다.

이런 사실을 알게 된 만왕 맹획은 노발대발하며 만군을 총동원해서 진격을 개시했다. 출동하자마자 옆에서 닥쳐드는 왕평의 군사와 맞닥뜨렸다. 왕평이 진두에 내달아 바라보니 문기(門旗)가 훌쩍 열리는 곳에 남만의 대장들이 수백 기를 거느리고 좌우로 죽 늘어섰고, 중앙에서 맹획이 버티고 나섰다. 그는 적토마를 탔으며, 두 자루의 송문양보검(松紋鑲寶劍)을 허리에 늘어뜨리고 우쭐해서 사방을 휘둘러보더니 이윽고 좌우의 만장들에게 입을 열었다.

"제갈량이 용병을 잘한다고 사람들은 말하는데, 진을 쳐놓은 꼴은 대단치도 않다! 이런 줄 알았다면 진작 반란을 꾀했을 것을! 이 중에 누가 나가서 촉나라 대장을 산채로 잡아올 장수는 없소?"

이 말을 듣더니 선뜻 나서는 대장 한 사람. 그는 절두대도 (截頭大刀)를 잘 쓰기로 유명한 망아장(忙牙長)이었다. 대뜸 왕평에게 덤벼드니, 몇 합을 싸우지 못하고 왕평이 도주해 버리니, 맹획은 전군에 지령을 내려서 추격하라고 했다. 관색도 잠시 싸우다가 2리나 멀찍이 후퇴했다.

그런데 갑자기 고함소리가 천지를 진동하며 좌우에서 장의·장익이 덤벼들고, 왕평·관색이 되돌아서서 달려드니 추격해 오던 남만의 병사들은 전후의 협공에 감당하지 못하고 허둥지둥하다가 참패하고 말았다.

맹획이 부장을 거느리고 금대산(錦帶山)으로 뺑소니를 치려 하니 3군의 군사들은 놓치지 않으려고 뒤를 맹렬히 추격했다.

죽을 힘을 다해서 말을 달리는 맹획의 앞을 가로막는 또 한 사람의 장수가 있었으니 그는 바로 상산의 조자룡.

맹획이 금대산 산골짜기로 뺑소니쳐 들어가니, 조자룡은 그 것을 추격하고, 산채로 잡히는 만병들의 수효가 이루 헤아릴 수 없었다.

맹획은 좁은 산골짜기 길을 도저히 말을 달릴 수 없어서, 말을 버리고 기어 올라가다가, 마침내 공명의 계획대로 5백 기를 거느리고 매복해 있던 위연의 군사에게 산채로 붙잡히고 말았다. 그를 따르던 만병의 부하들도 모조리 항복했다.

위연이 맹획을 끌고 대채로 와서 공명을 만나 보니, 공명은 이렇게 될 줄 알고 미리 소와 돼지를 잡아서 영채 안에 연회를 베풀고 만반준비를 갖추고 있었다.

장중에는 7겹으로 도부수들이 늘어섰으며, 창과 검과 극이

상설(霜雪)처럼 시퍼런 광채를 발하고 있어서 그 광경이 삼엄하기 이를 데 없었다.

공명은 장상에 단정히 앉아서 수많은 만병들이 속속 잡혀 들어오는 광경을 보고 있었다.

공명이 그들을 앞으로 불러 세우더니 결박한 줄을 풀어 주라 명령하고 말했다.

"그대들은 모두 아무 죄도 없는 백성들로서 불행히도 맹획에게 잡혀서 이런 고생을 하게 된 것이오. 나는 그대들의 부모 형제 처자들이 문앞에 나서서 목이 빠지도록 그대들을 기다릴 것이고, 또 만약에 이번 싸움에 패했다는 사실을 그들이 알게 된다면 창자가 끊어질 듯 피눈물이 앞을 가리리라고 생각하오. 이제 그대들을 모조리 석방시켜 돌려보낼 것이니 돌아가서 각자 부모 형제 처자들의 마음을 편안히 해주시오."

공명이 말을 다 마치고 나서, 여러 사람에게 각각 술과 음식을 대접하고 곡식까지 나누어 주었다. 만병들은 공명의 은혜에 감격하여 마지않으며, 울며 절하고 물러나갔다.

공명은 무사를 불러서 맹획을 잡아 들이라고 명령했다.

얼마 후 앞에서 잡아당기고 뒤에서 밀면서 맹획을 결박한 채 장전에 내세웠다. 맹획이 장하에 꿇어 앉았다. 공명이 말했다.

"선제께서 그대를 야박하게 대하시지 않으셨거늘 그대는 어찌하여 배반했단 말인가?"

맹획이 대답했다.

"양천의 땅은 모두 타인이 점령했던 땅이오. 그대의 주인은 이것을 강탈해 가지고 인군이라 자칭한 것뿐이오. 나는 대대로 이 땅에 사는 사람인데, 그대들이 무례하게도 나의 토지를 침범했으니, 내 어찌 반기를 들지 않겠소?"

"그대는 이제 나에게 잡혔으니 충심으로 복종할 생각인가?"

"산골짜기 길이 협착하여 그대의 수중에 들었을 뿐이지 어찌 복종하겠소?"

"복종할 수 없다면, 내 그대를 놓아줄 테니 어떻게 하겠나?"

"돌아가서, 군사를 수습하여 또 한번 자웅을 결해 보겠소. 또 한번 그대가 나를 잡을 수 있다면 그때는 복종하겠소."

공명은 그 즉시 결박한 줄을 풀어 주고, 옷을 입혀 술과 음식을 대접해서 안장 있는 말까지 주어서 사람을 시켜 전송했다. 이야말로 수중에 든 도둑을 놓아 주고도 항복은 시키지 못했다.

88. 뻔뻔스러운 사나이

渡瀘水再縛番王
識詐降三擒孟獲

공명이 맹획을 놓아 주니, 여러 대장들은 공명에게 와서 물었다.

"맹획은 남만(南蠻)의 거괴(渠魁)입니다. 이번에 다행히 산 채로 잡게 되어서 남방을 평정할 수 있었는데 승상께서는 어째서 놓아 주셨습니까?"

공명이 웃으면서 말했다.

"그를 산채로 잡는다는 것은 마치 주머니 속에서 물건을 꺼내는 것 같은 일이오. 그의 마음을 정말로 항복시켜야만 자연히 평정할 수 있소."

여러 장수들은 이런 말을 듣고도 모두 의아스럽기만 했다.

그날, 맹획은 노수(瀘水) 강가에 이르러, 그를 찾아 헤매던 부하 패잔병들을 만나게 됐다. 병사들은 맹획의 모습을 발견하자, 놀랍기도 하고 기쁘기도 해서 물었다.

"대왕께서는 어떻게 돌아오실 수 있으셨습니까?"

맹획이 대답했다.

"촉나라 사람들은 나를 장중에 가두었지만, 나는 놈들을 10여 명이나 때려 죽이고 밤중에 캄캄한 틈을 타서 빠져 나왔소.

도망쳐 나오다가 마군 한 놈과 맞닥뜨렸지만, 나는 또 그 놈 마저 죽여 버리고 그놈의 말을 빼앗아 타고 뛰쳐 나올 수 있 게 되었소."

모든 사람이 크게 기뻐하며 맹획을 둘러싸고 노수를 건너서 서 채책(寨柵)을 마련하고 각 동의 추장들을 소집했다.

석방되어 돌아온 만병들이 순식간에 10여만 기나 몰려들었 다. 이때, 동다나와 아회남은 벌써 그들의 동으로 돌아와 있었 는데, 맹획이 사람을 보내어 나오라고 했으나, 겁이 나서 잠자 코 있다가 동병(洞兵)을 거느리고 참석했다.

맹획이 영을 내렸다.

"나는 이미 제갈량의 계책을 간파했소. 싸울 필요가 없소. 싸우면 놈의 속임수에 떨어지게 되니까. 놈들 천군(川軍)은 멀리서 오느라고 고생을 많이 한데다가 날씨가 이렇게 지독하 게 더우니 오래가면 얼마나 가겠소? 우리들에게는 이 노수의 험난한 방패가 있으니, 배와 뗏목을 모조리 남안 일대에다 몰 아 놓고, 강변에 토성을 모조리 쌓아 올리고 호를 파고 누를 쌓아 제갈량이 어떠한 꾀를 부리나 보고만 있습시다."

여러 추장들은 그 계책을 따라서 배와 뗏목을 모조리 남안 일대에 몰아 놓고 토성을 쌓아 올렸다. 산을 의지하고 비탈이 진 땅에는 적루를 높이 마련하고 그 위에 궁노(弓弩)와 포석 (礮石)을 무수히 장치하여 오래 지탱할 준비를 하였다.

공명이 대군을 인솔하고 진격해서 전군(前軍)이 노수에 도 착했더니, 초마가 비보를 전했다.

"노수에는 배와 뗏목이 하나도 없고, 또 물줄기가 매우 세 차게 흐르며, 강 건너 언덕 일대에는 토성이 쌓아졌고 만병들이 모두 파수를 보고 있습니다."

때는 마침 5월의 염천인데, 남방 땅이라 유난히 혹염이어서 갑옷을 몸에 걸칠 수가 없었다.

공명은 친히 노수 강변으로 출마하여 두루두루 정세를 관망하고 나서 본채로 돌아와 장중에 여러 장수들을 모아 놓고 명령을 내렸다.

"지금, 맹획의 군사는 노수 남쪽에 진을 치고 있으며, 수비를 든든히 해서 우리 군사를 막아내려고 하는데, 나도 군사를 거느리고 여기까지 나온 바에는 그대로 돌아갈 수가 없소. 그러니 그대들은 각각 군사를 인솔하고 산과 나무를 끼고 수목이 무성한 곳을 택해서 인마가 쉴 수 있도록 하시오."

여개를 파견해서 노수에서 백 리쯤 떨어진 지점에 서늘한 곳을 택하도록 하고, 영채를 네 곳으로 갈라서 구축했다. 왕평·장의·장익·관색에게 각각 한 군데씩 영채를 지키도록 하고, 안팎으로 풀시렁을 만들어서 마필(馬匹)을 가리고, 장사들도 서늘한 곳을 찾아서 더위를 피하도록 했다.

참군 장수 장완(蔣琬)이 그것을 보더니 공명에게 와서 물었다.

"소생이 보건대 여개가 꾸민 영채는 아주 좋지 못합니다. 옛적에 선제께서 동오에 패하시던 때와 똑같은 지세(地勢)의 결점을 범하고 있습니다. 만약에 남만의 병사들이 몰려 노수를 건너서 화공 작전을 쓴다면 어떻게 감당해 내겠습니까?"

공명이 빙그레 웃었다.

"공은 너무 걱정 마시오. 내게도 묘산(妙算)이 있으니……."

장완과 그밖의 여러 사람들은 공명이 말하는 뜻을 알 수가 없었다.

이때, 홀연 촉중에서 마대(馬岱)를 파견하여 해서약(解署藥)과 양미(糧米)를 가져왔다는 보고가 들어왔다. 공명이 곧 불러들이니 마대는 인사를 마치자 일변 양미와 해서약을 네 군데 영채에 분배해 주었다.

공명이 마대에게 물었다.

"그대는 군사를 얼마나 데리고 왔소?"

마대가 대답했다.

"3천 명을 데리고 왔습니다."

공명이 또 물었다.

"우리 군사들은 여러번 싸움에 지쳤으니, 나는 그대의 군사들을 좀 쓰고 싶은데, 나가서 싸워 줄 수 있겠소?"

"모두 조정의 군마이온데 네것 내것이 있겠습니까? 승상께서 소용되신다면 죽음도 헤아리지 않겠습니다."

"현재 맹획이 노수를 든든히 지키고 있어서 우리 군사들이 건너갈 수 없으니 나는 우선 그들의 양도(糧道)를 끊어서 그들이 스스로 혼란을 일으키도록 하고 싶소."

"어떻게 양도를 끊으면 되겠습니까?"

"여기서 백 50리쯤 떨어진 곳에 노수의 하류로 사구(沙口)라는 곳이 있는데 그곳은 물줄기가 느리게 흘러서 뗏목을 타고 건너갈 수 있소. 그대는 본부의 3천 군사를 인솔하고 곧장 만동(蠻洞)으로 들어가서 먼저 적의 양도를 끊어 버리고 나서 동다나와 아회남 두 동주를 만나서 내응 하면 틀림없소."

마대는 흔연히 나서서, 군사를 인솔하고 사구에 이르러 강을 건너려고 했지만 병사들은 강물이 너무 얕아서 뗏목을 탈 수 없다고 모두 옷을 벗고 건넜다. 병사들이 반쯤 건너가다가 모조리 쓰러지는 바람에 급히 구출해 가지고 강변으로 나왔더니 입과 코로 피를 쏟으며 죽어 갔다.

마대는 깜짝 놀라 밤을 새워가며 되돌아와서 공명에게 보고했다. 공명이 즉시 향도 토인을 불러서 물어 봤더니, 토인이 설명했다.

"지금은 염천(炎天)이라서 독기가 노수에 담뿍 괴어 있습니다. 낮에 몹시 더워서 독기가 치밀어오를 때, 강을 건너면 사람은 반드시 그 독기에 쓰러지고 맙니다. 이 물을 마셔도 그 사람은 꼭 죽고 맙니다. 만약에 강을 건너가고자 하신다면 반드시 밤이 깊어 물이 식기를 기다려서 독기가 치밀지 않을 때, 배불리 먹고 건너가셔야만 무사할 수 있습니다."

공명은 토인에게 길을 인도하라고 명령하고, 정병 5, 6백 명을 뽑아 가지고 마대에게 주어서 또다시 떠나 보냈다.

마대가 노수 사구에 도착하여 뗏목을 마련해 가지고 밤중에 강을 건너가니 과연 아무 탈도 없었다.

이리하여 마대는 장군 2천 명을 거느리고 토인에게 길을 인도하게 해서 만동의 양식을 운반하는 입구인 협산욕(夾山峪)에 도착했다. 이 협산욕은 양편은 산이요, 그 가운데로 뚫린 한 갈래 좁은 길인데 단 한 사람, 한 필의 말이 간신히 지나갈 수 있을 정도였다. 마대는 협산욕을 점령하자 군사들을 동원하여 채책을 구축하라 했다.

이런 줄도 모르고 동만(洞蠻)에서는 군량을 운반해 오다가 마대에게 앞뒤로 가로막히니 백여 차(車)나 되는 군량을 빼앗기고 말았다. 만인(蠻人)은 즉시 맹획의 대채로 달려가서 이런 사실을 보고했다.

이때, 맹획은 영채 안에서 종일 술만 마시고 즐거움에 도취하여 군무를 다스리지 않고 있다가 여러 추장들에게 한다는 소리가,

"내가 만약에 제갈량과 대적한다면 반드시 그의 간계에 빠질 것이오. 이번에는 이 노수의 험난한 지점을 방패로 삼고 호를 파고 누를 쌓아서 대기하고 있으니, 촉인들은 혹독한 더위를 견디지 못하고 반드시 물러가고 말 것이오. 그때 나와 그대들이 곧 습격을 가하면 제갈량을 산채로 잡을 수 있소."

하고 말을 마치더니 껄껄껄 통쾌하게 웃어젖히고 있는데, 홀연 추장 한 사람이 입을 열었다.

"만약 사구의 물이 얕아서 촉나라 군사가 살그머니 건너온다면 큰일입니다. 군사를 배치하여 파수를 보도록 하십시오."

맹획이 여전히 웃으며 빈정거렸다.

"그대도 이 고장 토인으로서 어째서 모른단 말인가? 나는 촉나라 군사가 강을 건너왔으면 하고 기다리고 있는데……. 건너오다가는 반드시 물 속에서 죽고 말 것이오."

추장이 또 말하고 나섰다.

"만약에 이곳 사람이 밤에 강을 건널 수 있는 방법을 그들에게 알려 준다면 그때는 또 어떻게 하겠습니까?"

"그렇게 너무 걱정할 건 없소. 우리 경내(境內) 사람이 어찌 적을 도와 주겠소?"

이런 말을 하고 있는데 놀라운 보고가 날아들었다. 촉나라 군사가 얼마나 되는지 그 수효도 헤아릴 수 없을 만큼 노수를 몰래 건너서서 협산욕의 양식을 운반하는 길을 끊어 버리고 '평북장군 마대(平北將軍馬岱)'라는 기호(旗號)를 내세우고 있

다는 것이었다. 맹획이 여전히 웃으며 말했다.

"그까짓 어린 놈쯤이야, 뭘 두려워하랴!"

당장에 부장 망아장(忙牙長)을 시켜서 군사 3천 명을 거느리고 협산욕으로 달려가게 했다.

한편, 마대는 만병이 이미 도착한 것을 보자, 군사 2천 명을 풀어서 산 앞을 가로막아 버렸다. 두 진영이 원을 이루며 대치하자, 망아장이 출마하여 마대와 대결했으나, 마대의 한 칼에 말 아래로 목이 굴러 떨어지고 말았다.

만병이 대패하여 돌아와서 맹획에게 이런 사실을 자세히 이야기했더니 맹획은 여러 장수들을 불러서 물어 보았다.

"누가 나가서 마대와 대적해 볼 만한 사람은 없소?"

그 말이 채 끝나기도 전에 동다나가 나섰다.

"내가 가고 싶소!"

맹획은 크게 기뻐하며 3천 기를 주어서 동다나를 떠나보냈고, 또다시 노수를 건너오는 병사가 있을까 두려워서 아회남에게도 3천 기를 주어서 사구로 파견하여 수비를 단단히 하도록 했다.

동다나가 만병을 인솔하고 협산욕에 도착하여 진을 치니, 마대도 그 즉시 부하를 거느리고 출마했다. 부하 가운데 동다나를 잘 아는 병사가 있어서 여차여차하게 말을 하라고 귀띔해 주어 마대는 당장에 욕설을 퍼부었다.

"의리도 모르고 배은망덕한 놈아! 우리 승상께서 네놈의 목숨을 살려 주셨는데 이제 또 배반을 하다니 네놈은 부끄러운 줄도 모르느냐?"

동다나는 얼굴이 시뻘개지면서 무슨 말을 해야 좋을지 몰라 싸우지도 못하고 물러서 버렸다. 마대는 혼자서 실컷 휘몰아치다가 군사를 수습해서 철수했고, 동다나는 맹획에게로 돌아와서 그와 대면했다.

"마대는 대단한 영웅이어서 감당해 낼 도리가 없소!"

동다나가 이렇게 말하자 맹획은 노발대발했다.

"네놈이 본래 제갈량의 은혜를 입었기 때문에 고의로 싸우지도 않고 물러나온 것을 나는 잘 알고 있다! 이야말로 매국이 아닐 수 없다!"

이렇게 호통을 치면서 당장에 잡아 내다가 목을 베라고 명령했다. 여러 추장들이 재삼 애원을 해서 간신히 죽음은 면했으나, 무사에게 호령을 해서 동다나에게 큰 몽둥이로 매를 백 대 때리게 해서 본채로 돌려보냈다.

여러 추장들이 모두 동다나에게 와서 말했다.

"우리는 비록 만방(蠻方)에 산다고는 하지만, 일찍이 감히 중국을 침범한 일도 없었고 중국도 또한 우리를 침범했던 일이 없었소. 맹획이 세력으로서 핍박을 가하기 때문에 어쩔 수 없이 반기를 든 것인데, 이제 공명의 이루 헤아릴 수 없는 신기(神機)를 생각하면 조조나 손권도 두려워했던 바인데 하물며 우리 같은 만방에서 어찌 그와 대적할 수 있겠소? 또 우리들은 모두 목숨을 살려 준 은혜를 입고 있으니 이 은혜에 보답하지 않을 도리는 없소. 목숨을 내걸고라도 맹획을 죽여서 공명에게 투항하여 동중(洞中)의 백성들을 도탄에 빠뜨리지 말아야겠소!"

동다나가 여러 사람에게 물었다.

"그대들의 마음은 어떠하오?"

그 중에서 공명에게 석방되어 돌아온 사람들이 일제히 입을 모아 대답했다.

"그리로 가고 싶소!"

이리하여 동다나는 손에 강철 칼을 움켜 잡고 부하 백여 명을 거느려서 대채로 달려갔다.

이때, 맹획은 장중에서 술이 곤드레만드레로 취해 있었다. 동다나가 손에 칼을 잡고 여러 사람을 인솔하고 달려들어갔더니 장하에는 두 장수가 시립하고 있었다. 동다나가 칼로 가리키며 외쳤다.

"그대들도 제갈승상의 목숨을 살려 주신 은혜를 입었으니 의당 보답해야 할 것이오!"

두 장수들도 응했다.

"장군께서 손을 대실 것까지 없습니다. 소생이 산채로 잡아 가지고 승상께 바치겠습니다."

이리하여 일제히 장 안으로 뛰어들어가서 맹획을 꽁꽁 묶어 결박했다. 다시 노수 강변까지 끌고 나와서 곧장 북녘 강변으로 지나가면서 우선 사람을 시켜서 공명에게 알렸다.

공명은 염탐꾼의 정보를 통해서 이런 사실을 미리 알고 있었다. 비밀리에 명령을 내려서 각 영채의 장사들에게 군기(軍器)를 정돈시켜 놓고 우두머리 추장들을 시켜서 맹획을 끌어들이게 하고, 그 나머지 사람들은 모두 본채로 돌아가서 대기하도록 했다.

동다나가 먼저 중군으로 들어와서 공명을 만나 보고 자세한 사정을 알렸다. 공명은 그의 수고에 큰 상을 내리고 좋은 말로써 격려해 주고, 동다나를 시켜서 여러 추장을 거느리고 먼저 돌아가게 했다. 그리고 나서 도부수에 명령하여 맹획을 끌어들였다.

공명이 웃으면서 말했다.

"그대가 지난번에 두 번 잡혀오게 되면 항복하겠다고 했는데, 오늘은 어찌할 작정인가?"

맹획이 대답했다.

"이것은 그대의 힘이 아니오. 바로 내 수하의 놈들이 날 잡아 주려고 이따위 짓을 했으니 어찌할 수 있겠소?"

"내 이제 또 한번 놓아 줄 테니 어떻겠는가?"

"나는 비록 만인이기는 하지만, 다소의 병법은 알고 있소. 만약에 승상이 정말 나를 용서해서 동중으로 돌려 보내 준다면 나는 다시 한 번 군사를 이끌고 승부를 결해 보겠소. 만약에 이번에도 승상이 나를 또 잡아올 수 있다면 그때는 경심토담(傾心吐膽)하고 귀항하겠소. 두 번 다시 다른 마음을 먹지는 않겠소."

"그러면 또다시 산채로 잡혀와서도 항복하지 않을 때에는 호락호락 용서해 주지 않을 것이오."

공명은 그를 결박한 줄을 풀어 주고 지난번과 똑같이 술과 음식을 대접하며 자리를 나란히 하고 장상(帳上)에 앉았다. 공명이 말했다.

"나는 모려(茅蘆)에서 나온 이후 싸워서 이기지 않은 법이 없고 공략하여 점령하지 않은 법이 없었는데, 그대는 만방 사람으로서 어찌 복종하지 않겠다는 건가?"

맹획은 묵묵히 대답이 없었다. 공명은 술자리가 끝나자 맹획을 불러 가지고 함께 말을 타고 영채 밖으로 나와서 여러 영(營)의 채책에 둔적되어 있는 양식과 군기를 돌아다니며 보았다. 공명이 맹획을 손가락으로 가리켰다.

"그대가 나에게 투항하지 않는다니 정말 어리석소. 나에게 는 이렇게 정병·맹장과 양초·기계가 있는데, 그대가 어찌 나를 이기겠단 말이오? 그대가 만약에 일찌감치 투항한다면 천자께 아뢰어 그대의 왕위를 잃지 않도록 하고 자자손손이 길이 만방을 진압하고 살 수 있도록 해줄 것인데 그대의 의사 는 어떠하오."

"내가 비록 투항하려 든다 할지라도 동중(洞中)의 사람들이 마음으로 복종하지 않을 테니 어찌 하겠소? 만약에 승상이 나를 돌려보내 준다면 반드시 본부 사람들을 잘 달래서 동심합 담(同心合膽)해서 귀순할 수 있을 것이오."

공명은 흔연히 다시 맹획과 함께 대채로 돌아와 늦게까지 술을 마셨고, 맹획은 그제야 공명과 작별하고 떠나갔다. 공명 은 친히 노수 강변까지 그를 전송해서 배까지 태워 그의 영채 로 돌려보내 주었다.

맹획은 자기 본채로 돌아가 우선 도부수들을 장하에 매복시 켜 놓고, 자기 심복을 동다나와 아회남의 영채로 보내서 공명 에게서 사자가 왔다고 거짓말을 해서 두 사람을 본채로 불러 다가 목을 베어서 산곡간에 내동댕이쳐 버렸다. 그러고는 즉 시 심복 부하를 파견하여 요로를 든든히 지키게 해놓고 친히 군사를 이끌고 협산욕으로 출진하여 마대와 대결하려고 했는 데, 그곳에 도착해 보니 군사라고는 하나도 보이지 않았다.

그 고장 토인들에게 물어 봤더니 이구동성으로 말하기를,

어젯밤 양말(糧秣)을 모조리 운반해 가지고 노수를 건너서 본채로 철수했다는 것이었다.

맹획은 영채로 돌아와서 그의 아우 맹우(孟優)에게 말했다.

"이번에야말로 나는 제갈량의 허실을 모조리 알고 왔다. 너는 나가서 여차여차하게 해라."

맹우는 형의 계책을 받아 가지고 만병 백여 명에게 금주보패(金珠寶貝)·상아 서각(象牙犀角)들을 실려 주어서 노수를 건너 공명의 영채로 보냈다. 강을 막 건너섰을 때 앞에는 피리소리, 북소리가 요란스럽게 들리더니 1군의 군마가 덤벼들었다. 선두에 서 있는 대장은 바로 마대였다. 맹우는 간담이 서늘했지만, 용건을 물어 본 마대는 그를 본채 밖에서 기다리게 해놓고 공명에게 사람을 급히 파견했다.

때마침 공명은 장중에서 마속·여개·장완·비위 등과 남만을 평정할 계책을 상의하고 있었는데, 맹획이 아우 맹우를 시켜서 보물을 보냈다는 보고가 들어오자 마속을 돌아다보며 말했다.

"그자가 여기까지 온 의도를 그대는 아시오?"

"명백히 여쭐 수는 없습니다. 종이 위에 살며시 적어서 승상께 올리겠습니다. 승상의 뜻과 합치되나 한번 보십시오."

마속이 무엇인지 종이에 써서 공명에게 주었더니, 공명은 손뼉을 치면서 깔깔대고 웃었다.

"맹획을 붙잡을 계책은 이미 서 있소. 그대의 의견도 나와 똑 같군!"

하면서 그 즉시 조자룡·위연·왕평·마충·관색을 차례차례로 불러들여서 뭔지 귓속말로 계책을 알려 주었다.

그들이 계책을 받아 가지고 물러나가자 공명은 맹우를 장중으로 불러들였다. 맹우가 꿇어 엎드렸다.

"형 맹획이 목숨을 살려 주신 은혜를 생각하고 금주보패를 보냈사오니 병사들에게 주는 선물로 받아 주시기 바랍니다."

"그대의 형은 지금 어디 있소?"

"승상께 드릴 선물을 장만하려고 은갱산(銀坑山)에 갔사온데 머지않아 돌아올 것입니다."

"그대는 부하를 몇 사람이나 거느리고 왔소?"

"많이 데리고 오지 못했습니다. 수행해 온 백여 명이 모두 화물을 운반하는 자들입니다."

공명이 그자들을 불러들여 놓고 보니 모두가 푸른 눈, 검은 얼굴에 머리카락은 황발(黃髮), 수염은 자수(紫鬚), 귀에는 금으로 만든 귀고리를 늘어뜨렸고, 더부룩한 머리에 신발을 벗고 있으며 키가 크고 힘이 센 사람들이었다. 공명은 그들을 자리에 앉히고 여러 장수들을 시켜서 술을 권하며 후하게 대접했다.

맹획은 장중에서 회보만 기다리고 있었는데, 부하 두 사람이 돌아와서 불러들여서 물어 봤더니 그들이 대답했다.

"제갈량은 예물을 받고 크게 기뻐하면서 수행한 사람들을 모두 장중으로 불러들여 소를 잡아서 연회를 베풀어 대접하고 있습니다. 둘째 대왕께서 대왕께 밀보(密報)해 드리라고 분부하시는 말씀이, 오늘밤 2경쯤 되어서 내응외합(內應外合)하여 대사를 성공 시키자고 하셨습니다."

맹획은 이러한 말을 듣자, 대단히 기뻐하며 즉시 만병 3만 명을 정비해 가지고 3대(隊)로 나누어 놓고 각 동의 추장들을 불러서 분부했다.

"각군은 화구(火具)를 몸에 지니도록 하시오. 오늘밤 촉나라 영채에 도착하면 불을 질러서 신호를 하시오. 나는 중군으로 뛰어들어서 제갈량을 붙잡겠소."

여러 만장(蠻將)은 계책을 받아 가지고 날이 저물 무렵에 노수를 건너갔으며, 맹획은 심복 백여 명을 이끌고 공명의 대채로 달려갔다.

그런데 장중에는 등불이 환하게 켜 있을 뿐 영채는 텅 비었고 맹우를 위시해서 자기 편 군사들이 모조리 술이 곤드레만드레로 취해서 여기저기 나자빠져 뒹굴고 있을 뿐이었다.

이것은 공명이 미리 마속과 여개를 시켜서 맹우에게 술대접을 시키고 그 술 속에 슬며시 약을 타서 곯아떨어지게 만든 까닭이었다.

맹획이 계책에 떨어졌음을 깨닫고 급히 맹우를 부축해 일으켜서 본진을 향하여 되돌아서려고 하는데 갑자기 앞쪽에서 고함소리가 천지를 진동하며 횃불이 하늘을 치밀듯이 퍼져 올랐다. 앞장 서서 달려드는 것은 바로 촉장 왕평, 그리고 여기저기서 위연·조자룡·마대가 덤벼들더니 맹획을 옴쭉도 못하게 포위하고 산채로 잡았다.

얼마 후 마대는 맹획을, 조자룡은 맹우를, 위연·왕평·관색은 각 동의 추장을 끌고 공명에게로 나아갔다.

공명이 손가락으로 맹획을 가리키며 이번에도 항복할 생각이 없느냐고 힐문했더니, 맹획이 뻔뻔스럽게도 대답했다.

"이것은 나의 아우가 구복(口腹)을 탐내서 그대의 독약에 넘어져서 이런 일을 저지른 탓이오. 내가 친히 나섰고 내 아우가 군사를 동원해서 이에 응했다면 반드시 성공했을 것이오. 이는 천패(天敗)에 속하는 일이고 내가 무능한 탓이 아니니, 어찌 항복하겠소?"

이 말에 공명이 다시 물었다.

"세 번이나 붙잡히고도 항복을 하지 않는다는 것은 너무 뻔뻔스럽지 않은가?"

맹획이 머리를 숙인 채 묵묵히 대답을 못하는 것을 보고 공명은 껄껄껄 웃으면서 또 한번 용서해 돌려보내겠다고 말했다.

맹획은 여전히 자기 형제를 돌려보내 주면 또 한번 공명을 들이쳐서 자웅을 결해 보겠다고 하는 것이었다.

"이제 또 한번만 붙잡혀 오면 반드시 용서해 주지 않을 것이니, 그대도 병법이나 더 연구해 가지고, 믿을 만한 인물들을 동원하고 좋은 계책을 세워서 후회하지 않도록 하시오!"

공명은 무사에게 명령하여 묶은 줄을 풀어 주라 하고, 맹획·맹우 그리고 여러 추장도 용서해 주어서 또 한번 그들의 영채로 돌려보냈다.

맹획이 그의 본채로 돌아오니, 거기에는 조자룡이 벌써 점령하고 앉아서 호통을 치는 것이었다.

"승상께서 네놈을 이렇게까지 대접해 주시는데, 앞으로는 절대로 그 큰 은혜를 잊어서는 안 된다!"

맹획은 아무 소리도 못하고 돌아서서 경계선 어귀의 산곡간으로 빠져 나오려고 했는데 위연이 정병 천여 기를 거느리고 높은 언덕 위에 난데없이 나타나더니 말을 멈추고 호통을 쳤다.

"나는 이미 네놈의 소굴로 깊숙이 들어와서 험준한 요로를 점령했는데, 이래도 또 어리석게 우리 대군에 항거하겠다는 거냐? 이번에 붙잡기만 하면 시체를 발기발기 찢어서 절대로 용서해 주지 않을 것이다."

맹획 등은 달아날 구멍을 찾는 생쥐처럼 본동(本洞)을 향하여 도주했다.

공명은 노수를 건너가서 영채를 마련해 놓고 3군에 큰 상을 내렸다. 그리고 나서 여러 장수들을 장하에 모아 놓고 이렇게 말했다.

"맹획을 두번째 붙잡았을 때, 내가 우리 각영의 허실을 두루두루 보여준 것은 놈들이 우리 진영을 습격하도록 만들자는 까닭이었소. 나는 맹획이 다소 병법을 알고 있다는 것을 알기 때문에, 일부러 우리 편에 군량을 자랑하는 체하면서 사실인 즉 맹획이 우리 편의 약점을 간파하고 화공법(火攻法)을 쓰도록 만들어서, 그 아우를 시켜 거짓 투항을 하게 하고 내응을 꾀하도록 만든 것이었소. 내가 세번째 붙잡아서 죽이지 않은 것은, 실로 그자의 마음을 복종시키자는 생각이었고 그들의 무리를 아주 뿌리 뽑자는 생각은 아니었소. 이제 그대들에게 명백히 말해 두거니와, 수고를 아끼지 말고 힘껏 나라에 보답하도록 하시오!"

"승상께서는 지(智)·인(仁)·용(勇) 세 가지를 골고루 갖추고 계십니다!"

여러 장수들은 꿇어 엎드려 입을 모아 말하며, 기쁘고 감격하는 마음을 누를 수 없었다.

세 번씩이나 결박을 당하고 망신을 하고 나서 화가 치밀 대로 치민 맹획은 은갱동(銀坑洞)으로 돌아오자, 즉시 심복 부

하에게 금주보패를 주어서 만방의 여러 부락으로 파견하여 군
사 10만 명을 빌려서 기일까지 정비를 마치도록 명령했다.

각대(各隊)의 인마가 구름과 안개처럼 몰려들어서 맹획의
지시만 기다리고 있었다.

복로군(伏路軍)이 이런 사실을 탐지하고 공명에게 보고하니
공명이 빙그레 웃었다.

"만병이 모조리 덤벼들기를 나는 기다리고 있던 차요. 내
솜씨를 한번 보시오."

공명은 조그만 수레를 타고 길을 떠났다.

이야말로 동주(洞主)의 위풍이 대단하지 않았다면, 어찌 군
사(軍師)의 수단이 고명함을 나타낼 수 있으랴.

89. 벙어리가 된 군사들

武鄕侯四番用計
南蠻王五次遭擒

공명은 친히 조그만 수레를 타고 수백 기의 군사를 이끌고 길을 찾아서 나섰다. 앞으로 한 줄기 강물이 흐르고 있는데 서이하(西洱河)라고 했다. 물의 흐름이 느리기는 했으나 배라곤 한 척도없었다. 나무를 잘라서 뗏목을 만들어 가지고 건너 보려 했지만, 나무는 물에 닿기가 무섭게 가라앉아 버렸다. 공명이 여개(呂凱)에게 물어 보니, 여개가 대답했다.

"서이하의 상류에는 산이 있고, 그 산에는 대나무가 무성한데, 굵은 것은 몇 발이 되는지 모른다고 합니다. 사람을 시켜서 그것을 잘라다가 강 위에 죽교(竹橋)를 만들어서 군마가 건너가도록 하시면 좋겠습니다."

공명은 곧바로 3만 명의 군사를 산으로 파견하여 수십만 그루의 대나무를 잘라서 강물로 흘러내려 보내고 강물의 폭이 좁은 곳에다가 10여 장(丈)이나 되는 널찍한 죽교를 만들게 했다.

이리하여 대군을 북쪽 강변에 집결시켜서 한 일 자로 영채를 꾸미고, 또 참호를 파놓고 부교(浮橋)로 문을 삼았으며, 흙을 쌓아 올려서 성을 만들고 남녘 강변에도 한 일 자로 큰 영채를 꾸며 놓고 만병을 기다리고 있었다.

한편 맹획은 수십만의 만병을 이끌고 원한을 품고 격분해서 달려들었다. 서이하 근처까지 오자, 친히 정병 1만 명을 인솔하고 곧장 전채(前寨)를 향하여 도전했다.

공명은 머리에 윤건(綸巾)을 쓰고, 몸에는 학창(鶴氅)을 입고, 손에는 털부채(羽扇)를 쥐고, 사륜거(駟馬車)를 탔으며, 좌우에서 여러 장수들이 호위하면서 나타났다. 공명이 맹획을 바라보니 몸에는 서피갑(犀皮甲)을 입었고, 머리에는 주홍 투구(朱紅盔)를 썼으며, 왼손에는 패(牌)를 잡고, 오른손에는 칼을 쥐고 적모우(赤毛牛)를 타고 나서더니 욕설을 퍼부었다. 수하의 동정(洞丁) 만여 명이 각각 도패(刀牌)를 휘두르며 돌격해 들어오니, 공명은 급히 명령을 내려서 본채로 철수하고 사면을 단단히 잠근 다음 나와서 싸우지 말라고 했다.

만병들은 모두 옷을 벗고 알몸으로 채문(寨門)으로 달려들면 서 욕설을 퍼부었다.

여러 장수들이 격분하여 공명에게 말했다.

"우리들도 한번 나가서 결사적으로 싸우고 싶습니다."

공명이 허락하지 않는데도 여러 장수들은 새삼 나가 싸우겠다고 야단들이다.

공명이 단호하게 가로막았다.

"만방 사람들은 왕화(王化)를 따르지 않고 이번에 달려드는 품이 광악하기 이를 데 없으니, 마주 대들어서는 안 되오. 며칠 든든히 지키다가 만병의 창궐하는 기세가 누그러진 다음에 묘계를 써서 격파할 작정이오."

촉군은 며칠 동안 방비에만 힘을 기울였다. 공명이 높은 언덕에 올라가서 바라보니 만병들에게 피로의 기색이 나타나 있는 것을 보고 여러 장수들을 모아놓고 말했다.

"그대들 한번 나가서 싸워 보겠소?"

여러 장수들이 흔쾌하게 나가겠다고 하자 공명은 먼저 조자룡과 위연을 장중으로 불러들여서 뭔지 귓속말을 했다. 두 사람이 알아차리고 물러나간 다음에 공명은 또 왕평·마충을 불러들여서 계획을 지시해 주고 나서 마대를 불러들여 명령했다.

"나는 이제 세 영채를 버리고 북쪽 강변으로 후퇴하겠소. 우리 군사들이 강을 건너거든 그대로 부교를 끊어서 강물에 띄워 버리고, 조자룡·위연의 군사가 건너기를 기다려서 그들과 함께 싸움을 거드시오."

마대가 계책을 받고 물러가자, 또 장익을 불러들여서 말했다.

"우리 군사가 후퇴한 다음에 채중(寨中)에 등불을 많이 마련하시오. 그리고 맹획이 우리 군사가 철수한 줄 알게 되면 반드시 추격해 올 것이니 그대는 후군을 맡으시오."

장익이 물러가자, 공명은 관색에게 수레를 호위하도록 명령하고 전군이 후퇴했다. 그러나 영채 안에는 등불이 휘황하므로 만병들은 그것을 바라보고 감히 쳐들어오지 못했다.

이튿날 새벽이 되어서, 맹획이 대군을 이끌고 진격해 왔을 때에는 세 영채에 군사라고는 한 명도 보이지 않고 단지 양말을 잔뜩 실은 거장(車仗) 수백 량(輛)이 남아 있을 뿐이었다.

"제갈량이 진지를 버리고 달아난 데는 또 무슨 계책이 있는 게 아니겠소?"

맹우가 이렇게 말하니 맹획이,

"내 생각 같아서는, 제갈량이 치중(輜重)을 버리고 도주했다면, 국내에 중대한 일이 발생했음이 틀림없을 것이다. 오나라가 쳐들어왔든지 또는 위나라가 군사를 동원했든지 했을 것이다. 그래서 이렇게 등불을 밝혀 놓고 군사가 있는 것처럼 뵈게 하고 모든 것을 버리고 뺑소니를 친 것이다. 이 기회를 놓치지 말고 급히 추격하자!"

하고 맹획은 친히 선봉을 이끌고 서이하 강변까지 다다랐는데, 북쪽 강변을 봤더니 진중의 깃발이 평소나 조금도 다름없이, 찬란하기 비단구름 같으며, 또 연안 일대에는 비단처럼 빛나는 성까지 마련되어 있는 것이었다. 만병들은 그것을 바라보더니 감히 쳐들어가지를 못했다. 맹획이 맹우에게 일렀다.

"이것은 제갈량이 우리의 추격을 겁내서 강 북녘 언덕에서 잠시 멈추고 있는 것이다. 이틀도 못 가서 반드시 달아나고 말 것이다."

만병들을 남녘 기슭에 주둔시키고 사람을 보내서 산에서 대나무를 잘라다가 뗏목을 만들어서 건너갈 준비를 하는 한편, 싸움할 만한 힘이 센 군사들은 모조리 영채 앞으로 이동을 시켜 놓았다. 그러나 이때 촉병이 이미 자기네 경지에 침입해 있다는 사실을 알지 못했다.

그날, 난데없이 사나운 바람이 일더니, 사방에서 불길이 치밀어오르고 북소리가 천지를 진동하여 촉군이 쳐들어왔다. 만병들은 불의의 습격을 받아 저희들끼리 우충좌돌 했으며 맹획은 대경실색하여 종족(宗族) 동정(洞丁)을 이끌고 간신히 길을 틔워서 예전 영채로 되돌아갔다.

이때 1군의 군마가 진중에서부터 내달았으니 바로 조자룡이었다. 맹획이 당황하여 어쩔 줄 모르며 산골짜기 좁은 길로 뛰어들었더니 거기서는 마대의 군사가 나타나서, 맹획은 거의 수십 명의 부하를 이끌고 깊은 산곡으로 도주해 버렸다. 이때, 남·북·서 3면에서 화염이 충천하니 앞으로 더 나가지 못하고 동쪽을 향하여 달아나는 수밖에 없었다. 또 한 군데 산골짜기를 돌아서는데 앞에 큰 숲이 보이며, 공명이 수십 명의 병사들에게 수레를 끌게 하고 그 위에 단정히 앉아서 깔깔대며 웃고 있는 것이다.

"만왕 맹획! 대패하여 여기까지 왔군! 나는 그대를 기다린 지 오래 됐소!"

맹획이 대로하여 좌우를 돌아다보며 소리쳤다.

"나는 이놈의 속임수에 빠져서 세 번이나 욕을 봤다. 이제 다행히 여기서 마주치게 됐으니, 그대들은 앞으로 쳐들어가서 말이고 사람이고 모조리 가루로 만들어 버려라!"

말이 떨어지기가 무섭게 만병 몇 명이 불쑥 나서더니 쏜살같이 달려나갔다. 맹획은 앞장 서서 고함을 지르며 숲속으로 달려 들다가 요란스런 소리와 함께 함정에 빠졌고 병사들도 일제히 나뒹굴어 떨어지고 말았다. 숲속에서 위연이 내닫더니 맹획을 결박하여 공명에게로 갔으며, 장익도 맹우를 잡아 가지고 나타났다. 공명은 맹우를 타일러 돌려보내고 맹획에게 말했다.

"또 붙잡혀 왔군! 이래도 항복하지 않겠다는 건가?"

"이번에도 속임수에 빠졌으니 죽어도 눈을 감지 못하겠소!"

공명이 무사들에게 명령하여 끌어내다가 목을 베라고 했건만, 맹획은 조금도 겁을 집어먹는 기색 없이 공명을 돌아다보면서 또 말했다.

"만약에 그대가 또 한번만 나를 돌려보내 준다면 이번에는 네 번이나 당한 분풀이를 하고야 말겠소!"

공명은 깔깔대고 웃으면서 측근자에게 명령하여 그를 결박한 줄을 풀어 주고 장중에 자리잡혀 앉히고 술을 대접했다. 공명이 말했다.

"내가 네 번이나 예의를 갖추어서 대접했는데, 그래도 항복하지 않겠다는 것은 무슨 까닭인가?"

"내 비록 왕화(王化)의 밖에서 사는 사람이라지만 승상처럼 속임수만을 쓰지는 않소. 내 어찌 항복할 수 있겠소?"

"내가, 또 한번 돌려보내 준다면 그대는 다시 싸울 수 있겠는가?"

"승상이 만약에 나를 붙잡을 수 있다면, 그때는 마음을 기울여항복하고 본동(本洞)의 모든 물건을 바쳐서 군사들을 위로해 주고 두 번 다시 반란을 일으키지 않겠소."

공명이 웃으면서 돌려보내니 맹획은 기뻐서 절하고 돌아갔다. 맹획이 여러 동의 장정 수천 명을 집결해 가지고 남쪽으로 달리고 있을 때 먼지가 뽀얗게 일더니 1대의 군마가 내달았다. 이것은 바로 그의 아우 맹우가 패잔병을 다시 수습해 가지고 형의 원수를 갚으려고 달려오는 길이었다. 형제는 얼싸안고 울면서 지난 일을 서로 호소했다. 맹우가 울먹였다.

"우리 군사는 번번이 지기만 하니, 촉병을 감당해 내기 어렵소. 산 깊숙한 동중으로 몸을 피해서 나오지 않으면 촉병들은 더위를 못이겨 자연 후퇴하고 말 것이오."

"어디 피할 만한 곳이 없겠느냐?"

"서남쪽으로 독룡동(禿龍洞)이란 곳이 있소. 동주(洞主)는 타사대왕(朶思大王)이라고 하는데, 나와 절친한 사이이니 그리로 갑시다."

맹획은 맹우를 앞장 세워서 독룡동으로 가서 타사대왕을 만나 보기로 했다. 타사는 당황해하면서 동병(洞兵)을 내보내서 그들을 영접했다. 맹획이 인사를 마치고 나서 여태까지의 사정을 말했더니 타사가 하는 말이,

"대왕께서는 안심하십시오. 만약에 천병(川兵)이 쳐들어온다면 놈들의 일인일기(一人一騎)도 제 고장으로 돌아가지 못하고 제갈량과 함께 모두 여기서 죽어 넘어지게 하겠습니다!"

하니 맹획이 무척 기뻐하며 어떠한 계책이 있느냐고 물었다. 타사가 말했다.

"이 동중에는 단 두 갈래 길이 있을 뿐입니다. 동북쪽 한 갈래 길이 바로 대왕께서 오신 길입니다. 이 길은 지세가 평탄하고 흙이 두껍고 물맛이 좋아서 인마가 지나다닐 수 있습니다. 만약에 목석을 쌓아서 동구(洞口)를 막아 버리면 비록 백만대군이 있다 하더라도 들어오지 못할 것입니다. 서북쪽의 한 갈래 길은 산령이 험악하고 도로가 협착하며, 그 가운데로 좁은 길이 있다고는 하지만 독사 뱀과 악갈(惡蝎)이 많이 숨어 있고 날이 어두울 무렵에는 안개와 장기(瘴氣)가 크게 일어나서 사·오시(巳午時)나 돼야 없어지는지라, 미·신·유시(未申酉時)에만 왕래할 수 있으며, 물을 마실 수 없어서 인마가 왕래하기 어렵습니다. 여기엔 네 군데 독천(毒泉)이 있는데, 첫째는 아천(啞泉)이라고 하며 그 물이 다소 달콤하지만 사람이 그것을 마시면 말을 못하게 되고, 열흘도 못 가서 반

드시 죽어 버립니다. 둘째는 멸천(滅泉)인데, 이 물은 더운물과 다름이 없지만, 사람이 목욕을 하면 피부와 살이 문들어져서 뼈를 드러내고 죽어 버립니다. 셋째는 흑천(黑泉)인데 그 물이 다소 맑기는 하지만, 사람의 몸을 스치기만 하면 수족이 새까맣게 되어서 죽어 버립니다. 넷째는 유천(柔川)인데 물이 얼음장 같아서 사람이 마시기만 하면 목구멍에 더운기가 없어지고 몸이 솜처럼 흐늘흐늘해져서 죽어 버립니다. 이곳에는 벌레도 새도 통 없고, 단지 옛날에 한(漢)나라의 복파장군(伏波將軍)이 한번 갔던 일이 있었을 뿐, 그 후부터는 한 사람도 가 본 사람이 없습니다. 이제 동북쪽 대로를 막아 버리고, 대왕께서 폐동(敝洞)에 숨어 계시면 촉병은 동쪽 길이 막힌 것을 보고는 반드시 서쪽으로 들어올 것이니 도중에 물이 없어서 이 4천(四泉)을 보면 반드시 마시게 될 것입니다. 그러니 백만대군도 돌아갈 곳이 없는데 도병(刀兵)을 써야 할 까닭이 있겠습니까?"

맹획·맹우는 이 말을 듣자 기뻐 날뛰며 그날부터 타사대왕과 술만 마시고 있었다.

공명은 맹획이 통 쳐들어오는 기색이 없어서, 대군에 명령을 내려 서이하를 건너서 남쪽으로 밀고 나가게 했다. 때는 바로 6월 염천. 뜨겁기가 불덩어리 같았다. 그대로 행군을 계속하노라니 초마(哨馬)가 급보를 전달했는데, 맹획이 독룡동으로 피신을 했으며, 길을 막고 있어서 쳐들어가기 어렵다는 것이었다. 여개를 불러서 물어 봤지만 그곳으로 통하는 길은 잘 모른다는 것이었다. 장완에게 상의했더니, 그가 말했다.

"맹획은 네 번이나 붙잡혀 왔었으니 겁을 집어먹고 다시 나올 생각은 없을 것입니다. 그리고 이 지독하게 더운 날씨에 인마가 다같이 피로했으니 철수하시는 게 좋겠습니다."

"그렇게 하면 바로 맹획의 계교에 떨어져 버리고 말게 되는 것이오. 우리 군사가 후퇴하기만 하면 그는 반드시 추격해 올 것이니, 여기까지 와서 어찌 되돌아설 수 있겠소?"

공명은 왕평에게 수백 기를 주어서 투항한 만병에게 길을 인도케 하고 서북 샛길을 헤치고 진격하게 했다. 얼마 안 가서 한 군데 샘이 있는지라 인마가 목이 말라서 견디지 못하고 다투어 가며 그 물을 마셨다. 왕평은 이 길을 발견하고 그것을 알리려고 본채로 되돌아오기는 했으나 벙어리처럼 말을 못하고 그저 손으로 입을 가리킬 뿐이었다.

공명은 깜짝 놀라기는 했지만, 중독임을 곧 알아차리고 친히 수십 기를 거느리고 수레를 몰아서 달려가 봤다. 그랬더니, 맑게 가라앉은 물이 가득 차 있는데 바닥이 얼마나 깊은지는 알 수 없고, 싸늘한 기운이 감돌고 있어서 병사들은 근처에 얼씬도 못하고 있었다.

멀리 저쪽 언덕 위로 낡은 묘를 발견한 공명은 등나무 칡덩굴을 붙잡고 그리로 기어올라갔다. 거기에는 한 장군의 좌상(坐像)이 있는데, 그것을 보고 공명은 한나라 복파장군 마원(馬援)의 묘임을 알 수 있었다. 마원이 남만 땅을 토벌하려고 여기까지 왔던 일이 있었으므로 토인들이 묘를 세운 것이었다. 공명은 꿇어 앉아서 재배하고 이렇게 기도를 올렸다.

"제갈량은 선제께서 맡기신 중책을 받고 성지(聖旨)를 받들어 이곳에 와서 만방(蠻方)을 평정하고 나서 위와 오를 토벌하여 다시금 한실(漢室)을 안정되게 하려고 합니다. 이제 군사들이 지리를 몰라 독수(毒水)를 잘못 마셔서 말을 못하게 됐사오니, 존신(尊神)께서는 한실의 은의를 생각하시옵고 통관현성(通關顯聖)하셔서 3군을 호우해 주시옵기 바라나이다!"

공명이 묘에서 물러나려고 하는데, 저쪽 산에서 노인 한 사람이 지팡이를 짚고 가까이 다가왔다. 그 모습이 매우 기괴했다. 공명은 노인을 청해서 묘 안으로 들어가 인사가 끝난 뒤 돌 위에 마주 앉았다. 공명이 공손히 물었다.

"어르신의 함자를 알고 싶습니다."

"노부는 오래 전부터 대국(大國) 승상의 쟁쟁한 명성을 알고 있었더니 다행하게도 이제야 뵙게 됐습니다. 만방의 사람들은 모두 승상께서 살려 주신 은혜를 입어 감격하여 마지않고 있습니다."

공명이 샘물의 까닭을 물었더니, 노인이 대답했다.

"군사들이 마신 물은 바로 아천의 물입니다. 마시면 벙어리가 되어 며칠 후 죽게 됩니다. 이 샘물 외에 또 세 군데 샘물이 있는데, 동남쪽에 있는 것은 그 물이 차고 그것을 마시면 목구멍에 더운 기운이 없어지고 몸이 문드러져서 죽습니다. 이름하여 유천이라 합니다. 남쪽에 있는 샘물은 사람이 스치기만 하면 수족이 새까맣게 되어서 죽는데 이름하여 흑천이라 합니다. 서남쪽에 있는 샘물은 멸천이라고 하는데, 더운물과 같지만 사람이 목욕을 하면 피부와 살이 녹아서 죽습니다. 이 네 군데 샘물의 독기를 고치는 약은 없습니다. 또 연장(煙瘴)이 심하게 일어나서 미·신·유(未申酉)시 때만 왕래할 수 있으며, 그 외에는 언제나 장기가 꽉 차 있어서 그것을 쐬면 당장 죽게 됩니다."

"그렇다면 만방을 평정하지는 못하겠습니다. 만족을 평정치 않고야 어찌 오와 위를 토벌해서 한실을 부흥시킬 수 있겠습니까? 선제께서 맡겨 주신 중책을 다하지 못하니 죽느니만 같지 못합니다!"

"승상께서는 걱정하지 마십시오. 노부가 이 곤란을 풀 수 있는 방법을 가르쳐 드리겠습니다."

"노장께 무슨 고견이 있으시면 가르쳐 주시기 바랍니다."

"여기서 서쪽으로 몇 리 나가면 한 군데 산골이 있습니다. 안으로 20리쯤 들어가면 만안계(萬安溪)라는 못이 있는데, 그 기슭에 있는 암자에는 만안은자(萬安隱者)라는 높은 선비가 살고 있습니다. 이 사람은 그곳에서 나오지 않은 지 벌써 수십 년이 더 됩니다. 그 초암(草庵) 뒤에 샘물이 한 군데 있는데, 안락천(安樂泉)이라고 하며, 사람이 중독되었을 때 그 물을 마시면 곧 나을 수 있습니다. 부스럼이 난 사람, 혹은 장기를 쐰 사람이 만안계에서 목욕을 하면 씻은 듯이 나아집니다. 또 암자 앞에는 한 가지 풀이 있는데 '해엽운향(薤葉芸香)'이라고 하며, 사람이 이 잎사귀 하나만 잎에 물면 장기를 쐬지 않게 됩니다. 승상께서 속히 가셔서 구하십시오."

공명이 감사하다 절하고 말했다.

"어르신의 이와 같은 활명(活命)하시는 큰 덕을 명심하여 잊지 않겠습니다. 높으신 대명이라도 알고 싶습니다."

노인이 묘 안으로 들어가더니 말했다.

"나는 바로 이곳의 산신(山神)이오. 복파장군의 명령을 받들고 특별히 여기 와서 가르쳐 드리는 것이오."

말을 마치더니 묘 뒤에 있는 석벽(石壁)을 열고 들어가 버렸다. 공명은 깜짝 놀라서 어리둥절, 묘신(廟神)에게 두 번 절하고 오던 길을 도로 찾아 수레에 올라서 대채로 돌아왔다.

이튿날 공명은 제물을 차려 가지고 왕평과 벙어리가 된 병사들을 이끌고 산신이 가르쳐 준 곳을 찾아갔다. 대나무가 무성하고 기이한 꽃이 만발한 가운데 몇간의 모옥(茅屋)이 있었다. 공명이 집 앞에 이르니, 동자의 연락을 받고 죽관(竹冠)을 쓰고 짚신을 신고 백포(白袍)에 검정 띠를 띤 사람이 나오는데 푸른 눈에 머리칼이 노랗다.

초당으로 들어가서 인사가 끝나자 공명은 이렇게 말했다.

"이 제갈량은 소열황제(昭烈皇帝)께서 맡겨 주신 임무를 맡아 가지고, 이제 사군(嗣君)의 성지를 받들어 대군을 이끌고 이곳에 이르러 만방을 항복시키고 왕화로 돌아가고자 합니다. 뜻밖에도 맹획은 동중(洞中)에 숨어 버렸고, 군사들이 아천의 물을 잘못 마셨습니다. 밤중에 복파장군이 현성하셔서 선생에게 가면 샘이 있어서 고칠 수 있다는 말씀을 해 주셨습니다. 바라건대 불쌍히 여기셔서 신수(神水)를 내리셔서 군사들을 구해 주십시오."

"노부는 산야폐인(山野廢人)이온데, 어찌 승상께서 수고스럽게 왕림하셨습니까? 그 샘물은 바로 이 암자 뒤에 있습니다."

은자는 이렇게 말하고 물을 퍼다가 마시라고 했다. 동자가 왕평과 그 밖의 여러 벙어리 군사들을 이끌고 샘물 가로 가서 물을 퍼서 마시게 했다. 그 즉시 악한 침을 토하더니 말을 제대로 하는 것이었다. 동자는 또 여러 군사들을 이끌고 만안계로 가서 목욕을 시켰다. 은자는 암자 안에서 공명에게 고자차(枯子茶)와 송화엽(松花葉)을 내놓으며 공명을 대접했다.

은자가 공명에게 알려 주었다.

"이 만동(蠻洞)에는 독사뱀과 악한 갈충이 많아서 버들가지가 계천(溪泉)으로 날아들 때에는 물을 마실 수 없습니다. 그러나 땅을 파고 샘을 만들어서 그 물을 마시면 상관없습니다."

이렇게 말하면서 은자는 '해엽운향'까지 입에다 물어 보라 하고, 병사들에게 소용되는 대로 나누어 주면서, 그것을 입에 물고 있으면 장기에 쐬일 우려가 없다고 설명해 주었다.

공명이 그의 성명을 물었더니, 그가 대답했다.

"노부는 맹획의 형인 맹절(孟節)입니다."

공명이 악연히 놀라니 은자가 또 말했다.

"승상께서는 거리끼지 마시고 노부의 말을 좀더 들어 보십시오. 저의 부모님에게는 소생이 셋인데, 장자는 바로 노부 맹절이고, 둘째가 맹획, 또 그 다음이 맹우입니다. 부모님은 모두 세상을 떠나셨으며, 둘째 맹획은 위인이 강악하여 왕화로 돌아가려 하지 않습니다. 노부는 누차 권고했지만 말을 듣지 않는지라, 성명을 고쳐 가지고 이곳에 은거하고 있습니다. 이제 아우놈이 조반(造反)하여 승상을 불모지에까지 나오시도록 수고를 끼쳐 드렸사오니 이 맹절도 죽을 죄를 지었기에 먼저 승상 앞에서 죄를 청합니다."

공명이 탄식했다.

"춘추시대의 도척(盜跖)과 하혜(下惠) 같은 형제의 일이 지금도 역시 있습니다그려. 내 천자께 아뢰어 공을 왕으로 세울 테니 어떠하시겠소?"

"공명이 싫어서 이곳으로 피해 왔습니다. 두 번 다시 부귀를 얻고 싶은 생각은 없습니다."

공명이 금과 비단을 선사하려고 했으나 맹절은 굳이 사양하니 공명은 감격하여 마지 않으며 그와 작별했다.

공명은 본채로 돌아오자마자 병사에게 우물을 파라고 명령했다. 20장이나 팠지만 물은 한 방울도 나오지 않았다. 10여 군데나 파 보았지만 역시 마찬가지였다.

병사들이 초조한 기색을 나타내자 공명은 새벽녘에 향불을 피우고 갈증에 시달리는 인마를 구원해 달라고 하늘에 기도를 올렸다.

날이 밝아서 우물 속을 들여다봤더니 온통 물이 가득차 있었다.

공명은 물을 마실 수 있는 우물을 얻어서 불안도 사라졌고, 즉시 샛길을 뚫고 나가서 독룡동으로 나와서 진을 쳤다.

만병이 이런 사실을 탐지하고 맹획에게 보고했다.

"촉나라 군사들은 장기도 쐬지 않고, 물에 곤란을 받는 일도 없는 것 같습니다. 모든 샘물이 아무렇지도 않은 모양입니다."

타사대왕은 그 말을 믿지 않고 맹획과 함께 높은 산꼭대기에 올라가 내려다보았다. 촉나라 군사들은 아무런 이상도 없이 물통에다 물을 길어서 날라다가 말에게 먹이고 있었으며 밥도 짓고 있었다. 타사는 깜짝 놀라 머리털이 쭈뼛 일어서면서 맹획을 돌아보고 말했다.

"이야말로 신병(神兵)이로다!"

"우리 형제 두 사람은 촉나라 군사와 한번 결사적으로 싸워 볼 작정입니다. 군전(軍前)에서 죽을지언정, 어찌 가만히 앉아서 그놈들에게 붙잡히겠소!"

"만약에 대왕께서 놈들에게 패하신다면 나의 처자도 마지막입니다. 소와 말을 잡아서 동의 장정들에게 대상을 내리고 물불을 헤아리지 말고 촉나라 영채를 들이치면 승리를 거둘 수 있을 것입니다."

이리하여 만병에게 상을 듬뿍 내리고 막 떠나 보내려고 했는데 서쪽에 있는 은야동(銀冶洞) 21동주(洞主) 양봉(楊鋒)이 3만 군사를 거느리고 싸움을 거들러 왔다는 보고가 들어왔다.

맹획이 크게 기뻐하며 말했다.

"이웃의 군사가 우리를 거들어 주니 반드시 승리할 것이오!"

곧바로 타사대왕과 함께 동 밖으로 나가서 영접했다.

양봉이 군사를 거느리고 들어와서 말했다.

"나에게 정병 3만이 있는데 모두 철갑을 몸에 감았고, 능히 산을 훌훌 날 수 있으며, 족히 적병 백만과 대적할 만하오. 또 나에게는 아들이 다섯 있는데 모두 무예가 뛰어나며, 대왕 돕기를 원하고 있소."

범같이 무시무시하게 생긴 아들 다섯이 위풍당당히 나타났다. 맹획은 크게 기뻐하여 양봉 부자들을 위해서 주연을 베풀었다. 양봉은 만족의 여자들을 수십 명 불러들여서 장중에서 맨발로 춤을 추게 하였고, 두 아들에게 잔을 들라 명령하여서 맹획 · 맹우에게 권하라고 했다.

맹획과 맹우가 잔을 받아 들고 마시려고 하는 순간 양봉이 한 번 큰 소리를 지르니, 두 아들들은 왈칵 달려들어서 맹획과 맹우를 움켜잡아 버렸고, 도망치려는 타사대왕은 양봉에게 붙잡히고 말았다. 이때 벌써 춤을 추던 수많은 여자들이 장상을 가로질러 막아 버렸으니 누가 감히 그 앞에 얼씬할 수 있으랴!

맹획은 펄펄 뛰면서 소리를 질렀다.

"나와 그대들은 모두 각동의 주인으로서 평소에 아무런 원한도 없는데 어째서 나를 이렇게 해치려 드는 거야?"

양봉이 말했다.

"우리 형제 자질(子姪)은 모두들 제갈승상의 활명의 은혜를 입고서도 보답할 길이 없던 차에 네놈이 반역을 꾀하니 어찌 붙잡지 않겠느냐?"

양봉은 각동의 만병들을 각각 제 고장으로 보내고 나서 맹획·맹우·타사 등을 이끌고 공명의 영채로 갔다.

공명이 곧 불러들였더니 양봉은 장하에 꿇어 엎드려서 이렇게 말했다.

"소생의 자질들은 모두 승상의 은덕에 감격하고 있습니다. 그래서 맹획·맹우를 붙잡아서 바치는 바입니다."

공명이 양봉에게 가지가지 선물을 주고, 맹획을 끌어 내라고 해서 이번에야말로 항복하겠느냐고 물어봤더니, 여전히 버티면서 죽는 한이 있어도 항복할 수 없다고 뻔뻔스러운 대답을 했다.

"나는 대대로 은갱산 속에 살고 있었으며, 삼강(三江)의 험준한 지세를 지니고 있소. 만약에 거기서 당당히 싸워서 나를 붙잡는다면 그때는 자자손손 모두 충심으로 항복하고 섬기겠소."

"그렇다면 한 번 더 이대로 돌려 보낼 테니 병마를 다시 정비해 가지고 나와 승부를 결해 보자! 그때 잡혀와서도 항복하지 않는다면 구족을 멸할 줄 알라!"

공명은 좌우 사람들에게 명령하여 맹획의 줄을 풀어 주었으며, 그는 감사하다 정중히 절을 하고 돌아갔다. 또 맹우와 타사의 줄도 풀어 주고 술을 주어서 두려움을 가라앉혀 주었더니, 두 사람은 송구스러워 똑바로 쳐다보지도 못했다. 공명은 말까지 주선해 주어서 그들도 돌려보냈다.

이야말로 험지(險地)에 깊숙이 들어가기도 쉽지 않는데, 가지가지 기모를 발휘하고 있으니 어찌 우연한 일이랴.

90. 만장(蠻將)도 눈물을 흘리고

驅臣獸六破蠻兵
燒藤甲七擒孟獲

　공명이 맹획 등 1천 명을 놓아 주고, 양봉 부차에게 관작을 봉해 주는 한편 동병(洞兵)들에게 상을 후히 내리니 모두 감사하다 절하고 돌아갔다.

　맹획 등은 밤을 새워가며 은갱동으로 돌아갔다. 은갱동 동외(洞外)에는　노수(瀘水)·감남수(甘南水)·서성수(西城水)라는 세 강이 있는데, 물길이 한데 합쳐서 흐르기 때문에 삼강(三江)이라고 했다.

　동북(洞北) 2백여 리는 평탄하고 만물이 생산되며, 동서(洞西) 2백여 리는 염전이 있고, 서남쪽으로 2백여 리를 가면 바로 노수와 감남수에 이르게 되며, 정남(正南) 3백 리 되는 지점이 바로 양도동(梁都洞)인데, 산이 동을 둘러싸고 있고, 산에서는 은광(銀鑛)이 나기 때문에 은갱산이라고 불리었다.

　산 속에는 궁전과 누각이 있는데, 이것이 바로 만왕(蠻王)의 소굴이었다. 그 가운데 조상의 묘를 세워서 '가귀(家鬼)'라 불렀고 사시로 소와 말을 잡아서 제사를 지내는데 이것을 '복귀(卜鬼)'라고 부르며, 해마다 촉인(蜀人)과 타향 사람들이 함께 이 제사를 지냈다.

사람이 병이 나도 약을 먹으려 들지 않았고 무당에게 기도만 올리는데 이것을 '약귀(藥鬼)'라고 불렀다.

이곳에는 형법도 없고 죄를 범하면 당장에 목을 베어 버렸다. 딸이 장성하면 냇물에서 목욕을 하는데, 남녀가 혼욕을 하면서 저희들끼리 배필을 결정했고, 부모들은 간섭하지 않는데 이것을 '학예(學藝)'라고 불렀다.

비가 순조롭게 내리는 해에는 벼를 심는데, 만약 벼가 익지 않으면 뱀을 잡아서 떡을 만들고 코끼리 고기를 삶아서 밥 대신 먹는다. 각 부락마다 상호(上戶)를 동주(洞主)라 부르고, 그 다음을 추장(酋長)이라 불렀으며, 매월 초하루와 보름, 이틀은 모든 사람이 삼강성(三江城) 안에서 장사를 해서 물건을 교환하는 것이 이 고장의 풍속이었다.

맹획은 동중에서 종당(宗黨) 천여 명을 모아 놓고 자기가 몇 번이나 촉군에게 모욕을 당했는데 누구든지 고견을 가지고 있는 사람은 없느냐고 물어 보았다. 맹획의 처남이오, 팔번부장으로 있는 대래동주(帶來洞主)가 나서면서 제갈량을 격파할 수 있다며 계책을 제공했다.

"서남쪽 팔납동(八納洞) 동주 목록대왕(木鹿大王)은 술법에 정통하며, 출동할 때는 코끼리를 타고 비바람을 불러일으킬 수 있으며, 언제나 호랑이와 표범, 시랑(豺狼)과 독사, 악갈을 거느리고 또 수하에 3만 신병(神兵)이 있는데 용감하기 이를 데 없습니다. 대왕께서 예물을 갖추시고 서신을 한 통 작성해 주시면 소생이 가서 청해 보겠습니다. 이분이 승낙만 하신다면 촉나라 군사가 뭐가 두려울 게 있겠습니까?"

맹획은 기뻐서 어쩔 줄 모르며 국구(國舅—대래동주)에게 서신을 주어서 떠나 보내고, 타사대왕에게 삼강성을 지키게 해서 앞을 가로막았다.

공명은 군사를 거느리고 삼강성까지 쳐들어가서 위연과 조자룡을 시켜서 군사를 이끌고 육로로 공격을 가하게 했으나, 남만의 병사들은 활쏘기에 능란한 재간을 지녀서, 한 번에 화살 열 자루를 쏠 수 있을 뿐만 아니라, 그 활촉에는 독을 발라서 맞기만 하면 살이 썩어서 죽었다.

공명이 이런 사실을 실지로 살피고 나서 군사를 몇 리 뒤로 물리고 진을 치니, 만병들은 촉나라 군사가 겁이 나서 후퇴한 줄만 알고 기뻐서 어쩔 줄을 모르며 밤에도 파수를 보지 않고 잠만 잤다.

공명은 영채를 굳게 잠그고 5일간이나 옴쭉달싹도 하지 않고 아무 명령도 내리지 않더니, 하루는 저녁부터 바람이 선들선들 불어오는 것을 보자 별안간 군사들에게 명령을 내렸다.

공명이 내린 명령은 병사마다 의금(衣襟)을 한 벌씩 준비하고 그 속에 흙을 넣어서 삼강성 아래까지 운반해 놓으라는 것이었다.

그 많은 흙을 성 밑에다 쌓아 올리니, 순식간에 성 위에 다다를 만큼 높은 토산이 되었으며, 전체 군사들이 일시에 기어 올라가서 성을 점령해 버렸다.

만병들은 활을 쏠 틈도 없었으며, 타사대왕은 난군 중에서 목숨을 잃었고, 촉나라 대장들은 도주하는 만병들을 무수히 찔러 죽였으며, 삼강성을 점령한 공명은 수중에 들어온 가지가지 진귀한 보물로 3군에게 상을 주었다.

타사대왕이 죽었고, 촉나라 군사가 삼강을 건너와서 본동에 영채를 구축하고 있다는 소식을 들은 맹획이 당황해서 어쩔 줄 모르고 있을 때, 병풍 뒤에서 깔깔 웃으면서 나타난 여인이 있었으니, 이는 바로 맹획의 아내 축융(祝融)부인이었다.

"남아 대장부로서 이렇게도 재간이 없으시오. 나는 비록 여자의 몸이긴 하지만 당신을 위해서 한번 나가 싸워 보겠소!"

축융부인은 비도술(飛刀術)에 능란하여 한 번 칼을 던지면 백발백중이라는 여장부였다. 종당의 맹장 수백 명과 정예 동병 5만 명을 거느리고 은갱궁궐에서부터 달려나온 축융부인과 제일 먼저 대결한 촉군의 대장은 장의였다. 그러나 그는 결국 축융부인을 감당해 내지 못하고 비도를 손으로 막아내려 했으나 그만 왼쪽 어깨에 꽂힌 채 말 위에서 떨어져 만병에게 결박을 당했으며, 다음으로 달려든 마충 역시 축융부인에게 붙잡혀 동중으로 끌려가는 몸이 됐다.

축융부인은 장의와 마충 두 대장을 남편 맹획 앞에 끌고 가서 목을 베라고 호통을 쳤는데, 맹획은 제갈공명이 자기 목숨을 다섯 번이나 살려 준 의리를 생각해서 잠시 잡아 두라 명령하고 승리에 도취하여 술만 마시고 있었다.

두 대장을 빼앗긴 공명은 당장에 조자룡·위연·마대 세 장수에게 계획을 일러 주어 출전하게 했다.

이튿날 촉군의 대장 조자룡이 도전해 왔다는 소식을 듣자, 여장부 축융부인은 서슴지 않고 말 위에 올라 달려나갔다.

치열한 싸움이 몇 합인지 계속되었을 때, 슬쩍 꽁무니를 빼고 도주하는 체하는 조자룡 축융부인이 군사를 수습해 가지고 후퇴하려는 순간에 촉군의 군사들이 맹렬히 욕설을 퍼부으니 격분한 축융부인은 미친 듯이 위연을 향하여 창을 휘두르며 달려들었다.

말을 달려 산곡간으로 뺑소니쳐 버리는 위연.

별안간 축융부인의 등뒤에서 고함소리가 일어나더니 갑자기 축융부인이 말 위에서 떨어져서 땅 위에 나뒹굴고 말았다.

이것은 숲속에 매복해 있던 마대가 동앗줄을 던져서 축융부인이 타고 있던 말의 다리를 낚아챈 까닭이었다.

공명이 장상에 단정히 앉아 있는데 마대가 축융부인을 결박해 가지고 나타났다. 공명은 급히 줄을 풀어 주라 명령하고 별장(別帳)으로 안내하여 놀란 마음을 진정시켜 주었으며 술을 대접했다. 사람을 파견하여 부인과 장의·마충을 교환하자고 맹획에게 연락했더니 맹획이 그 즉시 장의와 마충을 공명의 영채로 돌려보내어 공명도 축융부인을 돌려보냈다. 그랬더니 맹획은 기쁘기도 하고 화가 치밀기도 해서 어쩔 줄 몰랐다.

그 이튿날, 팔납동주 목록대왕은 맹획의 영채에 도착하여 촉군에 대한 복수를 쾌히 승낙하니 맹획은 성대한 연회를 베풀어 그에게 감사의 뜻을 표했다.

허리에는 두 자루의 큰 칼을 차고 손에는 체종(蒂鐘)을 들고, 흰 코끼리를 탄 채 큰 깃발을 휘날리며 위풍당당히 나타나는 목록대왕.

이 광경을 보자 조자룡이 위연에게 말했다.

"우리들은 평생 싸움터에 나왔지만 이따위 인물은 본 일이 없는걸!"

목록대왕은 입 속으로 무슨 주문을 중얼중얼 외더니 손에 들고 있던 체종을 흔들었다. 난데없이 광풍이 요란스럽게 일더니 모래와 돌이 빗발치듯 하고 또 화각(畵角) 소리가 한 번 울리니 호랑이와 표범·시랑·맹수·독사가 우글우글 바람을 타고 내달았다.

촉군은 감당할 도리가 없어서, 삼강성 경계선까지 추격해 온 만병들을 간신히 피해서 군사를 수습해 가지고 철수했다.

조자룡과 위연이 이런 사실을 공명에게 보고했더니, 공명이 웃으면서 위로했다.

"이것은 그대 두 사람의 잘못이 아니오. 나는 모려(茅廬)에서 나오기 전부터 남만에는 구표(驅豹)라는 전법이 있다는 것을 미리 알고 있었소. 그래서 촉중에서부터 이 진법(陣法)을 격파할 수 있는 물건을 마련해서 20채의 수레에다 싣고 여기까지 가지고 왔소. 오늘은 그 절반만 쓰고 절반은 나중을 위해서 남겨 두어야겠소."

공명은 좌우 사람에 명령하여 붉게 기름칠을 한 수레 열 채를 장하로 끌어 냈다. 그리고 나머지 열 채의 검정 빛으로 기름칠을 한 수레는 뒤에 두었다. 여러 사람들은 그것이 무엇인지를 알 수 없었다. 공명이 궤를 열었다. 그 안에는 큰 짐승을 본떠 나무로 조각한 물건이 들어 있었다. 오색 융(絨)으로 만들어 옷을 입혔고 강철로 이빨을 만들었으며 한 마리에 열 사람은 탈 수 있었다.

공명은 정예 장사 천 명을 뽑아서 이 짐승 백 마리를 주고 불을 지를 물건까지 준비시켰다. 이튿날 공명은 군사를 몰고 나가서 동구(洞口)에 진을 쳤다.

저쪽에서도 목록대왕과 맹획이 군사를 거느리고 출전했다. 도포에 윤건을 쓰고 우선을 부치며 수레 위에 단정히 앉아 있는 공명을 보자, 맹획이 손가락으로 가리키며 말했다.

"수레 위에 앉은 것이 바로 제갈공명이다! 저놈만 붙잡으면 대사는 끝장나고 만다!"

목록대왕은 또 입으로 주문을 외면서 종을 흔들었다. 강풍이 사납게 일어났다. 그러나 공명이 부채질을 한 번 하니 바람결이 반대쪽으로 향해 버려서 만병들은 일대 혼란을 일으켰고, 촉진에서는 괴상한 목각(木刻) 짐승들의 입에서 불을 뿜고 코에서 시커먼 연기를 토하는 바람에 만병들은 놀라 자빠져 뺑소니를 쳤으며, 목록대왕은 난군 중에서 목숨을 잃었고, 공명은 무난히 은갱동을 점령했다.

이튿날, 공명이 군사를 각방으로 분배해서 맹획을 체포하려고 궁리하고 있을 때, 맹획의 처남인 대래동주가 맹획에게 투항을 권고했으나 받아들이지 않았다. 그래서 그는 맹획과 축융부인과 종당 수백여 명을 모조리 잡아 가지고 승상께 바치러 왔다는 것이었다. 그러나 이것이 투항을 사칭하는 소행임을 미리 간파한 공명은 장의와 마충에게 계획을 주어서 정예 군사 2천 명을 거느리고 양쪽 회랑에 매복해 있다가, 공명의 호령소리와 함께 내달아서 놈들을 모조리 결박해 버렸다.

여섯번째나 공명 앞에 잡혀온 맹획은 여전히 뻔뻔스러운 답변을 하면서, 한 번만 더 살려 주면 일곱번째 잡혀와서는 충심으로 항복하겠다고 버티니 공명은 이번에도 선선히 줄을 풀어 주고 그가 하고 싶은 대로 해보라 승낙했다.

맹획에게는 아직도 패잔병 천여 명이 딸려 있었다. 그는 용기를 얻어서 처남인 대래동주와 상의하니, 그가 말했다.

"여기서 동남쪽으로 7백 리를 가면 오과국(烏戈國)이란 나라가 있습니다. 국왕 올돌골(兀突骨)은 신장이 2장에 오곡을 먹지 않고 산 뱀과 맹수를 밥으로 삼으며, 몸에는 비늘이 달려서 칼도 화살도 들어가지 않습니다. 그 수하의 군사들은 모조리 등으로 만든 갑옷을 입었는데, 그 등나무는 산간(山澗) 속에서 나서 석벽(石壁)에 서려 있는 것을 이 고장 사람들이 뜯어다가 기름 속에 반 년이나 담가 두었다가 다시 꺼내서 볕에 쬐기를 10여 차례나 해서 등갑옷을 만들어 입는다고 합니다. 강물을 건너도 젖는 법이 없고 화살이나 칼로 찔러도 들어가지 않는다는 겁니다. 그래서 '등갑군(藤甲軍)'이라고 부릅니다. 이제 대왕께서 한번 가셔서 청해 보십시오. 그의 도움을 받을 수만 있다면 제갈량을 붙잡기란 잘 드는 칼로 대나무를 쪼개는 거나 마찬가지입니다."

맹획은 기뻐서 어쩔 줄 모르며 올돌골을 만나려고 오과국으로 가 보니, 이 나라에는 집이 없고, 모두 토굴 속에 살고 있었다. 맹획이 올돌골을 만나서 사정을 말했더니 올돌골은 그 자리에서 쾌히 승낙하고, 영병부장(領兵俘長)인 토안(土安)과 해민(奚泥) 둘을 불러서 모두 등갑옷을 입고 오과국을 떠나 동북쪽으로 향하게 했다.

올돌골의 군사들은 도화수(桃花水) 강변 나루에 진을 치고 촉나라 군사를 기다리고 있었다. 그런데 이 도화수라는 강이 또 기묘한 강이어서 강 양쪽 기슭에서 복사꽃이 만발, 몇 해 묵은 낙엽이 강물 속에 가라앉아 있는데 이 강물을 오과국 사람이 마시면 정신이 맑아지지만 다른 나라 사람이 이 물을 마시면 모조리 죽어 버리는 것이었다.

공명은 만인의 진지로 초탐을 보내서 이런 정세를 탐지하자, 대군을 거느리고 도화수의 나루터에 도착했다. 강 건너편을 바라보니 만병들은 모두 사람 같지 않은 추악한 모습이며, 토인들이 도화수 강물을 마실 수 없다고 하니 5리쯤 후퇴하여 다시 진을 치고 위연을 시켜서 방비를 견고히 하도록 했다.

이튿날 오과국 국왕은 친히 등갑군을 거느리고 징·북을 치면서 강을 건너서 대들었다. 촉군에서는 위연이 나가서 싸웠지만, 쇠뇌와 화살을 아무리 쏴대도 등갑에 맞아서 땅에 떨어질 뿐, 창으로 찔러도 들어가지를 않으니 몹시 난처했다. 그러나 저쪽에서는 이도(利刀)와 강차(鋼叉)로 덤벼드니 도저히 감당할 수 없어서, 위연은 급히 되돌아왔다.

공명이 여개와 토인을 불러서 상의하니 여개가 말했다.

"저는 일찍이 남만에 오과국 같은 야만국이 있다는 것을 잘 알고 있었습니다. 이런 만족을 평정했댔자 별로 유익한 일도 없으니 일찌감치 군사를 철수시키심이 좋을까 합니다."

공명이 웃었다.

"여간 애를 써서 여기까지 온 것이 아닌데, 어찌 이대로 돌아설 수 있겠소. 나는 내일이면 만족을 평정할 계책이 서 있소."

이튿날 공명은 조자룡에게 위연을 도와서 영채를 지키도록 명령하고, 토인에게 길을 인도하라 하면서 친히 수레를 타고 도화수 나루 북쪽 기슭, 인적이 드문 산속을 헤치고 험준한 산길에서는 수레를 버리고 걸어서 지리를 답사해 보았다.

어떤 산 속에 이르니 계곡이 한 군데 보이는데, 그 모양이 기다란 뱀과 같고 주위가 모두 위험한 초석(峭石) 벽이며 나무라곤 통 없고, 중간에 큰 길이 하나 있을 뿐이었다. 공명이 토인에게 물었다.

"이곳은 반사곡(盤蛇谷)이라 부르며, 계곡을 뚫고 나가면 삼강성 큰 길입니다. 계곡 앞을 탑랑전(塔郎甸)이라고 부릅니다."

토인이 대답하자 공명이 크게 기뻐했다.

"이곳이야말로 하늘이 나에게 성공하라고 주신 곳이다!"

공명은 오던 길로 되돌아 서서 영채로 돌아오자 마대를 불러 분부했다.

"그대에게 검은 색칠한 수레 열 채를 줄 테니 대나무 가지 천 자루를 준비하시오. 궤 속의 물건은 여차여차한 것들이오. 본부병을 거느리고 반사곡으로 가서 두 길목을 지키고 내 명령에 따라 행동하시오. 보름을 기한으로 모든 준비를 끝낼 것이고 기한이 되면 여차여차하시오. 이번 일이 누설되면 군법에 의하여 처단하겠소."

마대는 계획을 받은 대로 행했다. 공명은 또 조자룡을 불러서 분부했다.

"반사곡으로 가서 여차여차하게 삼강의 큰 길목을 지키시오. 소용되는 물건은 그날까지 꼭 마련하시오."

조자룡이 계획을 받고 나가자, 또 위연을 불러들여서 분부했다.

"그대는 본부병을 거느리고 도화진으로 가서 진을 치시오. 만약에 만병이 강을 건너와서 대적하거든 그대는 영채를 버리고 흰 깃발이 꽂혀 있는 곳으로 달아나시오. 보름 동안을 기한으로 하고 반드시 15곳의 진지를 빼앗기고 일곱 군데 채책을 버리시오. 14곳의 진지를 빼앗겼을 때에도 나를 만나러 올 생각은 하지 마시오."

위연은 명령을 받았으나 마음속으로는 불쾌해서 꺼림칙한 얼굴을 하고 떠나갔다. 공명은 또다시 장익에게 명령하여 따로 1군을 거느리고 지시한 장소에 영채를 구축하라고 했으며, 장의·마충에게도 본동(本洞)에서 투항한 천여 명을 거느리고 여차여차하라고 명령했으며, 각각 그 계획대로 실행하기로 했다.

한편, 맹획은 오과국왕 올돌골에게 이런 말을 했다.

"제갈량은 교묘한 계책이 많은 사람이니, 반드시 복병을 쓸 것이오. 이후로 교전(交戰)할 때에는 3군에게 분부하여 산곡간 수목이 많은 곳에는 경솔히 들어가지 말도록 하시오."

"대왕의 말씀이 옳습니다. 중국 사람이 속임수를 잘 쓰는 것은 나도 알고 있습니다. 앞으로는 말씀대로 행할 것이며, 나는 앞에 나서서 무찌를 것이니, 대왕께서는 뒤에서 지휘만 하십시오."

이때, 보고가 날아드는데, 촉나라 군사가 북쪽 강변에 영채를 구축했다는 것이었다. 올돌골은 당장에 부장 두 사람을 파견하여 등갑군을 인솔하고 강을 건너가 촉나라 군사와 교전하게 했다.

몇 합도 싸우지 않고 위연은 패주했다.

만병은 매복한 군사가 있을까 겁이 나서 추격하지 않고 돌아갔다. 그 이튿날, 위연은 또 나가서 영채를 세웠다. 만병은 그것을 탐지하여 대군이 강을 건너와서 싸웠고 위연도 그들을 맞아서 대결했으나 몇 합도 싸우지 않고 또 패주했다. 만병들은 10리 이상이나 추격해 오다가 사방을 살펴봐도 아무런 동정도 없어서 그대로 촉나라 진지 안에 주둔했다.

이튿날, 올돌골은 군사를 이끌고 위연의 진지를 향하여 공격을 개시했다. 촉나라 군사들은 갑옷도 창도 다 버리고 앞에 보이는 흰 깃발이 꽂혀 있는 곳으로 도주했다. 위연의 군사들은 그곳에 영채가 마련되어 있어서 들어갔는데 잠시 후 올돌골의 군사가 또 추격해 오니 영채를 버리고 또 도주하여 만병들은 힘 안 들이고 촉나라 영채를 탈취했다.

그 이튿날도 위연은 똑같은 작전으로 싸움을 했고 만병은 그 전날과 똑같이 힘 안 들이고 영채를 탈취했다. 위연은 이렇게 싸우는 족족 패하여 이미 15곳의 진지를 빼앗기고 일곱 군데나 되는 영채를 포기했다. 만병은 승세만 믿고 추격했으며, 올돌골은 언제나 선두에 서서 진격했는데, 도중에 수목이 무성한 곳이 눈에 띄어서 진격을 중지했다.

사람을 내보내서 탐지해 보니, 과연 숲속에 깃발이 휘날리고 있었다.

올돌골이 맹획에게 말했다.

"과연 대왕께서 생각하신 바와 틀림없습니다."

맹획이 껄껄 웃었다.

"제갈량도 이번에는 그 꾀가 탄로나고야 말았소. 공이 연일 그의 15곳의 진지를 빼앗고, 일곱 군데 영채를 점령했기 때문에 촉나라 군사들은 질겁을 해서 도주했고 제갈량도 계책이 궁해졌으니 한 번만 더 들이치면 대사는 끝장나고야 말 것이오."

올돌골은 기뻐서 어쩔 줄 모르며, 촉나라 같은 것은 대수롭게 여기지도 않았다. 16일째 되던 날, 위연은 나머지 군사를 거느리고 출전하여 등갑군과 대치했다.

올돌골은 코끼리를 타고 진두에 나섰는데, 머리에는 일월

낭수모(日月狼鬚帽)를 썼고, 몸에는 금구슬로 영락(纓絡) 옷을 입었고, 양쪽 겨드랑이 밑으로는 생생히 비늘이 드러나 보이며 눈 속에서는 다소 광채가 나고 있었다. 위연은 말을 달려 도주하니 만병이 그 뒤를 추격했다. 위연은 병사를 거느리고 반사곡으로 들어가서 흰 깃발을 향하여 도주했다. 올돌골은 대군을 거느리고 추격했는데, 산 양쪽에 풀 한 포기도 없는 것을 보자, 복병이 없으려니 하고 안심하며 뒤를 쫓기만 했다.

산중턱까지 왔을 때 앞에 검은 칠을 한 수레가 수십 채 내버려져 있는 것을 발견했다.

"이곳은 촉나라 군사가 군량을 운반하는 도로인데 대왕의 군사가 도착하니 군량차를 버리고 도주한 것입니다."

만병들이 이렇게 보고하자 올돌골은 용기를 내서 군사를 몰고 위연을 추격했다. 산골에서 빠져나오려는 순간 촉나라 군사의 모습은 어디론지 사라져 버렸고, 큰나무와 큰 돌이 산 위에서 굴러 떨어져서 산골짜기를 가로막고 있었다. 이때, 좌우 산꼭대기로부터 횃불이 빗발치듯 쏟아져 내려오니 산골은 순식간에 불바다로 변하고 등갑에도 불이 붙어서 타오르기 시작했다.

마침내, 올돌골과 3만의 등갑군은 옴쭉달싹도 못하고 서로 부둥켜안고 반사곡에서 불에 타 죽고 말았다.

공명이 산꼭대기에서 그 처참한 광경을 내려다보다가 눈물을 줄줄 흘렸다.

"나는 사직을 위해서 공을 세웠다고는 하지만, 내 자신의 수명이 줄어든 것은 확실하다!"

맹획은 이런 소식도 모르고 종당의 군사를 총동원하여 올돌골의 싸움을 거들어 주려고 반사곡으로 진격해 왔다.

그런데 맹렬하게 불길이 하늘로 치솟고 이상한 악취가 코를 찔러 숨이 막힐 지경이었다. 아차! 계책에 빠졌구나! 하며 군사를 후퇴시키려고 하는 순간 왼쪽에서 장의, 오른쪽에서 마충이 1군의 군마를 몰고 달려드니, 이와 대적하려고 하는데 난데없이 고함소리가 천지를 진동하더니 만병 틈에 숨어 섞여 있던 촉나라 군사들이 만왕 일족과 그들이 몰아온 종당의 군사를 모조리 결박해 버렸다.

맹획은 단기로 삼엄한 포위망을 간신히 탈출하여 산 속으로 뺑소니를 쳤다. 말을 달리고 있노라니 산골에서부터 1군의 군마가 한 채의 수레를 호위하고 달려나왔다. 윤건을 쓰고 우선을 부치며 도포를 입은 사람이 수레 위에 단정히 앉아 있는데, 이는 바로 제갈공명.

"역적, 맹획! 이번에는 어쩔 작정이냐!"

공명의 호통소리를 듣고 당황하여 말머리를 돌리려고 했는데 옆에서 달려들어서 앞을 가로막는 것은 바로 마대. 맹획은 무기를 손에 잡을 겨를도 없이 마대에게 산채로 붙잡히고 말았다. 이때 벌써 왕평과 장익은 1대의 군마를 인솔하고 남만의 영채로 달려가서 축융부인과 그 일족을 남녀노소 할 것 없이 모조리 체포해 버렸다.

공명은 영채로 돌아와서 장상에 앉아서 여러 장수에게 말했다.

"이번에 나는 부득이 이런 계책을 쓰기는 했지만 음덕(陰德)을 대단히 손상했소. 나는 적군이 반드시 숲이 많은 곳에 우리 군사가 매복되어 있을 줄 알리라고 생각했기 때문에 정기(旌旗)를 숲이 없는 곳에 세워 놓고 병마(兵馬)도 없는 것처럼 그 마음을 속여 본 것이오. 위연에게 명령하여 열다섯 군데 진영을 빼앗기게 한 것은 그의 마음을 든든히 만들자는 것이었고, 반사곡에 단지 외길밖에 없는 것을 보고 마대를 시켜서 흑유차(黑油車)를 산골짜기에 배치해 놓았는데 그 속에 미리 화포(火礮)를 마련해 두었으니 이것을 '지뢰(地雷)'라고 하오. 또 조자룡에게 명령하여 초차(草車)를 미리 마련하여 산골에 배치해 두었고 산 위에 대목난석(大木亂石)을 준비해 두고 위연을 시켜서 올돌골과 등갑군을 산골짜기로 유인해 들이게 하고 위연이 빠져나오자 길을 끊고 뒤에서 불을 지른 것이오. 만병이 무지몽매하기 짝이 없으니 어찌 화공법을 쓰지 않고야 승리할 수 있었겠소! 그러나 오과국(烏戈國)의 사람을 종류의 차별이 없이 남겨두지 않은 것은 나의 큰 죄요!"

여러 장수들은 꿇어 엎드렸다.

"승상의 천기(天機)는 귀신도 헤아릴 수 없습니다!"

공명은 맹획을 잡아오라 명령했다. 그가 장하에 꿇어 앉자 묶은 줄을 풀어 주게 하고 별장(別帳)으로 옮기어 술과 음식을 대접해서 마음을 진정시켜 주게 했다. 그리고 탑전(榻前)에 앉아 술과 음식을 주관하는 관리를 불러서 여차여차하라고 분부해서 보냈다.

맹획이 축융부인·맹우·대래동주와 그밖의 여러 만병들과 별장에서 술을 마시고 있을 때, 홀연 한 사람이 나타나 공명의 말을 전달했는데, 공명은 맹획을 만나기를 싫어하고 한 번 더 석방할 테니 또 한 번 돌아가서 군사를 수습해 가지고 싸워 보라는 것이었다.

이 말을 듣고는 만장 맹획의 두 눈에서도 눈물이 주르르 흘러 내렸다.

"일곱번 붙잡혀서 일곱번 놓아 준다는 것은 자고로 본 일이 없소! 또다시 그런 염치없는 짓은 못하겠소!"

맹획 이하 모든 만인들은 웃통을 벗어젖히고 육단(肉袒)의 몸으로 장하에 꿇어 앉아 사죄했다.

"공은 이제야말로 항복하겠다는 건가?"

공명이 묻는 말에 맹획이 대답했다.

"자자손손이 이 은혜를 명심하겠습니다. 어찌 항복하지 않겠습니까?"

공명이 맹획을 위하여 성대히 잔치를 베풀어 주고 그를 길이 동주(洞主)로 삼기로 하고 빼앗은 땅을 모조리 돌려주어서 떠나 보내니 공명의 덕을 찬양하지 않는 사람이 없었다.

장사(長史) 비위(費褘)가 만왕이 이미 귀순했으니, 이곳에 관리를 두어서 맹획과 함께 이 땅을 다스리게 하자고 공명에게 권고했지만, 공명은 웃으며 대답했다.

"세 가지 어려운 점이 있소. 외지 사람들을 여기 병사로 남겨 두어도 첫째로 먹을 것이 없소. 둘째로는 만인들이 이번에 부모·형제·친척을 많이 잃었기 때문에 관리만 두고 군사를 철수하면 불의의 봉변이 일어나기 쉽소. 셋째로는 만인들은 여러번 중국과 싸워서 의심을 품고 있으니 관리를 남겨 둔다면 그 의심이 점점 더 심각해질 것이오. 그러니까 이제 군량도 이곳으로 보내지 않고 아무도 남겨 두지 않으면 저절로 평안해질 것이오."

남방 사람들은 모두 공명이 베풀어 준 은덕에 감격하여 그

를 위하여 생사(生祠—생존중에 짓는 사당)를 세웠고, 사시
(四時)로 제사를 지냈으며 두 번 다시 모반치 않기를 맹세했
으니 이로써 남방은 평정된 셈이다.

　공명은 군사들에게 상을 주고 진지를 철수하여 위연에게 본
부병마를 인솔하고 선봉으로서 서게 하고 촉나라로 돌아가기
로 했다.

　위연이 노수(瀘水)까지 왔을 때, 홀연 어두운 구름이 사방
하늘을 뒤덮고 수면에서 일진 광풍이 일어나며 모래와 돌이
휘날리니 진군을 계속할 수 없었다.

　공명에게 돌아와 보고했더니, 공명은 맹획을 불러서 그 까
닭을 물어 봤다. 이야말로 변방의 만인이 항복하자마자 수변
(水邊)의 귀졸(鬼卒)이 또 날뛰는 판국이다.

91. 제갈량의 출사표

祭 瀘 水 漢 相 班 師
伐 中 原 武 侯 上 表

　공명이 맹획에게 광풍이 일고 어두운 구름이 끼는 까닭을 물으니 맹획이 대답했다.

　"이 강에는 본래부터 창신(猖神)이 있어서 화를 일으키는 바람에 왕래하는 사람은 반드시 제사를 지냈습니다."

　"뭣으로 제사를 지낸단 말이오?"

　"옛날부터 이 나라에는 창신이 화를 일으키면 49개의 인두(人頭)와 흑우(黑牛)·백양(白羊)을 마련해 가지고 제사를 지냈습니다. 그렇게 하면 저절로 풍랑이 가라앉고 아울러 해마다 풍년이 들었습니다."

　"이미 내가 이 땅을 평정한 지금 어찌 한 사람인들 함부로 죽일 수 있겠소!"

　공명은 친히 노수 강변으로 가서 강의 형세를 살펴봤다. 과연 음풍(陰風)이 사납게 일고, 파도가 용솟음치며, 인마(人馬)가 다같이 놀라서 안절부절 못했다.

　공명이 매우 이상하게 여기고 토인에게 물어 봤더니 토인이 대답했다.

　"승상께서 이곳을 지나가신 후부터 밤마다 귀신이 호곡하는 소리가 들렸습니다. 황혼 때부터 날이 밝을 때까지 곡성은 그치지 않았고, 감도는 안개 속에는 음귀(陰鬼)가 무수해서 이것들이 화를 일으키니 사람들이 감히 건너가질 못했습니다."

"이것은 바로 나의 죄요. 지난번에는 마대가 촉병 천여 명과 함께 물에 빠져 죽었고, 남인(南人)을 죽여서 모두 이곳에 버렸소. 미친 혼과 원통한 귀신이 원한이 풀어지지 않아서 이러는 것이니 내가 오늘밤에 친히 나가서 제사를 지내야겠소."

"반드시 마흔아홉 사람을 죽여서 그 머리를 바치고 제사를 지내야만 원혼들이 물러갈 것입니다."

"본래 사람이 죽어서 원통한 귀신이 되었는데, 어찌 또 사람을 죽이겠소? 내게 다른 생각이 있소."

공명은 당장에 진중에서 음식을 맡은 행주(行廚)에서 사람을 불러서 소와 말을 죽인 다음 밀가루로 빚어서 사람의 머리 형상을 만들어 가지고 소와 양의 고기를 대신 속에 채워 '만두(饅頭)'라는 것을 만들었다.

그날밤 노수 강변 언덕에 향안(香案)을 설치하고 제물을 펼쳐 놓은 다음에 49개의 등잔불을 밝히고 깃발을 꽂아 초혼(招魂)하고, '만두'와 그밖의 물건을 땅 위에 차려 놓았다. 3경쯤 되어서 공명은 금관을 쓰고 학창의로 몸차림을 하고 친히 제사에 나가서 동궐(董厥)을 시켜서 제문을 읽게 했다.

대한 건흥(大漢建興) 3년 가을 9월 1일, 무향후(武鄕侯) 익주목 승상 제갈량 삼가 제물을 갖추어 왕사(王事)에 고몰(故歿)한 촉중 장교(蜀中將校) 및 남인망자(南人亡者)의 음혼을 받들고 아뢰노라.

우리 대한 황제께서는 그 위력이 춘추시대의 5인의 패자(覇者)보다 더 놀라우셨고 명민함으로써 삼왕(三王)을 계승하셨도다. 작금에 먼곳에서부터 국경을 침범하는 자가 있어서 이속(異俗)이 군사를 일으켜 채미(蠆尾―毒虫의 꼬리)를 휘저어 요망함을 일으키고, 낭심(狼心)을 함부로 하여 난동하였도다. 내 왕명을 받들고 원격한 곳의 몽매한 무리들에게 문죄하고자 비휴(貔貅―용맹한 군사)를 크게 동원하여 벌레 같은 무리들을 모조리 제거하려 하니, 웅군(雄軍)이 운집하고 광구(狂寇)가 얼음 녹듯 사라졌고, 겨우 파죽지성(破竹之聲)을 들었으니 이는 실원지세(失猿之勢)에 지나지 못하도다. 젊은 군졸은 모두 구주 호걸(九州豪傑), 관료 장교(官僚將校)는 모두 사해 영웅이오, 무(武)를 배워 싸움에 종사했고, 명민함에 몸을 던져 주인을 섬겼고, 함께 삼령(三令)을 존중하지 않는 자 없어 일곱 번 만족을 붙잡는데 노력했으며, 봉국지성(奉國之誠)을 든든히 했으며, 아울러 충군(忠君)의 뜻을 다하였도다. 하나 어찌 뜻했으리요. 그대들이 병기(兵機)를 잃게 되고 간계에 빠져 혹은 화살에 맞아서 혼(魂)이 천대(泉臺)를 덮고, 혹은 도검(刀劍)에 상하는 바 되어서 혼백이 장야(長夜)로 돌아갈 줄이야. 살아서는 용맹이 있었고 죽어서는 이름을 빛냈도다.

이제 개가를 올리며 돌아가려는 마당에서 싸워서 얻은 부수(俘首)를 바치고자 하오니, 그대들의 영령이 아직도 남아 있다면 이 기도를 반드시 들을지어다. 나의 정기(旌旗)를 따르고 나의 부곡(部曲―隊任·部下)을 좇아서 함께 상국(上國)으로 돌아가 각각 본향(本鄕)을 인정하고 골육의 제사를 받고 가인

(家人)을 받아, 타향의 귀신이 되지 말고 이역의 혼이 되지 마라. 내가 마땅히 천자께 아뢰어 그대들의 집안 모두 은로(恩露)에 젖게 하고 해마다 옷과 양식을 주고 달마다 녹을 주어 이로써 그대들에게 보답하고 그대들의 마음을 위로하리라.

본토의 토신(土神)과 남방(南方)의 망귀(亡鬼)에 이르러서는 혈식(血食―祭祀)이 그칠 날이 없으리니 본국에 의지할 날도 멀지 않았도다. 생자 이미 천위(天威)에 늠(凜―敬畏)하였으니 사자 또한 왕화에 돌아가라. 음(陰)을 제거할 생각을 하고 울부짖지 마라. 작으나마 단심(丹心)과 성의를 표시하여 삼가 제사를 베푸노라. 오호라, 슬프도다! 엎드려 생각하노니 이 제물을 받을지어다!

제문을 다 읽고 나더니 공명은 방성통곡했다. 애끓는 듯한 그 정경에 3군은 감격하여 눈물을 흘리지 않는 자 없었고, 맹획 등 여러 사람도 큰 소리로 울었다. 홀연 수운 원무(愁雲怨霧) 속에서 수천 귀혼이 바람을 따라서 흩어지는 것이 보이자 공명은 좌우 측근자에게 명령하여 제물을 모조리 강물에 던지게 했다.

이튿날 공명이 대군을 거느리고 노수 남쪽 강변에 도착하니 구름과 안개도 사라지고 풍랑이 가라앉아서 군사를 이끌고 무난히 강을 건넜다.

영창군(永昌郡)에 이르러 공명은 왕항·여개를 머무르게 하여 4군을 수비하도록 하고, 맹획에게는 부하를 거느리고 돌아가도록 명령하니 그는 눈물을 흘리면서 공명과 작별했다.

공명이 대군을 거느리고 성도로 돌아오니, 후주는 난가(鑾

駕—황제가 타는 수레)를 마련하여 성밖 30리 지점에까지 나와서 영접하고 연(輦)을 길가에 세우고 공명을 기다렸다. 공명은 황급히 수레에서 내려 엎드려서 아뢨다.

"소신이 속히 남방을 평정치 못하여 주상께 근심을 끼쳐 드렸사오니 이는 오로지 소신의 죄입니다."

후주는 공명을 부축해 일으켜서 수레를 나란히 하고 돌아와서 태평연회(太平宴會)를 베풀고 3군에 중상(重賞)을 내렸다. 공명이 후주의 승낙을 받고 싸움터에서 죽은 사람들의 집에 일일이 상을 후하게 주었고, 이로써 조정과 백성들은 태평한 세월을 이루게 됐다.

한편, 위주 조비는 극위한 지 7년이나 되었으니, 촉한(蜀漢)의 건흥 4년이 되었다. 조비의 첫부인 견씨(甄氏)는 바로 원소(袁紹)의 둘째아들 원희(袁熙)의 아내였는데, 전에 업성(鄴城)을 격파했을 때에 얻어들였다. 그 후에 아들을 하나 낳았는데, 이름을 예(叡), 자를 원중(元仲)이라 하며, 어렸을 적부터 총명해서 조비가 매우 사랑했다.

그 후에 조비는 또 안평군(安平郡) 광종(廣宗) 사람 곽영(郭永)의 딸을 맞이하여 귀비(貴妃)를 삼았는데, 이 여자는 제법 미인이어서 부친이 항상 '내 딸이야말로 여중왕(女中王)'이라고 말했었다. 그래서 그 호가 '여왕(女王)'이었다. 조비가 이 여자를 귀비로 맞이한 뒤부터 견부인은 총애를 잃게 되었고 곽귀비는 자신이 왕후가 되려고 행신(幸臣) 장도(張韜)와 상의했다.

조비가 병이 났을 때, 장도는 견부인의 궁중에서 천자의 생년월일, 생시를 써 넣은 오동나무로 만든 허수아비를 발견해 냈는데, 그것은 천자를 진압하고자 하는 것이라고 모함했다.

조비는 대로하여 마침내 견부인에게 죽음을 내렸고 곽귀비를 황후로 세웠다. 곽황후에게는 자녀가 없었기 때문에 조예를 아들로 삼고 심히 사랑하기는 했지만, 태자로 세우지는 않았다.

조예가 열다섯 살 되던 해 봄에 조비는 그를 데리고 사냥을 나갔다. 산골짜기에서 어미사슴과 새끼사슴이 튀어나오자 조비가 그자리에서 활로 쏘아서 어미사슴을 거꾸러뜨렸다. 뒤를 돌아다보니 새끼사슴이 조예의 말 앞으로 달려갔다.

"얘, 왜 쏘지 않느냐?"

조비가 소리를 지르자 조예가 말 위에서 울면서 말했다.

"폐하께서 어미사슴을 이미 죽이셨는데 어찌 제가 또 그 새끼마저 죽이겠습니까?"

"내 아들은 실로 인덕(仁德)이 있도다!"

하고 조비는 조예를 평원왕(平原王)에 봉했다.

여름 5월에 조비는 한질(寒疾)에 걸린 것을 여러번 치료를 했건만 차도가 없어서 마침내 중군대장(中軍大將) 조진(曹眞), 무군대장(撫軍大將) 사마의(司馬懿), 진군대장(鎭軍大將) 진군(陳羣) 등을 침궁(寢宮)으로 불러들여,

"올해 허창의 선문(禪門)이 까닭없이 무너졌을 때 짐은 반드시 죽을 것임을 스스로 깨닫고 있었소. 경들은 모두 국가의 주석지신(柱石之臣)이니 합심하여 짐의 아들을 보좌해 준다면 짐은 죽어서 눈을 감겠소!"

하더니 눈물을 흘리며 숨이졌다. 그의 나이 40세. 조진·진군

·사마의·조휴 등은 조예를 옹립하여 대위황제(大魏皇帝)로 모셨다. 조예는 부친 조비에게 문황제(文皇帝)라는 시호를 올렸고 모친 견씨를 문소황후(文昭皇后)로 모셨다. 또 종유(鍾繇)를 태부(太傅), 조진을 대장군(大將軍), 조휴를 대사마(大司馬), 화흠(華歆)을 태위(太尉), 왕랑(王朗)을 사도(司徒), 진군(陳羣)을 사공(司空), 사마의를 표기대장군(驃騎大將軍)에 봉하고 그밖의 문무백관에게도 각각 봉증(封贈)하고 천하에 대사령(大赦令)을 내렸다.

이때, 옹(雍)·양(凉) 두 주(州)를 지킬 사람이 없었는데, 사마의가 표를 올려서 서량(西凉) 각지를 지키고 싶다고 했다. 조예는 그의 뜻대로 사마의를 봉하여 옹·양 각지의 병마를 감독하게 하니, 사마의는 조서를 받아 가지고 곧 떠나갔다.

이런 사실을 염탐꾼이 서천에 보고하니, 공명이 크게 놀랐다.

"조비가 죽고 어린 아들 조예가 즉위했다는 것은 대단치 않은 일이지만, 사마의는 모략이 많은 인물인데 이제 옹·양의 병마를 감독하게 됐다니, 훈련을 마치면 반드시 촉중의 큰 걱정거리가 될 것이다. 먼저 군사를 일으켜 토벌하는 게 좋겠다."

참군(參軍) 마속(馬謖)이 이 말을 듣더니, 사마의를 조예의 손으로 없애 버리게 할 수 있는 계책이 있으니, 승상이 친히 원정할 필요는 없다고 다음과 같은 의견을 제공했다.

"사마의는 위국의 대신이기는 하지만, 조예가 평소부터 의심을 품고 좋아하지 않는 사이입니다. 비밀히 낙양·업군 등지로 사람을 파견하고 유언을 퍼뜨려서 이자가 반란을 꾀하고 있다 하고, 또 사마의가 천하에 고시하는 방문(榜文)을 만들어서 도처에 골고루 붙여 조예로 하여금 의심을 품게 하면 반드시 이자를 죽이고야 말 것입니다."

공명은 이 의견대로 그 즉시 사람을 몰래 파견하여 계책을 진행시키도록 했다.

업성 성문 위에 홀연, 하루는 고시문(告示文)이 한 장 붙어 있는 것이 발견되었는데, 문지기가 떼다가 조예에게 바쳤다. 조예가 그것을 읽어 보니, 표기대장군이며 옹·양 각지 병마 총령(兵馬總領)인 사마의의 명의로 천하에 내놓은 포고문으로서, 황손(皇孫) 조예가 평소에 덕행도 없이 태조(太祖)의 뜻에 어긋나는 짓을 하고 있으므로 하늘에 응하고 백성에 순하여 자기가 날짜를 작정하고 군사를 일으켜서 만민의 소망을 채워 줄 것이니 마땅히 신군(新君)에게로 돌아가야 할 것이며, 따르지 않는 자는 구족을 멸하겠다는 무시무시한 내용이었다.

그것을 보고 난 조예는 깜짝 놀라서 급히 여러 신하와 상의했더니 태위 화흠이 아뢰었다.

"사마의가 자원해서 옹·양 두 고을의 수비를 맡겠다고 한 것은 바로 이런 까닭이었습니다. 이제 모반의 뜻이 명백히 드러났사오니, 당장에 주살하십시오."

또 왕랑도 아뢰었다.

"사마의는 도략(韜略)에 심히 밝고 병기(兵機)를 잘 알고 있습니다. 평소부터 굉장한 뜻을 품고 있었사오니 빨리 없애 버리지 않으시면 나중에 반드시 화근이 될 것입니다."

조예는 곧바로 명령을 내려서 군사를 동원하여 친정(親征)에 나서려고 했다. 이때 홀연 반부 중에서 대장군 조진이 얼른 앞으로 나서더니 아뢌다.

"안 됩니다. 문황제께서 폐하를 소신 등 세 사람에게 부탁하옵신 것은 사마의에게 다른 뜻이 없음을 아셨기 때문입니다. 이제 사실 여부도 확실히 모른 채 군사를 일으키셔서 일을 처리하려 하심은 도리어 그를 모반의 길로 몰아넣으시는 결과가 됩니다. 이는 필시 촉·오의 간세(奸細)들의 반간(反間)시키기 위한 계책으로서 우리 군신을 혼란하게 하고 그 허를 노려서 공격하자는 수작인지도 모릅니다. 폐하께서는 깊이 살피시기 바랍니다."

"사마의의 소행이 과연 모반이라면 그때는 어찌 하겠소?"

"폐하께서 의심하옵신다면, 한 번 안읍(安邑)으로 나가시오면 사마의가 반드시 영접하러 나올 것입니다. 그때 동정을 살피시다가 잡으셔도 됩니다."

조예는 이 의견대로 조진에게 남아 있으면서 국사를 다스리라 명령하고 친히 어림군(御林軍) 10만을 거느리고 안읍으로 향했다.

사마의는 무슨 영문인지도 모르고 천자에게 그의 위엄을 알게 하고자 병사를 정비하고 갑사(甲士) 수만 명을 거느리고 나와서 조예를 영접하려 했다. 근신이 아뢌다.

"사마의는 과연 병사 10여만 명을 인솔하고 나타나서 항거하오니 사실로 반심(反心)이 있는 것입니다."

조예는 황급히 조휴에게 명령하여 군사를 거느리고 대적하라고 했다. 사마의는 병마가 대드는 것을 보자, 거가(車駕)가 친히 도착하는 줄로만 알고 길에 엎드려서 영접했다. 조휴가 나서면서 말했다.

"중달(사마의), 그대는 선제께서 폐하를 부탁하신 중책을 저버리고 무슨 까닭으로 모반하는가?"

사마의는 깜짝 놀라, 전신에 땀이 비오듯 하며 그 까닭을 물었다. 조휴가 여태까지의 이야기를 해주었더니, 사마의가 소리쳤다.

"이것은 오·촉의 간세들의 이간책이오. 우리 군신을 서로 잔해케 하고 허를 노려서 습격하자는 것이오. 소생이 천자께 알현하고 선처하겠소."

그 즉시 군마를 뒤로 물리고 조예 앞에 나가서 꿇어 엎드려 눈물을 흘리며 아뢨다.

"소신은 선제로부터 폐하를 부탁하신다는 중책을 맡았사옵는데 어찌 다른 마음이 있겠습니까? 이는 반드시 오·촉의 간계입니다. 그러므로 소신이 일여(一旅)의 군사를 거느리고 먼저 촉을 격파하고 나서 오를 토벌하여 선제와 폐하께 보답하여 신심(臣心)을 명백히 하고자 합니다."

조예가 결단을 내리지 못하고 망설이고 있는데 화흠이 말했다.

"그러나 중달에게 병권을 맡겨 두는 것은 좋지 못합니다. 즉시 파면시키고 전리(田里)로 보내심이 좋겠습니다."

조예는 그 말대로 사마의를 삭직(削職)시키고 고향으로 보내 버렸다. 그리고 조휴에게 대신 옹·양 두 고을의 군사를 총독하도록 명령하고 낙양으로 돌아왔다.

이런 사실을 염탐꾼이 서천에 보고했더니, 공명은 매우 기뻐했다. 평소부터 사마의 때문에 옹·양 두 고을의 토벌을 망설이고 있었으나, 이미 그가 물러간 이제, 주저할 것이 없기 때문이었다. 이튿날 후주가 일찍이 조정에 나와 여러 관료들을 만나는 자리에서 공명은 출반하여 '출사표(出師表)' 한 통을 올렸다.

신 제갈량은 말씀드립니다.

선제께서 창업하신 지 반도 못 되어, 중도에 붕조(崩殂)하시니, 이제 천하는 삼분(三分)되어 익주는 파폐(罷敝)했으니 이야말로 위급존망할 때입니다. 그러나 시위(侍衛)의 신하들이 안(조정)에서 게으르지 않고 충지지사(忠志之士)가 밖에서 제 몸을 돌보지 않음은 이 모두 선제의 특별하신 대우를 생각하여 폐하께 보답하고자 하는 까닭입니다.

폐하께서는 마땅히 성청(聖聽)을 개장(開張)하셔서 (옳고 그른 일에 귀를 잘 기울여서) 선제의 덕을 빛내시며 지사(志士)의 기상을 넓히시고, 망령되이 스스로 경박하여 의를 잃어 충성스럽게 간하는 것을 막지 마십시오. 궁중(宮中)·부중(府中) 모두 한 몸이 되어서 척벌장부(陟罰臧否―善惡賞罰)를 달리 하셔서는 안 됩니다. 간악한 짓을 하고 죄과를 범하는 자와 충선(忠善)을 행하는 자는 마땅히 유사(有司)에 돌리셔서 그 형과 상을 결정지을 것이며, 이로써 폐하의 공평하시고 명백하신 정치를 밝히실 것이며 사심에 편(偏)하여 내외가 법을 달리하게 하셔서는 안 됩니다.

시중(侍中)·시랑(侍郞)인 곽유지(郭攸之)·비위·동윤(董允) 등은 모두 선량하고 착실하며 뜻과 생각이 충성되고 순수하여 이 때문에 선제께서 발탁하셔서 폐하께 남기신 사람들입니다.

　어리석은 생각이오나, 궁중의 일은 대소를 막론하시고 이들에게 자문하시고 시행하시면 반드시 궐하고 빠진 것을 비보(裨報)할 수 있으며 넓고 유익한 바 있을 것입니다. 장군 향총(向寵)은 성품이 깨끗하고 고르며 군사에 정통하여 전에 시험해 보신 일이 있으셨는데, 선제께서 능하다 하셨는지라 중의로써 향총을 도독으로 삼았던 것입니다.

　또한 어리석은 생각이오나, 영중의 일은 대소를 막론하시고 모두 그에게 자문하시면 반드시 행진하는데 화목하게 할 것이며 우열이 제 자리를 얻을 수 있을 것입니다.

　현신을 친히 하고, 소인을 멀리 함이 바로 선한(先漢)이 흥륭(興隆)한 까닭이오며 소인을 친히 하고 현신을 멀리 한 것이 바로 후한(後漢)이 기울어진 까닭입니다. 선제께서 재세시에는 항상 신과 더불어 이 일을 논의하시었으며, 환(桓)·영(靈) 이제(二帝)를 생각하시고 탄식하여 마지않으셨습니다. 시중·상서·장사·참군 이들은 모두 바르고 성심이 있으며 절개를 위하여 죽을 수 있는 신하들입니다. 원컨대 폐하께서는 이들을 친히 하시고 믿으시면 한실의 융성은 날을 꼽아 기대하실 수 있으실 것입니다.

　신은 본래 미천한 포의의 몸으로서 남양 땅에서 밭 갈며 성명을 어지러운 세상에 구전(苟全)하고 제후에게 영달을 구하고자 하지 않았습니다. 선제께서 신을 비루하다 여기지 않으시고 외람되게도 수고를 아끼지 않으시며 신의 초려(草廬)에 세 번이나 왕림하셔서 신에게 당세의 일을 자문하셨으므로 이에 감격하여 마침내 몸을 아끼지 않고 동분서주할 것을 선제께 승낙했습니다.

그 후에 형세가 기울어져 패군한 때 임무를 받고, 위난 속에서 명령을 받들어 이래 20유(有) 1년이 되었습니다. 선제께서는 신의 근신함을 아신 까닭에 붕어시에 신에게 대사를 기탁하셨습니다.

신은 명령을 받은 이래 밤낮으로 근심 걱정하오음은 부탁하신 바에 어긋나서 선제의 밝으심을 그르치지나 않을까 하는 점이 었습니다. 이런 까닭으로 5월에는 노수를 건너서 깊이 불모의 땅에 들어갔습니다. 이제 남방은 이미 평정되었고 갑병(甲兵)이 충족하니 이제야말로 마땅히 3군을 거느리고 북으로 중원을 평정해야겠습니다. 노둔한 힘이나마 다하여 간흉을 물리치고 한실을 부흥하여 옛 도읍으로 돌아가게 함이, 신이 선제께 보답하고 폐하께 충성를 다하고자 하는 직분인 줄 압니다. 손익을 헤아리고 온갖 충언을 드림은 곽유지·비위·동윤 등의 임무입니다.

원컨대 폐하께서는 신에게 적을 토벌하여 부흥케 하는 직책을 맡겨 주십시오. 만약에 이루지 못하게 되면 신의 죄를 다스리셔서 선제의 영전에 고하실 것이오며, 만약에 부흥의 말씀이 없으시다면 곽유지·비위·동윤 등의 잘못을 책하셔서서 그 태만함을 밝히십시오. 폐하께서는 또 마땅히 선한 일을 하실 방법을 물어서 취하시고 충언을 잘 조사하여 받아들이셔서, 선제의 유조(遺詔)를 깊이 추구하십시오. 신은 폐하의 은혜를 받아 감격을 이길 길이 없습니다! 이제 멀리 떠나감에 있어서 표를 올리며 눈물을 금할 길 없사옵고 여쭐 바를 모르겠습니다.

후주가 표를 다 보고 나더니 말했다.

"상부께서는 남만을 정복하시고 원로에 고생만 하시고 돌아오셔서 이제 자리도 편안하시기 전에, 또다시 북정(北征)을 하시겠다 하니 신기(神氣)가 너무나 고되실까 걱정되오."

"이미 남방이 평정되었사오니, 이미 내고(內顧)의 우려는 없습니다. 지금 적을 토벌하지 않는다면 언제 또다시 중원을 회복할 날을 기다리겠습니까?"

홀연 반부(班部) 중에서 태사 초주(譙周)가 나서며 아뢰는 말이 그가 어젯밤에 천상을 봤더니 북방에 왕기가 뻗쳤으므로 토벌에 적당치 않은 때라는 것이었다.

그러나 공명은 마침내 초주의 간언도 듣지 않고, 문무관료 백 명 이상을 성도에 남겨 두어 국내 일을 처리하게 하고 중요한 인원 배치도 일사천리로 끝냈다. 또 승상부로 돌아와서 여러 장수들을 소집해 놓고 각각 그 임무도 작정해 주었고, 일변 이엄과 그밖의 몇 사람을 시켜서 동오에 대하여 대강(大江) 나루를 견고히 지키라는 격문을 발송케 하고, 건흥 5년 봄 3월 병인일(丙寅日)을 택하여 토위군(討魏軍)을 출동시키기로 작정했다.

홀연 장하에서 노장(老將) 한 사람이 선뜻 나서며 큰 목소리로 외쳤다.

"내가 비록 나이가 많다지만 아직도 염파(廉頗)의 용맹과 마원(馬援)의 웅기를 지니고 있소. 이 두 옛 사람들이 모두 늙은 몸을 헤아리지 않았거늘, 어째서 나를 기용해 주시지 않으시오."

여러 사람이 쳐다보니 그는 바로 조자룡이었다. 공명이 말했다.

"내가 남만을 평정하고 돌아왔을 때, 마초가 병으로 세상을 떠나게 되어 심히 애석해했소. 한 팔이 부러진 탓이었소. 장군도 이제 연로하셨으니 만약에 아차 하시는 날이면 일세에 영명(英名)이 흔들리게 되어 촉중의 예기가 줄어들게 되지 않겠소!"

조자룡은 굽힐 줄 모르고 여전히 무서운 음성으로 소리쳤다.

"나는 선제를 따라서 진지에 임함에 물러서 본 적이 없었고, 적을 만나면 언제나 앞장섰소. 대장부 싸움터에서 죽는 것이 다행이거늘, 내게 전부 선봉(前部先鋒)를 맡겨 주셔도 나는 조금도 후회함이 없겠소!"

공명이 재삼 만류했으나, 조자룡은 막무가내로 듣지 않았다.

"나를 기어이 선봉으로 내세워 주지 않으신다면 나는 섬돌 아래 머리를 부딪쳐 죽어 버리고 말겠소!"

"정 그렇게 선봉을 원하신다면 누구 한 사람과 동행하기로 하시오."

등지가 조자룡과 자진해서 동행하겠다고 나서니 공명도 할 수 없이 조자룡과 등지에게 정병 5천과 부장 10명을 주어서 떠나 보내고, 자기도 뒤따라서 출진하기로 했다.

위나라 경계지대를 수비하고 있던 군사가 이런 사실을 낙양으로 보고했다.

이날 조예(曹叡)가 조정에 나와 있는데, 근신이 아뢨다.

"변관(邊官)의 보고에 의하면, 제갈량이 대병 30만을 인솔하고 한중에서 나와 진을 치고, 조자룡·등지를 전부 선봉으로 국경선을 넘어 쳐들어오고 있습니다."

조예는 대경실색하여 여러 신하들과 상의하는데 아버지의

원수를 갚고 싶다고 선뜻 나선 장수가 있었으니 그는 바로 하후연의 아들 하후무(夏侯楙)였다.

그는 자를 자휴(子休)라 하고 성미가 몹시 조급하고 또 인색하며, 어렸을 적에 하후돈의 양자가 되었다. 하후연이 황충의 손에 목이 달아났을 적에 조조가 하후무를 불쌍히 여기고 자기의 딸 청하공주(淸河公主)를 그에게 주어서 사위를 삼은 것이었다.

병권은 가지고 있었지만 아직 한 번도 싸움터에 나가 본 일이 없었다.

이번 기회에 출전을 자원하니, 조예는 기뻐하며 그 즉시 대도독에 임명하여 관서(關西)의 제군을 정비시켜서 촉군과 대결해 보라고 명령했다. 그러니 사도 왕랑(王朗)이 나서서 간했다.

"싸움에 전연 경험이 없는 하후 사위님에게 이런 중임을 맡기심은 적당치 않습니다. 또 제갈량은 지모에 뛰어난 인물이며 도략에 정통하오니 적을 소홀히 여기셔서는 안 됩니다."

옆에서 이 말을 듣고 하후무가 왕랑을 향하여 호통을 쳤다.

"사도공은 제갈량과 결탁하고 내응하시려는 거요? 나는 이래 봬도 어려서부터 부친을 따라서 도략을 배웠고 병법에 어지간히 통하오. 공은 어째서 나를 나이 어리다고 함부로 업신여기시오. 내가 만약 제갈량을 산채로 잡지 못한다면 두 번 다시 천자를 뵈러 돌아오지 않기로 맹세하오."

이 말을 듣고는 왕랑과 그밖의 다른 사람들도 감히 말을 하지 못했다.

이리하여, 하후무는 위주 조예와 작별하고 밤을 새워가며

장안에 이르러 관서 제로(諸路)의 군마 20여만을 정비하여
공명과 대적하려고 했다.
  이야말로 쟁쟁한 장사를 내세워야 할 판에 애송이 장수가
병권을 장악하게 됐다.

92. 분전하는 칠십 노장

趙 子 龍 力 斬 五 將
諸 葛 亮 智 取 三 城

공명은 군사를 인솔하고 면양(沔陽)에 도착했다. 그곳은 마초의 무덤이 있었다. 공명이 그의 아우 마대를 시켜서 제사를 마련하게 하고 자신도 친히 제사를 지내고 나서 영채로 돌아왔다. 홀연 초마가 보고하기를, 위주 조예가 부마 하후무를 시켜서 관중(關中)의 각로 군마를 정비해 가지고 대적하러 나온다는 것이었다.

이 소식을 듣고 위연은 주장하기를, 자기에게 정병 5천만 주면 포중(褒中)에서 진령(秦嶺)을 끼고 동쪽으로 쳐들어가서 열흘 안에 장안에 도착할 수 있다고 주장했지만, 공명은 이 의견에 응하지 않고, 농우(隴右)로부터 평탄한 대로를 끼고 병법대로 병사를 진격시키면 아무 걱정 없다 하면서 조자룡에게 급히 사람을 파견해서 군사를 출동시키도록 명령했다.

한편 하후무가 장안에서 각지의 군사를 집결시키고 있는데 큰 도끼를 잘 쓰기로 유명한 서량(西凉)의 대장 한덕(韓德)이 서강(西羌)의 군사 8만을 거느리고 나타났다. 하후무는 기뻐하며 그에게 선봉을 명령했다.

한덕에게는 아들 넷이 있었는데 모두 무예에 정통하고 활쏘기와 말타기에 뛰어났다. 장남이 한영(韓瑛), 차남이 한요(韓瑤), 3남이 한경(韓瓊), 4남이 한기(韓琪)였는데, 모두 부친을 따라 봉명산(鳳鳴山)까지 나가서 촉군과 대결했다. 그러나 조자룡의 결사적인 분투 앞에 젊은 그들도 맥을 추지 못했다.

제일 먼저 조자룡과 싸워 3합도 안 되어서 칼에 찔려 말 아래로 나뒹굴어 버린 것이 장남 한영. 나머지 3형제가 온갖 재간을 다하여 조자룡을 포위하기는 했으나, 4남 한기도 창에 찔려 말 위에서 떨어져 버렸고, 3남 한경 역시 조자룡이 쏜 화살을 맞고 말에서 떨어져 죽었으며, 차남 한요는 보도(寶刀)를 휘두르며 조자룡에게 덤벼들었으나 결국 산채로 붙잡혀서 촉나라 영채로 끌려가는 몸이 돼 버렸다.

네 아들이 모조리 조자룡의 손에 넘어가는 것을 보자 한덕은 간담이 터질 듯 진중으로 달아나 버렸고, 옛날이나 변함없는 조자룡의 용맹한 모습을 눈앞에 보는 병사들은 감히 누구 하나도 덤벼들 생각을 못했다. 조자룡은 단기(單騎)로 마치 무인지경을 종횡무진으로 달리며 통쾌하게 싸웠다.

등지도 조자룡이 큰 승리를 거두는 것을 보고 싸움을 거들러 달려드니 서량의 군사들은 대패하여 도주하고 위기일발에서 간신히 조자룡의 손아귀를 빠져나온 한덕은 갑옷도 말도 내버리고 뺑소니를 쳤다.

조자룡과 등지는 군사를 수습해 가지고 영채로 돌아왔는데, 등지가 말했다.

"장군께서는 70이 되셨는데도 솜씨가 조금도 변함이 없으십니다. 오늘 네 사람의 젊은 대장을 거꾸러뜨리신 것은 정말 세상에서 드물게 보는 일입니다."

"승상께서 나를 나이가 많다 하시고 기용하려 들지 않으셨기 때문에 나는 아직도 늙지 않았다는 것을 한번 보여 드리려고 한 것뿐이오."

이렇게 말하고, 사람을 파견하여 첩보를 전하고 생포한 한요를 공명에게로 보냈다.

한덕은 패잔병을 수습해 가지고 하후무에게로 돌아가서 눈물을 흘려 가며 사실을 보고했다. 하후무는 군사를 거느리고 조자룡과 대결하려고 나섰다.

조자룡은 창을 휘두르며 말을 달려 봉명산(鳳鳴山) 앞에 진을 쳤다. 이날, 하후무는 황금 투구에 흰 말을 타고 큰 칼을 휘두르며 문기 아래로 선뜻 나섰다. 조자룡이 말을 달리며 한 손에 창을 들고 무인지경을 달리듯 돌아다니는 광경을 보자, 하후무가 친히 내달으려고 하는 것을 한덕이 가로막으며 말했다.

"내 아들들을 죽인 원수를 내가 꼭 갚고야 말겠소!"

한덕이 말을 달려 큰 도끼를 휘두르며 달려나갔다.

격분한 조자룡, 창을 휘두르며 한덕과 대결. 3합도 채 싸우지 않아서 창으로 한덕을 찔러서 말 아래로 거꾸러뜨려 죽여 버렸다. 말머리를 돌려 하후무를 향하여 쳐들어가니, 하후무는 당황하여 어쩔 줄 모르며 자기 본진으로 도주해 버렸고, 등지마저 군사를 몰고 달려드니 위군은 대패하여 10리나 후퇴하여 다시 진을 쳤다.

하후무가 이날 밤새도록 여러 대장들과 대책을 강구했다.

"나는 오랫동안 조자룡의 이름만 듣고 아직 대해 보지 못했는데, 과연 나이는 먹었으나 건재한 것을 보고 비로소 당양(當陽)·장판(長坂)의 사실을 믿게 되었소. 이렇다면 감히 대적할 인물이 없을 것 같소. 어찌했으면 좋겠소?"

정욱(程昱)의 아들 참군 정무(程武)가 말했다.

"소생의 생각으로는 조자룡은 용맹은 있으나 꾀가 없으니 두려워할 것이 없습니다. 내일 도독께서 다시 군사를 거느리시고 출전하셔서 먼저 양군을 좌우에 매복시켜 놓으십시오. 그리고 도독께서는 싸우시다가 먼저 후퇴하십시오. 조자룡을 복병이 있는 곳까지 유인하시면서 산으로 올라가셔서 사면의 군마를 지휘하시고 겹겹이 포위하시면 조자룡을 붙잡을 수 있을 것입니다."

하후무는 그 말대로 동희(董禧)를 파견하여 3만의 군사를 거느리고 왼쪽에 매복해 있게 했고, 설측(薛側)에게도 3만 군사를 거느리고 오른쪽에 매복해 있도록 했다.

그 이튿날, 하후무는 또다시 금고 기번(金鼓旗旛)을 정비해 가지고 군사를 인솔하고 나왔다. 조자룡과 등지도 이를 맞이하여 출전했다.

등지가 말 위에서 조자룡에게 말했다.

"어젯밤에 대패하여 도주한 위군이 오늘 또다시 덤벼드는 것은 반드시 무슨 속임수가 있을 것입니다. 노장군께서는 그것을 잘 방비하셔야 합니다."

"젖비린내 나는 어린 놈인데 말할 게 있겠소! 내 오늘은 반드시 이놈을 붙잡고야 말겠소!"

조자룡은 이렇게 말하고 말을 달려 뛰쳐나갔다. 위장 반수(潘遂)가 덤벼들었지만 3합도 못 싸우고 말머리를 돌려서 도주했다. 조자룡이 그대로 추격했더니 위군의 진중에서 여덟 명의 대장들이 몰려나와서 하후무를 도망치게 해놓고 그들도 일제히 도주해 버렸다.

조자룡은 등지와 함께 적진 깊숙이 추격해 들어갔다. 바로 이때, 난데없이 고함소리가 천지를 진동했다. 등지는 급히 군사를 뒤로 물리려고 했으나, 왼쪽에서는 동희, 오른쪽에서는 설측이 덤벼들어 조자룡을 포위해 버렸다.

조자룡은 동충서돌하면서 있는 힘을 다해서 싸웠으나 포위망은 점점 뚫기 어렵게 되고, 수하에는 단지 천여 명이 남았을 뿐이었다. 산비탈 아래에 이르러 바라다보니 하후무가 산 위에서 군을 지휘하고 있었다. 조자룡이 동쪽으로 움직이면 동쪽으로 군사를 몰고 서쪽으로 움직이면 서쪽으로 몰고 옴쭉도 하지 못하게 하니 조자룡은 군사를 몰고 산꼭대기로 쳐올라가려고 했다.

그러나 산꼭대기에서는 뇌목(擂木)과 포석(礮石)을 마구 굴려내리는 바람에 쉽사리 올라갈 수도 없었다. 어느덧 하루해도 완전히 저물었다. 조자룡은 달이 뜨기를 기다려서 다시 싸워 볼 작정으로 잠시 말을 내려서 숨을 돌리고 있었다. 갑옷을 벗고 앉아서 쉬려고 하는데, 홀연 사방에서 화광이 충천하며 요란한 고함소리가 일어나더니 화살과 돌이 빗발치듯 퍼부었다.

"조자룡은 항복해라!"

위병이 쇄도하면서 일제히 소리를 질렀다.

"내가 늙지 않았다고 버티었더니 결국 여기서 죽고 마는구나!"

조자룡은 하늘을 우러러보며 이렇게 탄식했다. 그때 동북쪽에서부터 함성이 요란스럽게 일어나더니 위군의 병사들이 분분히 흩어져서 도주하는 것이었다. 1군의 군사들이 몰려드는데 선두에 선 장수는 1장 8척의 점강모(點鋼矛)를 손에 들었고, 말머리 밑으로 수급 하나를 늘어뜨리고 있었다. 자세히 보니 그는 바로 장포였다. 그가 조자룡을 보더니 말했다.

"승상께서는 노장께서 실수라도 있으실까 걱정하셔서 소생에게 5천 기를 주서서 싸움을 거들어 드리도록 하셨습니다. 오는 도중에 위장 설측이 길을 가로막기에 목을 베어 가지고 왔습니다."

조자룡이 매우 기뻐하며 장포와 함께 서북쪽으로 쳐들어가니 위군의 병사들은 무기를 던지고 도주하기 시작했다. 이때 또 1군의 군마가 고함을 지르며 달려들었다. 앞장 선 대장은 한 손에 언월청룡도(偃月靑龍刀)를 들었으며 또 한 손에 사람의 머리를 하나 움켜잡고 있었다. 그는 바로 관흥이었다.

"승상의 명령을 받들고 5천 기를 거느리고 싸움을 거들어 드리고자 왔습니다. 도중에서 위장 동희를 만났기에 한칼에 목을 베어 그 수급을 가지고 오는 길입니다. 승상께서도 곧 뒤따라서 오실 겁니다."

"두 장군은 이미 기공(奇功)을 세웠는데 이대로 하후무를 잡아서 끝장을 내지 않으시오?"

조자룡이 이렇게 말했더니, 장포는 곧바로 병사를 거느리고 달려나갔으며 관흥도,

"소생도 공을 세우러 한 번 나가 보겠습니다!"
하면서 역시 병사를 거느리고 달려나갔다. 조자룡이 좌우의 부하들을 보고 말했다.

"저들은 나의 조카뻘 되는 장수들이오. 나는 국가의 상장(上

將), 조정의 구신으로서 저런 어린 사람들만도 못하다니…….
늙은 목숨을 버리더라도 선제의 은혜에 보답해야겠소!"
　이리하여 군사를 거느리고 하후무를 잡으려고 달려나갔다.
이 날밤에는 3로병이 협공을 해서 위군을 크게 격파했고 등지
도 병사를 거느리고 가담하여 목이 달아난 적군의 시체는 벌
판에 즐비하게 널렸고 피가 흘러 강을 이루었다.
　하후무란 본래 무모한 위인으로서 나이도 어렸고 싸움의 경
험도 없어서, 자기편 군사가 뿔뿔이 흩어지는 것을 보자, 장하
의 효장(驍將) 백여 명을 인솔하고 남안성을 향하여 뺑소니쳐
버렸다.
　장포와 관흥 두 장수는 하후무가 남안군으로 도주했다는 소
식을 듣자 밤을 새워가며 추격하니, 하후무는 성 안으로 몸을
숨기고 병사들을 수습해 가지고 성문을 굳게 닫고 방비하도록
했다.
　추격해 간 두 장수들은 성을 포위했고, 뒤따라온 조자룡과
힘을 합쳐서 3면으로 총공격을 가하고 있는 동안에 등지도 병
사를 거느리고 추격해 왔다. 성을 포위하기 10여 일, 그런데
도 쉽사리 격파할 수가 없었다.
　이때, 승상이 후군을 면양에 좌군을 양평(陽平)에 우군을
석성(石城)에 주둔시켜 놓고 친히 중군을 인솔하고 이곳에 도
착했다는 보고가 들어왔다.
　조자룡·등지·관흥·장포는 공명을 만나보고 계속 공격을
가하고 있는 실정을 자세히 보고했다.
　공명은 조그만 수레를 타고 성 주위를 친히 한 번 돌아 보
고 나서 영채로 돌아와 장에 나와 앉으며, 대기하고 있는 장

수들에게 말했다.

"이 군(郡)은 호(壕)가 깊고 성이 험준해서 쉽사리 공격할 수 없소. 우리들의 뜻하는 일은 이 성에 있는 것이 아니니, 그대들이 오랫동안 공격을 가하고 있는 틈에 위병이 손을 나누어서 한중을 공격한다면 아군이 위태롭게 되겠소."

등지가 나서서 말했다.

"하후무는 조조의 부마입니다. 그를 잡을 수만 있다면 적장 백 명의 목을 베는 것보다 나을 겁니다. 여기까지 나와서 포위해 놓고 어찌 그대로 포기하고 돌아가겠습니까?"

"내게도 계책이 있소. 이곳의 서쪽은 천수군(天水郡)에, 북쪽은 안정군(安定郡)에 인접해 있는데 이 두 군의 태수는 누구누구요?"

탐졸(探卒)이 대답했다.

"천수군의 태수는 마준(馬遵), 안정군의 태수는 최량(崔諒)입니다."

이 말을 듣더니 공명은 심히 기뻐하면서 위연을 불러서 여차여차하라고 지시하고, 관흥·장포를 불러서 또한 여차여차하라는 계책을 주고, 또 심복 군사 두명을 불러서 이러이러하게 하라는 계책을 지시해 주었다. 이 몇 사람들이 계책을 받아 가지고 군사를 인솔하고 떠나간 뒤 공명은 남안성 밖에 자리잡고 앉아서 군사들에게 명령하여 풀더미를 성 아래 쌓아 놓고, 성을 태워 버리겠다는 소문을 퍼뜨리게 했다. 그러나 위나라 병사들은 이런 소문을 듣고도 모두 웃기만 하고 통 두려워하는 기색을 보이지 않았다.

안정 태수 최량은 하후무가 남안에서 포위당했다는 소식을 듣자, 대경실색하고 4천여 명의 군사를 동원하여 방비를 견고히 했다.

하루는 웬 사람이 최량을 찾아왔는데, 기밀에 속하는 일을 연락하러 왔다기에 만나 보았다. 그는 하후도독(夏侯都督) 막하에 있는 부장 배서(裵緖)라고 자기를 소개하면서 천수·안정 두 군으로 구원병을 청하러 왔다는 것이었다. 최량이 군사를 동원해서 적군의 배후를 찔러 주고, 두 군의 구원병이 도착해야만 하후무도독은 성문을 박차고 나올 수 있으리라는 말이었다. 최량이 물었다.

"하후도독의 문서를 가지고 왔소?"

했더니, 그 사람은 품 속에서 땀에 젖은 종이쪽지 한 장을 슬쩍 내보이는 체하고는 그대로 병사들에게 말머리를 돌리라 해서 성 밖으로 나가더니 천수군 쪽으로 사라져 버렸다.

이틀 뒤 또 보마(報馬)가 달려들었는데, 천수군의 태수는 벌써 군사를 동원하여 남안으로 싸움을 거들러 나갔으니, 안정군에서도 빨리 나와 달라는 것이었다.

최량이 여러 부관들과 상의했는데, 그들의 의견도 만약에 남안을 빼앗기고 하후무가 전사하게 된다면 그 모든 책임이 양군에 돌아올 것이니 구원병을 동원함이 옳다는 데 일치했다.

최량이 군사를 인솔하고 남안에서 50리쯤 떨어진 지점까지 다다랐을 때, 홀연 앞뒤에서 고함소리가 요란스럽게 일어나더니, 초마가 보고했다.

"앞에서는 관흥이 가로막고, 뒤에서는 장포가 습격해 오고 있습니다."

 안정의 군사들은 사방으로 뿔뿔이 흩어져 버리고 말았으며, 최량은 깜짝 놀라 수하 백여 명을 거느리고 간신히 샛길로 빠져서 안정으로 되돌아오고 말았다. 성호(城壕) 근처까지 왔을 때 성 위에서 화살이 빗발치듯 퍼부어졌다. 촉장 위연이 성 위에서 소리를 질렀다.

 "내 이미 이 성을 점령했는데 어째서 빨리 항복하지 않느냐?"

 위연은 수하 병사들을 안정의 군사처럼 위장시켜 가지고 미리 성문을 열게 하여 이곳을 점령하고 있었던 것이다. 최량은 옴쭉달싹도 할 수 없게 되었다. 당황한 최량은 말머리를 돌려서 천수군으로 도주하려고 했으나, 앞에서는 공명의 군사가 가로막고, 뒤에서는 관흥·장포 두 명장이 추격해 오니 몸을 피할 도리가 없이 마침내 촉군에 항복하고 공명의 영채로 끌려갔다.

 공명은 빈객의 예의를 갖추어서 최량을 영접해 들이고 물었다.

 "남안의 태수는 그대와 교분이 두터우시오?"

 "남안성의 태수는 양부(楊阜)의 족제(族弟) 양릉(楊陵)으로서 소생과는 이웃해 산 관계로 교분이 매우 두텁습니다."

 "그러면 수고스러운 일이지만, 그대가 성 안으로 들어가서 양릉에게 하후무를 붙잡도록 설득시켜 주시오."

 "승상께서 가라고 하시면 가겠습니다만 우선 군마는 후퇴시켜 주셔야 성 안으로 들어갈 수 있겠습니다."

 공명은 곧 명령을 내려서 사방 군사들을 20리 밖으로 후퇴시켰고, 최량은 단기로 양릉을 찾아가서 그와 함께 하후무를 만나 보고 대책을 강구했다. 하후무가 무슨 계책이 없느냐고 했더니, 양릉이 대답했다.

"소생이 성문을 여는 체하고 촉의 군사를 유인해 들여 놓고 성안에서 죽이면 좋겠습니다."

최량은 이런 계책을 가슴에 품고 다시 공명에게로 돌아와서 말했다.

"양릉은 성문을 개방해서 대군을 입성케 한 다음 하후무를 붙잡겠다고 합니다. 양릉은 본래 친히 나서서 하후무를 잡고 싶었으나 병력이 부족해서 뜻을 이루지 못했다고 합니다."

"그것은 아주 쉬운 일이오. 여기 공에게서 내게로 투항해 온 군사가 백여 명이 있으니 이 가운데에다가 촉나라 대장을 안정의 군사처럼 가장시켜서 공이 함께 거느리고 성 안으로 들어가서 미리 하후무의 부하(府下)에 매복시켜 놓으시오. 그러고 나서 양릉과 연락하여 밤중에 신호에 맞춰서 성문을 개방하고 안팎으로 일제히 쳐들어가기로 합시다."

최량은 곰곰 생각했다.

'촉의 대장을 데리고 가지 않는다면 공명은 의심할 것이다. 우선 데리고 가서 죽이고, 신호의 불길을 올리고 공명을 끌어들여서 죽이기로 하자.'

이런 배짱을 먹고 최량이 쾌히 승낙하니 공명이 또 부탁했다.

"나의 심복인 대장 관흥과 장포를 공과 함께 보낼 것이니, 하후무에게는 구원병이 도착했다고 속여서 안심하도록 해주시오. 신호의 불길이 이는 대로 내가 즉시 군사를 거느리고 달려가서 놈을 산채로 붙잡겠소."

날이 저물 무렵, 관흥과 장포는 공명에게서 밀계를 받고 무장을 든든히 한 후 말에 올라 각각 병기(兵器)를 손에 잡고 안정 군사의 틈에 섞여서 최량을 따라 남안성 아래 도착했다.

양릉이 성 위에서 현공판(縣空板)을 잡아당기며 호심란(護心欄)에 의지하고 서서 물었다.

"어디서 온 군마냐?"

최량이 대답했다.

"안정성에서 원군이 도착한 겁니다."

최량이 먼저 신호의 활을 성 위로 쏘았는데, 그 화살에는 다음과 같은 밀서가 매달려 있었다.

"제갈량은 먼저 두 장수를 파견하여 성중에 매복시켜 놓고 안팎에서 일제히 공격할 작정이니 놀라지 마시고, 계책이 누설될까 하여 부중으로 들어가서 일을 치르기로 합니다."

양릉이 이것을 가지고 하후무에게로 가서 자세한 내막을 알려 줬더니, 하후무가 말했다.

"제갈량이 우리 계책에 떨어졌으니 도부수 백여 명을 부중에 매복시켜 두었다가, 두 장수가 최태수(최량)를 따라서 부에 도착하여 말을 내리거든 문을 잠그고 목을 베어 버립시다. 그러고 나서 성 위에 불길을 올려 제갈량을 입성시키게 하고 복병이 일제히 덤벼들면 제갈량을 잡을 수 있을 것이오."

양릉은 성 위로 올라가서 안정의 군사라면 입성하라고 소리를 지르고 다시 내려와서 성문에서 군사들을 영접했다. 그러나 누가 뜻했으랴! 관흥이 대들더니 다짜고짜로 양릉의 목을 한칼에 날려 버렸다. 깜짝 놀라 말머리를 돌려서 도주하려고 하던 최량도 결국 대기하고 있던 장포에게 걸려서 창에 찔려 말 아래로 떨어져 거꾸러졌다.

관흥이 성 위로 올라가 신호의 불길을 올리니 촉군은 노도

처럼 밀려 들고, 하후무는 허둥지둥 남쪽 성문을 열고 뺑소니
치려 했지만, 또 앞을 가로막고 나서는 장수가 있었으니 그는
바로 왕평이었다. 단 1합을 싸우고 나서 하후무는 말 위에 앉
은 채로 왕평에게 붙잡혔으며, 나머지 병사들은 모조리 죽고
말았다.

남안에 입성한 공명은 명령을 내려서 군민을 안정시키고 추
호도 백성을 괴롭히지 않았다. 하후무는 수거(囚車)에 가두어
두었다. 등지가 공명에게 물었다.

"승상께서는 어떻게 최량의 속임수를 간파하셨습니까?"

"나는 한 번 그를 보았을 때 진심으로 투항할 의사가 없다
는 것을 알았기 때문에 그를 성으로 쫓아보냈소. 그렇게 하면
반드시 실정을 하후무에게 알릴 것이고, 또 계책을 써서 대항
하러 덤비리라고 생각했소. 그가 두번째 나타났을 때, 과연 그
런 눈치가 보이는지라 관흥과 그밖의 사람을 딸려 보내서 그
를 안심시키게 한 것이오. 쾌히 함께 가겠다고 승낙한 것은
내가 의심할까 봐 그렇게 한데 불과한 것이오. 그의 생각으로
는 관흥을 성 안으로 끌어들여서 죽여 버리면 우리 군사가 안
심하고 입성할 줄 알았겠지만, 나는 미리 두 장수에게 명령하
여 그들을 먼저 죽여 버린 것이오. 또 최량을 유인해 낸 것은
내가 심복을 시켜서 위장 배서라고 속였소."

공명은 오의(吳懿)에게 남안을 지키게 하고, 안정군에게 유
염(劉琰), 천수군에는 위연을 각각 떠나 보냈다.

한편, 천수군의 태수 마준은 하후무가 남안성에서 포위당해
있다는 사실을 알자 문무제관을 소집해서 상의했다. 공조(功
曹) 양서(梁緖), 주부(主簿) 윤상(尹賞), 주기(主記) 양건(梁

虜) 등이 말하기를, 하후부마는 금지옥엽 같은 몸인데, 만일에 실수가 있다면 그 죄가 당성(當城)으로 돌아올 것이니 원군을 파견해야 한다는 것이었다. 마준이 망설이고 있을 때, 하후무의 심복 부하라는 대장 배서가 또 나타나서 하후도독이 원군이 도착하기를 눈이 빠지도록 기다리고 있다는 말을 전했다.

마준이 군사를 동원할 생각을 하고 있는데, 난데없이 한 사람이 뛰어들더니 외쳤다.

"태수님! 그것은 제갈량의 계책입니다!"

여러 사람이 쳐다보니 그는 바로 천수군 기현(冀縣) 사람 강유(姜維—字는 伯約)였다. 그는 어렸을 적부터 군서(群書)를 독파했고 병법과 무예 치고 통하지 않는 게 없었다. 모친에게 효도가 극진하여 군인(郡人)들의 존경을 받고 있으며 본부의 군사에 참여하고 있었다. 그가 또 마준에게 말했다.

"배서라는 자는 이름도 듣지 못하고 본 일도 없으며 안정에서 왔다고는 하지만 문서도 가지고 오지 않았습니다. 이는 촉장이 위장이라고 사칭함에 틀림없을 것입니다. 태수님을 유인해내 놓고 성 안의 허를 노리고 있다가 복병을 시켜서 이 성을 점령하자는 제갈량의 계책임이 분명합니다."

선뜻 정신을 차린 마준이,

"그대의 말이 아니었더라면 나는 간계에 빠질 뻔했소."

하니 강유가 웃으며 말했다.

"제갈량을 붙잡고 남안의 포위망을 풀어 버릴 계책이 소생에게 있으니 안심하십시오!"

이야말로 계책의 위에 또 계책이 있고, 머리를 짜서 싸우는데 또 의외의 인물이 나타난 셈이다.

93. 무시무시한 독설

姜伯約歸降孔明
武鄉侯罵死王朗

강유가 마준에게 다음과 같이 계책을 제공했다.

"제갈량은 우리 군의 배후에 군사를 매복시켜 놓고 우리 군사가 성을 나서면 그 허를 습격하자는 것입니다. 소생에게 정병 3천 명을 주시면 요로에 숨어 있을 것이니, 태수께서는 소생의 뒤를 쫓아서 곧 군사를 거느리고 성을 나오셔서 멀리 가시지 마시고 30리쯤 나가셨다가 되돌아서 불길을 신호로 삼고, 앞뒤에서 공격을 가하면 승리는 틀림없습니다. 만약에 제갈량이 친히 나타나기만 하면 소생이 그대로 붙잡아 버리고 말겠습니다."

마준은 이 계책대로 정병을 강유에게 주어서 떠나 보내고 양서와 윤상에게 성을 지키라 해놓고, 자기는 양건과 함께 군사를 인솔하고 성을 나섰다.

이보다 앞서서 공명은 조자룡에게 군사를 딸려서 산골에 매복해 있다가 천수의 군사가 성을 나서는 틈을 타서 습격하도록 배치해 놓았다.

마준이 성을 비우고 나왔다는 소식을 들은 조자룡은 심히 기뻐하면서 곧바로 장익(張翼)·고상(高翔)에게 사람을 보내서 도중에서 마준을 거꾸러뜨리라는 연락을 취해 두었다.

5천 기를 거느리고 천수군 성 아래로 쳐들어가서 성 위에 서 있는 양서와 서로 호통을 치며 대결하려고 하던 조자룡은 의외의 인물의 출현에 깜짝 놀랐다.

"천수의 강백약을 모르느냐?"

소리를 지르며 말을 달려 내닫는 것은 바로 강유였고, 그의 창을 쓰는 솜씨는 놀라운 바 있었다. 조자룡은 마준·건의 군사가 쳐들어오는 바람에 협공을 당하다가, 장익·고상의 군사의 힘으로 위기를 모면하고 공명에게 돌아와서 실정을 보고했다. 공명은 자기의 계책을 간파한 사람이 바로 강유라는 것을 알자 깜짝 놀랐다.

"천수는 이미 우리 수중에 들어온 것이나 진배없었는데, 이런 인물이 있으리라고는 생각지 못했소!"

공명은 이렇게 말하며 드디어 대군을 동원할 결심을 했다.

한편 강유는 마준에게로 돌아가서 계책을 제공했다. 이번에는 성 안에 군사가 있는 줄만 알고 공명이 친히 쳐들어올 것이니, 자기는 1군의 군사를 거느리고 성 동쪽에 매복해 있다가 적군이 쳐들어오면 퇴로를 가로막기로 하고 양건·윤상은 각각 군사를 거느리고 성 밖에 매복할 것이며, 양서는 백성을 거느리고 성 위에서 지키도록 하자는 것이었다. 공명은 친히 전부(前部)의 군사를 맡아 가지고 천수성 아래로 쳐들어갔는데, 성 벽에 깃발이 정연히 꽂혀 있는 것을 보자 경솔히 공격하기를 삼가고 망설이고 있었다.

그날밤이 깊어서 홀연 고함소리가 사방에서 일어나더니 화염이 충천하는 속에서 어디서 나타났는지도 알 수 없게 1군의 군마가 내달았는데, 그것은 마치 장사(長蛇)와 같이 기세가 대단했다.

군사가 그리 많아 뵈지 않는데도, 그 배치의 묘를 얻은 강유의 포진에 감탄한 공명은 군사를 수습해 가지고 영채로 돌아와서 곰곰 머리를 짜 보았다.

강유의 모친이 기현에 있다는 사실과, 천수군의 금은보물과 군량이 상규(上邽)에 축적되어 있다는 사실을 파악한 공명은 조자룡에게 군사를 주어서 상규를 공격하라 명령하고, 자기는 성 밖 30리쯤 되는 지점에 진을 쳤다.

이런 사실이 천수군에 전해지자 강유는 마준과 상의하여 자기 모친이 살고 있는 기성(冀城)을 지키겠다고 3천 기를 거느리고 떠났으며 양건도 3천 기를 거느리고 상규를 향해 떠났다.

강유의 군사가 기성에 도착하자 제일 먼저 맞닥뜨린 것이 위연의 군사였다. 두 장수는 불과 몇 합을 싸우지 않아서 강유는 패한 체하고 성 안으로 도주하여 모친을 찾아보고 나서는 성문을 굳게 잠그고 나와서 싸우려 들지 않았으며, 한편 조자룡도 양건이 무난히 상규성에 입성하도록 내버려두었다.

이때, 공명은 남안군으로 사람을 보내서 하후무를 장하로 불렀다. 공명이 물었다.

"현재 기성을 지키고 있는 강유는 나에게 사자를 보내서 '부마의 목숨만 살려 주신다면 항복하기를 원합니다' 하고 서신을 보냈는데, 내 이제 그대의 목숨을 살려줄 것이니 그대는 강유에게 가서 투항을 권유할 수 있겠소?"

"소생이 가서 투항을 권유하겠습니다."

하후무가 선뜻 대답하자, 공명은 의복과 안마(鞍馬)를 주어 사람을 딸리지 않고 혼자 떠나 보냈다.

하후무가 잘 모르는 길을 간신히 찾아가며 말을 달리고 있는데 저쪽에서부터 도망쳐 나오는 기현 백성의 무리를 만나게 됐다. 그런데 그들의 말을 들어 보니, 강유가 성을 개방하여 제갈량에게 투항했으며, 촉나라 대장 위연이 방화·약탈을 마음대로 하기 때문에 집을 버리고 도망쳐 온다는 것이며, 마태수(마준)가 천수성에 있을 뿐이라는 것이었다.

하후무는 곧장 천수성으로 달려가서 마준을 만나보고 강유가 투항했다는 사실을 알렸다. 너무나 뜻밖의 일에 마준도 탄식만 하고 있는데, 양서가 말했다.

"그것은 도독을 도와 드리려고 강유가 투항을 사칭한 것인 듯싶습니다."

하후무는 펄쩍 뛰었다.

"이미 투항해 버렸소! 거짓말일 리가 있겠소?"

밤이 이미 초경이나 되었다. 난데없이 촉나라 군사가 쳐들어오더니, 횃불을 밝히고 강유가 성 아래 말을 몰고 나타나서 호통을 치는 것이었다.

"하후도독에게 여쭐 말씀이 있소!"

하후무가 마준과 함께 성 위로 올라갔다. 강유가 위풍당당히 버티고 서서 외쳤다.

"나는 도독을 위해서 항복했소. 도독께서는 어째서 약속한 말씀을 배반하시오?"

"그대는 위나라의 은혜를 입고 있으면서 어째서 촉나라에 투항한단 말인가? 무슨 약속한 말이 있다는 건가?"

"당신은 나한테 서신을 보내서 촉나라에 투항하라 해놓고, 어떻게 또 이따위 소리를 하시오? 당신의 몸만 빠져 나가려고 나를 모함하다니! 나는 이제 촉나라에 투항하여 상장(上將)이 되었는데 또다시 위나라로 돌아갈 까닭이 있겠소?"

군사를 몰고 야단법석을 하더니 날이 밝을 무렵에야 물러나갔는데, 사실 이것은 가짜 강유였다. 밤중에 가짜 강유를 만들어낸 것은 알고 보면 공명의 계책이며, 병사 중에서 얼굴 모습이 강유와 비슷하게 생긴 사람을 택해서, 강유와 똑같은 몸차림을 시켜서 이렇게 내세운 것인데, 횃불 속에서 그것을 알아보는 사람이 없었던 것이다.

이러는 동안 공명은 기성으로 쳐들어가고 있었다. 여기서 진짜 강유는 성 위에 있다가 촉나라의 군사들이 군량을 실은 수레를 끌고 나타나니 그것을 습격하려고 달려내려가 촉나라의 대장 장익과 대결했다. 그러나 몇 합도 못 싸워서 왕평이 또 군사를 몰고 달려드니, 강유는 기진맥진해서 간신히 성으로 되돌아왔다.

성위에는 벌써 촉군의 깃발이 휘날리고 있었으니 이는 위연이 먼저 쳐들어가서 탈취한 것이었다. 강유는 천수성을 향하여 불과 10여 기를 이끌고 탈출을 꾀했으나 장포와 또 맞닥뜨리게 되어서 단기로 천수성 아래까지 달려갔다.

그러나 성벽 위에서는 마준이,

"강유가 우리를 속여서 성문을 열게 하자는 수작이구나!"

하면서 화살을 빗발치듯 퍼부었다. 할 수 없이 상규성으로 말을 달려가니 거기서는 또 양건이 강유를 보고 호통을 치며 매도했다.

"이 역적아! 우리를 속여서 성을 뺏자는 수작이냐? 네놈이 촉나라에 투항했다는 건 벌써 알고 있다!"

강유는 변명할 도리가 없어서 눈물을 흘리며 하늘을 우러러 장탄식만 하고 있었다. 말머리를 돌려서 장안으로 향하다가 결국 관흥과 맞닥뜨리게 되어서 또다시 말머리를 돌려 도주하려고 했을 때, 홀연 학창의에 윤건을 쓰고 조그만 수레를 타고 산골에서부터 내닫는 공명. 공명은 우선을 휘적휘적 흔들며 강유를 불렀다.

"강유! 이래도 항복하지 못하겠나?"

강유는 옴쭉할 도리가 없었다. 마침내 말을 내려 항복했고, 공명도 수레를 내려서 그의 손을 잡으며 말했다.

"나는 모려에서 나온 이래, 널리 현자를 구하여 내가 평생 동안 배운 것을 전수하려 했으나 그 사람을 얻지 못해 뜻을 이룰 수 없었는데, 이제야 백약(강유)을 만났으니 소원을 이룬 셈이오."

공명은 강유와 함께 영채로 돌아와서 천수와 상규를 공략할 대책을 협의했다.

강유가 말했다.

"천수에 있는 윤상과 양서는 소생과 교분이 두터운 사이이니 밀서 두 통을 작성해서 성중으로 활을 쏘아 들여보내면, 안에서 난을 일으킬 것이므로 성을 수중에 넣으실 수 있을 겁니다."

공명이 이 계책에 찬성하니, 강유는 두 통의 밀서를 써서 화살에 매어 가지고 말을 성 아래까지 달려서 그것을 성 안으로 쏴 들여보냈다. 졸개 군사가 그것을 주워서 마준에게 바쳤

더니 마준은 매우 의심스럽게 여기고 하후무와 상의하며 이렇
게 말했다.

"양서와 윤상이 강유와 결탁하고 내응을 꾀하니 도독께서는
시급히 결단을 내리셔야 하겠습니다."

"둘 다 죽여 버리시오!"

윤상이 이 소식을 듣고 양서에게 말했다.

"차라리 성을 바쳐서 촉나라에 항복하고 앞날이나 생각하는
게 좋겠소."

이날밤 하후무는 몇 차례 사람을 보내서 이야기할 일이 있
다고 양서와 윤상을 불렀으나 두 사람은 사태가 급박함을 알
고 무장을 든든히 한 다음 말에 올라 본부군을 인솔하고 성문
을 활짝 열어젖혀서 촉나라 군사를 맞아들였다.

하후무와 마준은 당황해서 어쩔 줄 모르며 수백 기를 거느리
고 서쪽 문으로 빠져서 성을 버리고 강중(羌中)으로 달아났다.

양서·윤상에게 영접을 받으며 입성한 공명은 그들에게 상
규를 공략할 계책을 물어 봤다.

양서가 말하기를, 그곳은 자기 아우 양건이 지키고 있으니
자기가 나서서 투항을 권고하겠다는 것이었다.

그날로 양서는 상규로 가서 양건을 데리고 왔다. 공명은 양
서를 천수의 태수, 윤상을 기성의 현령, 양건을 상규의 현령에
임명해서 수비를 든든히 하게 해놓고, 군사를 정비해 가지고
떠나려고 했다. 그랬더니, 여러 장수들이 하후무를 그대로 두
면 어떻게 하느냐고 걱정을 했다. 그러나 공명은 봉(鳳)과 같
은 강유를 얻었으니, 하후무쯤은 한 마리 오리를 내버려두는
거나 마찬가지라고 문제삼지 않았다.

이리하여 공명이 세 성을 격파하고 나니 그의 위명은 천지를 진동했고, 공명이 다시 군마를 정돈하고 한중의 병력을 총동원하여 기산(祁山)으로 진출하고 위수(渭水) 서쪽에 다다르니 염탐꾼이 재빨리 이 사실을 낙양에 보고했다.

때는 위나라 태화 원년(太和元年—서기 227년). 위주 조예가 전에 오르니 근신이 아뢨다.

"하후부마께서 이미 세 군을 상실하시고 강중으로 물러나셨습니다. 촉나라 군사는 벌써 기산에 나타났고, 그 선봉은 위수 서쪽에까지 다다랐습니다. 급히 군사를 동원하셔서 적군을 격파하시기 바랍니다."

조예가 대경실색하며 여러 신하에게 물었다.

"짐을 위하여 촉나라 군사를 물리칠 사람은 없소?"

사도 왕랑(王朗)이 반중에서 나서며 아뢨다.

"선제 폐하께서는 대장군 조진을 기용하셔서 도처에서 승리를 거두셨사오니 조진공을 대도독에 임명하셔서 촉군을 격파하심이 지당하다고 생각합니다."

조예는 쾌히 승낙했지만 조진이 사양했다.

"신과 같이 재주 없고 지식이 얕은 몸으로는 이런 임무을 감당하기 어렵겠습니다."

그러나 왕랑과 조예가 끝끝내 권고하자, 조진은 부장을 한 사람 딸려 달라고 청했으며, 태원군(太原郡) 양곡(陽曲) 사람 곽회(郭淮—字는 伯濟)를 천거했다.

조예는 조진의 뜻대로 승낙하고, 조진을 대도독에 임명하고, 곽회를 부도독, 왕랑을 군사(軍師)로 임명했다. 왕랑은 이때 나이 이미 76세였다. 동서 이경(東西二京)의 군마 20만을 뽑아서 조진에게 주니, 조진은 종제(宗弟) 조준에게 선봉을 명령하고, 탕구장군(盪寇將軍) 주찬(朱讚)에게 부선봉을 명령해 가지고 그해 11월에 출동했으며, 위주 조예가 친히 서문 밖까지 전송했다.

조진은 대군을 인솔하고 장안에 이르러 위하 서쪽으로 나와서 진을 쳤다. 왕랑·곽회와 더불어 적군을 물리칠 대책을 협의했더니 왕랑이 말했다.

"내일 대오를 엄정하고 깃발을 크게 휘날리도록 해 놓고, 노부가 친히 나가서 단 한 번 이야기하여 제갈량이 두 손을 맞잡고 항복하여 촉나라 군사가 싸우지도 못하고 스스로 물러가게 해놓겠습니다."

조진은 심히 기뻐하며, 그날밤으로 지령을 내려서 내일 아침 4경에 밥을 짓고 날이 밝을 무렵에는 어김없이 대오를 정비하고, 인마가 위엄을 갖추고 정기 고각(旌旗鼓角)이 질서정연히 자리잡도록 하라고 명령했다. 그리고 그 즉시 사람을 시켜서 전서(戰書—도전장)를 전달했다.

이튿날, 양군은 대치하고 기산 앞에 진세를 펼쳤는데, 촉군 편에서 보니 위군은 매우 웅장해서 하후무의 군사와는 아주 딴판이었다.

3군의 북과 피리소리가 끝나자 사도 왕랑이 말을 타고 나섰다. 상수(上首)로는 도독 조진, 하수(下首)로는 부도독 곽회, 두 선봉이 진각(陣角)을 누르고 있었다.

탐마(探馬)가 진 앞으로 나서더니 소리를 질렀다.

"대진주장(對陣主將)은 나와서 대답하라!"

촉군의 문기가 훌쩍 열리더니 관흥과 장포가 말을 타고 좌우 양쪽으로 썩 나섰다. 그 뒤로는 1대의 효장들이 죽 늘어섰다. 그리고 문기 그림자 밑 중앙에서부터 한 채의 사륜거에 단정히 앉은 공명이 머리에는 윤건을 쓰고 손에는 우선을 들고 흰옷에 검정띠를 띠고 표연히 나왔다. 공명이 눈을 들어 위군의 진지 앞의 세 개의 휘개(麾蓋)를 바라보니 깃발에 성명이 크게 써 있는데, 중앙의 흰 턱수염이 성성한 노인이 군사 사도 왕랑임을 알 수 있었다. 공명이 생각했다.

'왕랑은 반드시 입심을 부릴 것이니 임기응변을 잘해야만 되겠다!'

드디어 수레를 타고 진 밖으로 나가서 호군소교(護軍小校)를 시켜서 전달했다.

"한나라 승상이 사도와 더불어 말을 할 것이오."

왕랑은 말을 달려나왔다. 공명이 수레 위에서 두 손을 맞잡고 인사를 하니, 왕랑은 말 위에서 몸을 굽혀 답례를 하며 말했다.

"공의 대명은 오래 전부터 듣고 있었소. 이제 만나게 되어서 대단히 기쁘오. 공은 천명(天命)과 시무(時務)를 아시면서 어찌하여 명분도 서지 않는 군사를 동원하였소?"

"나는 조명(詔命)을 받들고 적을 토멸하러 나왔거늘 명분이 서지 않는다 함은 무슨 말이오?"

왕랑은 조조와 조비의 과거 업적을 찬양하며 대위(大魏)에는 백만 대군이 있고 천 명의 양장(良將)이 있으니 썩은 풀에 반짝이는 반딧불(腐草之螢光)이 어찌 천심(天心)의 밝은 달과 견줄 수 있겠느냐고 공명을 매도하여 마지않았다.

공명이 수레 위에서 어처구니없다는 듯 껄껄 크게 웃으며
말했다.

"나는 그래도 한조대신(漢朝大臣)인 그대에게 반드시 고론
(高論)이 있을 줄 알았지, 어찌 이따위 비루한 말이 나올 줄
알았으랴? 내 하고 싶은 말이 몇 마디 있으니 제군(諸軍)은
조용히 들으라. 옛적에 환제와 영제 세대에 있어서 한통(漢
統)이 능체(凌替)하여 환관(宦官)이 화를 빚어내어 나라가 어
지럽고 해마다 흉년이 들고 온 세상이 소란했다. 황건적의 뒤
를 이어 동탁·이각·곽사 등이 뒤를 이어 일어나서 한제(漢
帝)를 천겁(遷劫)하고 생령(生靈)을 잔폭(殘暴)했기 때문에
묘당 위의 썩은 나무가 벼슬을 하고 전폐(殿陛) 사이의 금수
(禽獸)가 녹을 먹었다. 이리와 같은 마음을 가지고 개 같은
행실을 하는 자들만이 곤곤히 조정에 나갈 수 있고, 노비와
같은 얼굴을 가진 자들만이 분분히 정사에 참여하여 사직을
폐허로 화하게 했고 창생을 도탄에 빠뜨렸다. 내가 평소부터
너의 소행을 잘 알고 있다! 대대로 동해 바닷가에 살다가, 처
음으로 효렴(孝廉)에 오르게 되어 벼슬하기 시작했으니, 이치
로 따져서 마땅히 광군보국(匡君輔國)하여 한실(漢室)을 안정
시키고 유씨(劉氏)를 일으켜야 하겠거늘, 역적을 도와서 제위
의 찬탈을 공모할 줄이야 어찌 알았으랴! 죄악이 깊고 무거워
서 천지가 용납하지 않으며, 천하 사람들이 네놈의 고기를 씹
어 먹기를 원하고 있다! 이제 다행히 하늘의 뜻이 염한(炎漢
─漢)에 있어서 끊어지지 않아서 소열황제(昭烈皇帝)께서 서
천에 법통을 계승하셨다. 내가 이제 사군(嗣君)의 성지(聖旨)
를 받들고 군사를 일으켜 적을 토멸하는 바다. 네놈은 아첨만

일삼는 신하일진대 몸을 사리고 고개를 움츠려서 구차스럽게
의식(衣食)이나 도모해야 하겠거늘 어찌 감히 행오(行伍) 앞
에 나서서 천수(天數)를 함부로 지껄이느냐! 흰 머리의 필부
(匹夫)야, 푸른 수염의 늙은 도적아! 네놈은 구천지하(九泉之
下)에 가서 무슨 면목으로 24제(二十四帝)를 뵐 것이냐! 늙
은 도적아, 빨리 물러 나가라! 반신(反臣)임을 명백히 하고
나와 함께 승부를 가리자!"
  왕랑은 이 말을 다 듣고 나더니, 울화가 가슴에 꽉 치밀어
버럭 소리를 한 번 크게 내지르더니 말 아래 나뒹굴어 죽고
말았다.

  그날은 쌍방이 다같이 싸움을 중지하고 군사를 철수시켰으
며 조진이 왕랑의 시체를 수습하여 장안으로 보냈다. 부도독
곽회의 말이, 제갈량이 오늘밤에 이쪽에서 장례를 치르느라
분주한 틈을 타서 야습을 감행할 것이 틀림없으니, 이쪽에서
도 군사를 나누어서 1군은 야습에 대비하고 또 1군은 진지 밖
에 매복해 있다가 좌우에서 협공하는 게 좋겠다는 것이었다.
  조진은 이 의견에 찬성하고 조준·주찬 두 장수를 불러서
선봉을 명령하고, 각각 1만 기를 거느리고 기산 속에 매복해
있다가 촉군이 야습해 오면 그 즉시 쳐들어갈 것과, 그렇지 않
으면 경솔히 싸움을 걸지 말고 그대로 돌아오라고 지시했다.
  두 장수가 떠나간 다음에 조진은 또 곽회에게 말했다.
  "우리 두 사람도 각각 1군을 거느리고 진지 밖에 대기하고
있읍시다. 영채 안에는 시초(柴草)를 쌓아 놓고 몇 사람만 남
겨 두어서 적군이 나타나면 신호의 불길을 올리도록 합시다."

여러 장수들은 조진이 지시하는 대로 좌우 양쪽으로 갈라져서 각각 맡은 지점으로 달려갔다.

한편 공명은 장으로 돌아오자, 먼저 조자룡·위연을 불러서 명령을 내렸다.

"그대 두 장군은 각각 본부군을 거느리고 위의 영채를 습격하시오."

위연이 나서며 걱정하기를, 조진은 병법에 밝으니 반드시 이편의 야습을 예측하고 대비하고 있으리라는 점이었다. 그러나 이런 점을 생각지 못한 공명이 아니었다. 공명은 웃으면서,

"조진이 우리가 습격하리라는 것을 알고 있으면, 싸우기는 더욱 좋소!"

하고, 곧바로 장수들을 배치했다. 위연과 조자룡은 산곡간에서 다소 떨어진 곳에 진을 치고 있다가, 본진에서 불길이 오르면 위연은 산곡간의 위군의 퇴로를 차단하고, 조자룡은 군사를 거느리고 되돌아서면 도주하는 적군을 만나게 될 것이니 그대로 내버려두었다가 뒤에서 추격하라고 했다.

관흥과 장포는 기산 샛길에 매복해 있다가 적군을 통과시켜 놓고 적군이 지나온 길을 따라서 그들의 본채를 습격할 것.

마대·왕평·장익·장의는 진지 밖에 매복해 있다가 사방에서 위군과 정면 대결할 것. 그리고 공명 자신은 채책을 외형만 구축해 놓고 그 속에 불질러 신호할 때 쓸 시초를 잔뜩 쌓아 놓고, 친히 군사를 거느리고 영채 뒤로 물러나서 동정만 살피고 있었다.

위군의 선봉 조준과 주찬은 밤 3경쯤 되어서 촉군의 영채를 습격했으나 조준이 앞장 서서 쳐들어가니 영채 속은 텅 비어

있었다. 계책에 떨어진 줄 알고 군사를 후퇴하려는 찰나에 불길이 치밀어올랐다. 바로 뒤이어 주찬의 군사도 쳐들어왔으나 누가 누군지 분간을 못하고 저희들끼리 싸움이 벌어져 일대 혼란을 일으켰을 뿐. 칼끝을 맞대 보고서야 비로서 저희편 군사임을 알고 혼란을 수습하려고 허둥지둥하고 있을 때, 홀연 사방에서 고함소리가 일어나더니 왕평·마대·장의·장익이 달려들었다. 조준·주찬은 심복군사 백여 기를 거느리고 도주하기 시작했는데 또 퇴로를 가로막고 나서는 조자룡. 조준과 주찬은 간신히 목숨을 건져 가지고 자기편 영채로 돌아가기는 했으나 거기서는 영채를 지키고 있던 병사들이 촉군이 야습을 감행해 온 줄만 알고 황급히 불을 질러서 신호를 올렸다. 왼쪽에서 조진, 오른쪽에서는 곽회가 덤벼들어서 또 한바탕 자기 편끼리 난투가 벌어지는 판에 위연·장포·관흥의 촉장들이 3면에서 달려들어 무찌르니 위군은 10리 밖으로 패주했고 대장의 태반이 전사해 버렸다.

공명은 크게 승리를 거두고 군사를 철수시켰다.

조진이 곽회와 함께 패잔병을 수습해 가지고 진지로 돌아와서 말했다.

"우리는 수효가 적고, 적군은 수효가 많으니 무슨 계책으로 이를 물리치겠소?"

곽회가 대답했다.

"격정하실 것은 없소. 소생에게 한 가지 계책이 있는데, 촉병을 앞뒤도 서로 찾지 못하고 도망치게 만들 수 있소."

이야말로 가련하게도 위장(魏將)은 일을 이루기 어려워서 서쪽으로 구원병을 청해야 할 판이다.

94. 철거군(鐵車軍)

諸葛亮乘雪破羌兵
司馬懿剋日擒孟達

　곽회가 조진에게 제공한 계책이란, 비밀리에 샛길로 사람을 강중에 파견하여 구원을 청하고 화친을 맺겠다고 승낙하면, 그들은 반드시 군사를 동원하여 촉군의 배후를 습격해 줄 것이니, 이렇게 하면 반드시 큰 승리를 거둘 수 있으리라는 것이었다.

　조진도 그럴듯한 계책이라 생각하고 그 즉시 사자를 파견하여 밤을 새워가며 서강(西羌)에 도착하게 했다. 서강의 국왕 철리길(徹里吉)은 조조 때부터 조공을 바쳐 왔으며, 수하에 문관 아단승상(雅丹丞相), 무장 월길원수(越吉元帥)를 거느리고 있었다. 위나라의 사자가 금은주옥과 서신을 가지고 왔다는 말을 듣고 여러 관료들과 상의한 결과 쾌히 원군을 파견하기로 결정하고 곧바로 아단·월길에게 강병 25만 명을 주어서 출동을 명령했다.

　이들 강병은 모두 궁노(弓弩)·창도(鎗刀)·질려(疾藜)·비추(飛鎚) 따위의 독특한 무기를 잘 쓸 줄 알았다. 또 전거(戰車)라는 것이 있는데, 이것은 철판으로 못을 박아 만든 것으로 양식과 무기를 싣고 낙타나 노새가 끌고 다니며 '철거병

(鐵車兵)'이라 불렀다.

아단과 월길이 서평관(西平關)으로 진격을 개시하니 그곳의 수문장 한정(韓禎)이 재빨리 공명에게 급보를 전했으며, 공명은 관흥과 장포에게 정병 5만 명을 주고, 강인의 성품도 잘 알고 그곳 지리에 밝은 마대를 딸려서 동행하게 했다.

관흥·장포·마대는 3면으로 군사를 나누어서 집중공격을 가했지만, 이번 싸움만은 전에 없이 만만치 않았다. 괴상한 무기도 무기려니와 '철거(鐵車)'가 앞을 가로막는데는 맹장 관흥도 악전고투 끝에 채찍을 휘두르고 말을 몰아 무작정 도주하는 도리밖에 없었다. 물론 촉군은 대패하여 돌아오기는 했지만 이번 싸움에서는 한 가지 특기할 만한 기적적 출현을 잊어버릴 수 없었다.

관흥은 월길에게 추격을 당했다. 월길은 철추(鐵鎚)라는 무기를 퍼부어대니 관흥은 마지못해서 몸을 돌려 대항하려 했으나 말이 먼저 깊은 계곡으로 거꾸로 떨어져 버리자 관흥도 깊은 물 속에 빠지고 말았다. 물 속에서 몸을 벌떡 일으켜 세우고 쳐다보니 이상하게도 생소한 장수 한 사람이 저쪽에서 칼을 휘두르며 강병을 무찌르고 추격해 가고 있었다.

관흥의 생명을 사지에서 거져 준 은인. 관흥은 그 괴상한 장수를 한 번 대면이라도 해보고 싶은 생각에서 말을 달려 그의 뒤를 쫓아갔더니, 홀연 자옥한 안개 속에서 보일 듯 말 듯 어른거리는 한 사람의 대장의 얼굴이 있었다. 청룡도를 손에 잡고, 적토마를 타고 긴 수염을 늘어뜨린 그 사람은 틀림없이 부친 관운장의 모습이었다. 관운장은 손을 들어 동남쪽을 가리키며,

"애야, 이 길로 빨리 달아나거라! 네가 진지에 도착할 때까지 내가 지켜 주마!"

하더니 어디론가 사라져 버렸다. 관흥이 동남쪽으로 말을 달렸는데 날이 훤히 밝아올 무렵, 홀연 1대의 군마가 앞을 가로막았다. 선두에 나서는 장수가 바로 장포였다.

"백부님을 못 만나셨소?"

"어떻게 그것을 알았소?"

"내가 철거에 쫓겨 다니고 있을 때, 홀연 하늘에서 백부님이 내려오시더니 강병들을 쫓아 주시고 '이 길로 빨리 달려가서 내 아들을 구해 주어라' 하시기에 급히 달려온 길이오."

두 사람은 이 불가사의한 기적을 서로 이야기하며 마대가 있는 영채로 돌아가서 그곳을 단단히 지키고 있으라고 일러두었다. 그리고 나서 밤을 새워가며 기산으로 달려가서 공명을 만나 보고 정세를 보고했으며 새로운 계책을 세워 달라고 했다.

공명은 우울했다. 그러나 한 번 언덕 위에 올라가서 적군의 철거를 내려다본 공명은 자신만만하게 말했다.

"흐음! 이렇게 구름이 끼고 북풍이 사납게 불기 시작하면 머지않아 눈이 내릴 것이다. 나는 그때를 기다리고 있겠다!"

12월도 며칠 남지 않은 무렵.

과연 탐스러운 눈이 산천을 뒤덮기 시작했다. 공명은 강유를 내보내서 철거군을 산곡간으로 유인해 들이는 데 성공했다.

아단과 월길은 복병이 있으면 얼마나 있겠느냐는 생각으로 촉군을 얕잡아보고 무작정 산곡간 눈 쌓인 곳으로 진격했다. 홀연 산이 무너지고 땅이 꺼지는 것 같은 요란한 소리가 일어나더니 강병들은 공명이 미리 마련해 둔 함정 속으로 모조리 거꾸로 떨어지고 말았다. 속력을 내서 진격해 온 철거는 미처 돌아설 겨를도 없이 그대로 자기편 군사 위를 밀고 나가니 별안간에 아비규환이 전개되었다. 관흥·장포·마대·장익 등이 일시에 화살을 빗발치듯 퍼부으니 철거도 맥을 못 추고 뿔뿔이 흩어지고 있었다. 이때 산골짜기로 도망치려던 월길은 관흥의 한칼에 목이 날아가 버렸고, 아단도 마대에게 산채로 잡혀서 공명에게 끌려 나갔다.

공명은 붙잡혀 온 아단에게 두 번 다시 국적(國賊)의 말을 믿고 경거망동하지 말라 준엄하게 꾸짖고 그들의 무기며 거마(車馬)를 모조리 돌려 주어서 제 고장으로 돌려보냈다. 그리고 기산 본채로 돌아가기로 하고, 관흥·장포에게 선봉을 명령했으며, 급히 사자를 성도로 파견해서 승리를 보고했다.

한편 조진은 강인(羌人)에게서 소식이 오기만 고대하고 있었는데 홀연 복로군(伏路軍)이 보고하기를, 촉군이 진지를 철수하고 돌아간다고 하니 그 즉시 곽회·조준과 함께 군사를 거느리고 진격을 개시했다. 그러나 말을 달려 덤벼든 조준은 위연의 한칼에 목이 달아났고 부선봉 주찬도 조자룡의 창을 맞고 절명하고 말았다.

선봉장군을 두 사람이나 잃은 조진과 곽회는 위수까지 추격해 오는 촉군에게 진지까지 빼앗기고, 하는 수 없이 조정으로 편지를 올려 구원병을 청했다.

한편 위주 조예가 조정에 나갔더니 근신이 아뢨다.

"조진 대도독께서는 촉군에게 여러번 패하시고 선봉장수 두 사람을 잃으셨으며, 강병도 무수히 죽었습니다. 사태가 심히 위급하다 하오며 이제 표을 올려 구원병을 청해 왔습니다. 폐하께서 재처(裁處)하시기 바랍니다."

조예는 크게 놀라서 퇴군책을 상의했더니, 화흠이 말했다.

"반드시 폐하께서 친정(親征)하시고, 여러 장수들을 집결시켜서 각자가 목숨을 다해서 싸워야만 비로소 적군을 물리칠 수 있습니다. 그렇지 않으면 장안을 잃게 되고 관중(關中)도 위태롭게 됩니다."

태부(太傅) 종유(鍾繇)가 아뢨다.

"조진은 싸움터에 몇 차례 나갔었다고는 하지만 제갈량을 대적할 수는 없습니다. 여기 능히 촉군을 물리칠 만한 인물이 한 사람 있사오니 소신이 전가족의 생명을 걸고라도 이 사람을 천거하고 싶습니다."

종유가 천거하는 사람이란 바로 표기대장군으로 있다가 완성(宛城)에서 한가한 날을 보내고 있는 사마의(司馬懿)를 말하는 것이었다.

조예는 그길로 조서를 내려서 칙사를 사마의에게 보내 원관으로 복직시키고, 평서도독(平西都督)에 임명하여 남양의 각 군을 동원하여 장안으로 향하도록 하고, 자기 자신도 장안으로 나갈 것이니 작정한 날까지 도착하라고 명령했다.

공명은 출사한 이래 전승(全勝)을 거듭하여 마음속으로 심히 기뻐하며 기산 채중에서 여러 사람들과 대책을 상의하고 있었는데, 홀연 영안궁(永安宮)을 지키고 있는 이엄이 그의 아들 이풍(李豊)을 파견했다는 보고가 들어왔다. 공명은 동오에서 공격을 가해 온 줄만 알고 깜짝 놀라서 그를 장중으로 불러들였더니, 이풍이 말했다.

"희보(喜報)를 가지고 왔습니다."

"무슨 희보요?"

"전에 맹달이 위나라에 투항한 것은 부득이하여 그리 된 일입니다. 그 당시에 조비는 맹달의 재질을 심히 사랑하여 준마(駿馬)와 금구슬을 주고 연(輦)을 나란히 하여 출입했으며 산기상시(散騎常時)에 봉하고 신성(新城) 태수에 임명하여 상용(上庸)·금성(金城)의 수비를 맡기고 위나라 서남쪽의 수비도 그에게 맡겼습니다. 그런데 조비가 세상을 떠난 뒤 조예가 즉위하고 나서는 조정사람들에게 시기 질투를 받게 되어 밤낮으로 불안하게 여기고, 항상 수하의 대장들에게 자기는 본래 촉나라 대장이었는데 부득이한 사정으로 위나라에 투항했다는 심중을 고백했다고 합니다. 근래에는 자기 심복을 소생의 부친께 보내서 이런 실정을 승상께 알려 달라고 청했습니다. 전에 5로로 갈라져서 서천을 공략했을 때에도 그는 이미 이런 생각을 가지고 있었는데, 이번에는 신성에 있으면서 승상께서 위군을 토벌하신다는 소문을 듣고 금성·신성·상용의 군사를 총동원하여 모반하고 낙양을 들이치겠다고 합니다. 승상께서 장안을 점령하시게 되면 양경(兩京)이 쉽사리 평정되지 않겠습니까? 지금 소생이 그의 사자를 데리고 몇 차례 보낸 서신까지도 가지고 왔습니다."

공명은 크게 기뻐하며 이풍 등에게 후히 상을 내렸다. 이때 염탐꾼의 보고가 들어왔다.

"위주 조예는 장안으로 옮겨가고 사마의를 원관에 복직시켜서 평서도독에 임명하여 휘하의 군사를 인솔하고 장안으로 올라가도록 명령했다고 합니다."

공명이 깜짝 놀라니, 참군 마속이 말했다.

"조예쯤은 하잘것없는 위인입니다. 만약에 장안으로 온다면 붙잡으면 될 것을 승상께서는 어째서 그다지 놀라십니까?"

"조예를 무서워하는 게 아니요. 꺼리는 것은 사마의 하나요. 이제 맹달이 큰일을 치르려고 하는 마당에 사마의와 맞닥뜨리게 되면 일은 반드시 실패할 것이오. 맹달은 도저히 사마의를 대적하기는 힘들 것이며, 그에게 붙잡힐 것이 틀림없으니 맹달이 죽는다면 중원을 수중에 넣을 수 있겠소?"

"그러시다면 시급히 맹달에게 서신을 보내셔서 조심하라고 전달하심이 좋지 않겠습니까?"

공명은 그 의견에 찬성하고 당장에 답장을 써서 맹달에게서 온 사자에게 주어 떠나 보냈다.

맹달은 신성에 있으면서 심복이 돌아오기만 고대하고 있었는데, 하루는 사자가 돌아와서 공명의 답장을 내놓았다. 겉봉을 뜯어 보니 그 사연이 이러했다.

이제 편지를 받아 보고 공의 충의지심을 잘 알았소. 옛일을 저버리지 않았으니 나는 매우 기쁘고 든든하게 생각되오. 만약에 대사가 성공만 한다면 공은 한조중흥(漢朝中興)의 제일 공신이 될 것이오. 그러나 마땅히 삼가 비밀을 지켜야 할 것이며 경솔히 남에게 알리지 마시오. 모든 일을 신중히 경계하시오. 최근에 듣자니 조예가 또다시 사마의를 시켜서 완·낙(宛洛)의 군사를 동원시켰다 하니 공이 거사한다는 소문을 듣기만 하면 제일 먼저 달려들 것이오. 대비에 만전을 기하고 절대로 등한히 하지 마시오.

맹달이 편지를 다 읽고 나더니 껄껄껄 웃으며 말했다.
"공명은 조심성이 너무 많은 사람이라고 남들이 말하더니 이번에 보니까 과연 그렇군!"
맹달은 다시 답장을 써서 공명에게 심복을 파견하여 전달하게 했다. 공명이 사자를 장중으로 불러들여 편지를 받아 보았다.

주신 글 받아 봤습니다. 어찌 감히 추호라도 태만함이 있겠습니까. 사마의에 관해서는 두려워할 게 없다고 생각됩니다. 완성은 낙성에서 약 8백 리, 신성까지는 1천 2백 리나 떨어진 지점이오니, 사마의가 소생의 거사를 알았다 할지라도, 위주에게 표를 올려 알리자면 왕복 1개월은 걸려야만 됩니다. 소생은 이미 성지(城池)를 견고히 했고, 장수와 3군이 모두 굳세게 지키고 있사오니, 사마의가 달려온다 할지라도 뭣을 두려워할 게 있겠습니까. 승상께서는 마음을 턱 놓으시고 첩보를 기다리시기 바랍니다.

공명은 편지를 다 읽고 나더니 그것을 땅에 내동댕이치며 발을 동동 구르고 안타까워했다.
"맹달은 반드시 사마의의 손에 죽고 말 것이오!"
마속이 물었다.
"승상께서는 어째서 그런 말씀을 하십니까?"
"병법에도 '상대방의 불비(不備)를 치고, 불의(不意)를 노려서 빠져나간다'고 했는데, 어찌 한 달 동안이나 앞을 내다보고만 있겠소? 조예는 이미 사마의에게 적군을 만나면 그 즉시 없애 버리라고 위임했을 텐데 무슨 표를 올려 주문(奏聞)하기를 기다리겠소? 만약에 맹달이 모반한다는 것을 알기만 하면 열흘 이내에 군사가 반드시 달려들 것이오. 그러니 어떻게 손을 쓸 수 있겠소?"

여러 장수들은 공명의 의견에 탄복하여 마지않았다. 공명은 편지를 가지고 온 사람에게 황급히 돌아가서 다음과 같이 전달하라고 일렀다.

"아직도 거사를 하지 않았으면 절대로 가까운 동지에게라도 알리지 말 것. 만약 말이 새어 나가면 반드시 패할 것이다."

그 사람은 공명에게 절하고 신성으로 돌아갔다.

완성에서 한가한 나날을 보내고 있던 사마의는 위나라 군사가 촉군에게 연거푸 패전만 당하고 있다는 소문을 듣자, 하늘을 우러러 장탄식을 금하지 못하고 있었다. 그의 맏아들 사마사(司馬師—字는 子元)와 둘째아들 사마소(司馬昭—字는 子尙)는 평소에 큰 뜻을 품고 병서에도 정통한데, 그 날 옆에 있다가 부친이 탄식하는 것을 보자,

"아버님, 왜 그렇게 탄식을 하십니까?"
하고 물었다.

"너희들이 알 만한 일이 아니다."
맏아들 사마사가 또 물었다.

"위주께서 아버님을 기용해 주시지 않기 때문입니까?"
둘째아들 사마소도 웃으면서 말했다.

"조만간 반드시 아버님을 모시러 올 것입니다."
이런 이야기를 하고 있는데 마침 칙사가 도착했다는 보고가

들어왔다. 사마의가 그 즉시 완성에 있는 제로 군마(諸路軍馬)를 정비하고 있을 때, 금성태수 신의(申儀)의 집안사람이 기밀에 속하는 일이 있다고 만나 보자고 왔다. 사마의가 밀실로 불러들여서 물어 보았다. 그 사람은 맹달이 반란을 일으키려고 하는 사실을 자세히 이야기하고 아울러 맹달의 심복 이보(李輔)와 맹달의 외조카 등현(鄧賢)이 출수(出首)하여 이런 사실에 대한 소장(訴狀)까지 바친 바 있다는 사실을 낱낱이 알려 주었다.

사마의는 그 말을 다 듣고 나더니 손으로 이마를 짚으면서 말했다.

"이야말로 황상제천(皇上薺天)의 홍복(洪福)이로다! 제갈량의 군사가 기산에 있어서 안팎의 모든 사람들이 간담이 서늘하고, 천자께서도 부득이 장안으로 행차하신 이때 만약에 시급히 나를 기용하지 않는다면 맹달은 한꺼번에 양경을 격파할 것이다! 이놈은 반드시 제갈량과 통모(通謀)하고 있으니 내 먼저 이놈부터 붙잡으면 제갈량도 겁이 나서 스스로 군사를 철수할 것이다."

맏아들 사마사가 말하기를,

"아버님께서는 시급히 표를 쓰셔서 천자께 아뢰십시오."

하니 사마의의 생각은 다르다.

"성지(聖旨)를 기다리고 있다가는 왕복 한 달 동안에 일이 다 틀어지고 말 것이다."

그길로 군대와 말을 출동시켜서 두 배로 빨리 달리게 하고 늦으면 참하겠다고 했다. 한편 참군 양기(梁畿)를 시켜서 밤중을 헤아리지 말고 격문을 가지고 신성으로 가서 맹달에게 정진을 준비하라고 전달하여 의심을 품지 않도록 시켰다.

양기가 먼저 떠나고 사마의는 뒤따라 군사를 거느리고 떠났다. 이틀 동안을 갔을 때, 산비탈 아래로부터 1군이 내달았는데 바로 우장군 서황(徐晃)이었다. 그는 말을 내리더니 사마의에게 물었다.

"천자께서 장안으로 행차하셔서 친히 촉병을 막아내고 계신데, 지금 도독께선 어디로 가십니까?"

사마의가 낮은 음성으로 가만가만히 말했다.

"맹달이 반란을 꾀하려 하기 때문에 내가 잡으러 가는 길이오."

서황이 말하고 나섰다.

"소생이 선봉으로 나서고 싶습니다."

사마의는 크게 기뻐하며 군사를 한데 합쳐 서황을 앞부분에 내세우고, 자기는 중군을 맡고 두 아들을 시켜서 뒤를 밀게 했다.

또 이틀을 달려 나갔을 때 전군초마가 맹달의 심복을 붙잡아서 공명의 답장을 수색해 가지고 사마의에게 끌고 왔다. 사마의가 물었다.

"너를 죽이지 않을 것이니 자초지종을 자세히 말해라."

그 사람은 공명과 맹달 사이에 왕래된 사실을 일일이 고해 바쳤다.

사마의는 공명의 답장을 보고 큰 소리로 탄식했다.

"세상의 유능한 자의 소견은 모두 같구나! 나의 기선(機先)을 공명이 간파해 버렸으니 다행하게도 천자께서 복이 있으셔서 이 소식을 알게 되었다. 맹달도 이제는 꼼짝 못할 것이다."

밤을 새워가며 전진을 계속했다.

맹달은 신성에 있으면서, 금성태수 신의, 상용태수 신탐 등과 기일을 작정하고 거사하기로 약속했다.

신탐과 신의는 도모하는 체했으나, 사실은 매일 군사를 훈련시켜서 위병이 도착만 하면 내통할 생각으로, 맹달에게는 무기·군량이 정비되지 않았다고 거사 날짜를 확실히 약속하지 않았다.

그런데도 맹달은 조금도 의심하지 않았다.

이런 판에 참군 양기가 도착했다는 보고가 들어왔다. 성 안으로 영접해 들였더니 양기는 사마의의 명령을 전달했다.

"사마도독께서는 이번에 천자의 조명을 받들고 각로의 군사를 동원하여 촉병을 물리치려 하시니 태수께서도 본부 군마(本部軍馬)를 집결시키셔서 대기하시다가 출동하도록 하시오."

"도독께서는 언제 떠나시오?"

"지금쯤 완성을 떠나셔서 장안으로 향하셨을 것이오."

맹달은 남몰래 기뻐하며 '나의 대사가 성취되는구나!' 했다. 주연을 베풀어 양기를 대접해서 전송하고, 그 즉시 신탐·신의에게 사자를 보내어 내일 거사를 하겠으니, 대한(大漢)의 깃발을 준비하고 각로의 군사를 동원하여 낙양을 습격하라고 지시했다.

이때, 성 밖에서 갑자기 하늘을 찌를 듯한 흙먼지가 자욱했다. '우장군 서황'이라는 기치를 높이 휘날리며 서황이 성 아래로 달려들어 호통을 쳤다.

"역적 맹달아, 빨리 항복해라!"

맹달이 격분하여 활을 잡아 쏘니 보기좋게 서황의 이마를 정통으로 맞혔다. 그러나 맹달이 성문을 열고 공격을 가하려고 했을 때에는 이미 사마의의 군사가 노도처럼 밀려들었다.

"과연 공명의 생각과 틀림없구나!"

맹달은 장탄식을 하며 성문을 닫아걸고 단단히 지키기만 했다.

서황은 맹달의 화살에 이마를 맞고 병사들에게 구출되어 채중(寨中)으로 돌아가자 곧바로 의사를 불러 치료했으나 그날 밤 절명했다.

그의 나이 59세.

사마의는 사람을 시켜서 그의 영구를 낙양으로 보내서 안장하도록 했다.

이튿날, 맹달이 성 위에 올라가 살펴보니 위병이 사면을 철통같이 포위하고 있었다. 맹달이 당황해하고 있을 때, 홀연 양로 병사가 밖에서부터 쳐들어오는데, 깃발에는 신탐·신의라고 크게 씌어 있었다. 맹달은 구원병이 도착한 줄만 알고 급히 본부병을 거느리고 성문을 활짝 열어젖혀 몰고 나갔더니 난데없이 신탐의 호통소리가 들렸다.

"역적아, 옴쭉 말고 게 있거라! 일찌감치 죽을 각오나 해라!"

'아차 속았구나!'

하는 생각에 맹달이 말머리를 돌려 성 안으로 도주하려고 했을 때, 성 위에서 빗발치듯 퍼붓는 화살. 이보와 등현이 성 위에서 큰 소리로 매도했다.

"우리가 벌써 성을 바쳤다!"

맹달은 결사적으로 도주하려고 했으나 마침내 신탐의 창에 찔려 목까지 잘리고 부하들도 모조리 항복하고 말았다.

이보와 등현이 성문을 열고 사마의를 영접해 들이니 사마의는 백성을 안정시키고 병사에게 상을 내리자마자 사자를 파견하여 위주 조예에게 이 사실을 보고했다. 조예는 무척 기뻐하며 맹달의 수급을 낙양으로 가져다가 성시(城市)에 내걸어 구경거리를 만들고, 신탐·신의의 관직을 승진시켜서 사마의의 군사에 가담하도록 명령했다. 또 이보·등현에게는 신성과 상용의 수비를 명령했다.

사마의가 군사를 인솔하고 장안으로 들어가서 조예를 만나니, 조예는 크게 기뻐하며 말했다.

"짐이 한때 판단이 흐려 반간의 계교에 넘어갔던 일은 후회막급이오! 경들이 힘쓰지 않았다면 양경(兩京)이 큰일날 뻔했소!"

"신의에게서 모반을 꾀한다는 밀고를 받고 폐하께 아뢰고자 했으나 왕복에 시일이 걸릴 것을 걱정하여 밤을 새워 그대로 달려갔습니다. 주문을 기다렸다면 제갈량의 계책에 넘어갈 뻔했습니다."

사마의는 이렇게 말하고 공명이 맹달에게 보낸 답장을 내놓았다. 조예는 그것을 읽고 나더니,

"경의 학식은 손(孫)·오(吳)보다도 훨씬 낫소!"

하면서, 앞으로는 급한 일이 있으면 주문할 필요 없이 처리하라 명령하고 관을 나가 촉군을 격파하라고 했다.

"선봉이 될 만한 대장을 한 사람 주십시오."

"누가 좋겠소? 말해 보시오."

"우장군 장합(張郃)이 좋겠습니다."

"나도 그런 생각을 하고 있었소!"

조예는 웃으면서 장합에게 선봉을 명령하고 사마의와 함께 촉군을 격파하라고 했다. 이야말로 모신(謀臣)이 지혜를 발휘하고 나니 또다시 맹장을 시켜 시위를 돕게 하는 판이다.

95. 아슬아슬한 묘기

馬謖拒諫失街亭
武侯彈琴退仲達

위주 조예는 장합을 선봉으로 명령하여 사마의와 함께 떠나
보내는 한편, 신비(辛毗)와 손례(孫禮) 두 사람에게 5만 기를
주어서 조진을 거들어 주라고 명령했다. 사마의는 군사 20만
을 거느리고 관(關)을 나와 영채를 마련해 놓고 장합을 장하
에 불러들여 작전 계획과 요점을 다음과 같이 설명해 주었다.

1. 자오곡(子午谷)에서 곧장 장안으로 들이치는 것이 가장
빠른 길인 줄 제갈량도 알고 있을 것이나, 그는 만일의 실수
를 염려하여 이런 모험을 하지 않고 반드시 사곡(斜谷)으로
군사를 몰고 나와서 미성(郿城)을 공격할 것이다.

2. 제갈량은 미성을 순조롭게 수중에 넣으면 군사를 나누어
서 1군을 기곡(箕谷)으로 몰 것이 확실하다. 그래서 나는 이
미 조진에게 격문을 발송하여 미성의 수비를 견고히 하고 적
군이 나타나더라도 나와서 싸우지 말라 명령했으며, 손례와
신비는 기곡 어귀를 막고 있다가 적군이 나타나면 기병(奇兵)
을 써서 격퇴하라고 지시했다.

3. 진령(秦嶺) 서쪽으로 한 갈래 길이 있는데 이곳은 가정

(街亭)이라고 하며 옆으로 열류성(列柳城)이 있는데, 이 두 지점은 한중의 인후와 같은 곳이므로, 제갈량은 자단(子丹)의 수비가 소홀한 것을 보고 이곳에서 군사를 몰 것이다.

4. 내가 가정을 점령하면 양평관(陽平關)도 멀지 않게 되는데, 제갈량은 내가 그의 양도를 끊는 줄 알면 농서(隴西) 일대를 지키기 어려워지니까 밤을 새워서라도 한중으로 뺑소니를 칠 것이다.

5. 제갈량이 후퇴하면 나는 샛길에 군사를 매복시켰다가 공격할 것이며, 만약 그가 후퇴하지 않는다면 각 방면의 샛길에 돌을 쌓아 길을 차단시켜 버리고 군사를 시켜 지키도록 할 것이니 이렇게 되면 한 달도 못 되어서 촉군은 모두 굶어 죽고 제갈량은 나의 수중에 잡히고 말 것이다.

6. 선봉이 결코 경솔히 움직이지 말고 서쪽 산을 끼고 길을 찾아서, 먼곳까지 염탐꾼을 내보내서 복병이 있나 세심하게 살피면서 진군할 것. 이런 점을 태만히 하면 반드시 제갈량의 계책에 빠지고 말 것이다.

장합은 이런 계책을 상세히 알아 가지고 군사를 인솔하고 떠나갔다.

공명이 기산 채중에 있는데, 홀연 염탐꾼이 도착하여 보고했다. 사마의가 이틀 길을 하루에 달려서 8일 동안에 이미 신성으로 밀고 들어와사 맹달은 성을 지킬 틈도 없었는데, 신의·이보·등현 등이 내통했기 때문에 난군 중에 죽어 버렸다. 사마의는 벌써 군사를 철수시켜 가지고 장안에 도착해서 위주를 만나 보고 장합과 함께 촉군에 대비하기 위해서 관을 나섰다는 것이었다.

"맹달은 일을 용의주도하게 못했으니 죽은 게 당연하지만, 사마의가 벌써 관을 나섰다면 우리 군사의 양도의 요로인 가정을 점령하려 들 것이 뻔한 노릇이다."

공명이 이렇게 말하며, 대경실색하고 당장에 대책을 세웠다. 마속이 자진해서 가정을 수비하러 나서겠다고 군령장(軍令狀)까지 써서 내놓는 바람에, 그에게 정병 2만 5천과 왕평을 딸려서 떠나 보내고, 특히 왕평에게는 진을 쳐 놓은 다음에 그 일대의 지도를 작성해서 자기에게 보내라고 신신당부했다.

또 고상에게 1만 기를 주어서 열류성에 주둔하도록 지시하고 위연을 불러서 수하의 군사를 거느리고 가정의 배후에 주둔하면서 고상을 거들어 주도록 명령했다. 위연은 선봉으로 나서고 싶지 배후로 돌아가긴 싫다고 고집을 부렸으나 공명이,

"앞장을 서서 적군을 격파하는 것은 평범한 장수가 하는 일이오. 가정은 양평관으로 통하는 충요도로(衝要道路)로 한중의 인후 같은 지점이니 이곳을 뒷받침하는 것은 가장 중대한 임무요."

하니, 위연도 기뻐하며 군사를 인솔하고 떠나갔다.

공명은 그제야 적이 안심이 되어서 마지막으로 조자룡과 등지를 불러서 분부했다.

"그대들은 기곡(箕谷)으로 나가서 매복해 있다가 의병(疑兵)이 되어서 위병을 만나면 싸울 듯 말 듯해 보이면서 그들의 마음을 놀라게 하시오."

두 장수가 명령을 받고 떠나가자, 공명 자신도 강유를 선봉으로 내세우고 사곡으로 군사를 몰았다.

그런데 마속과 왕평 두 장수는 가정에 도착하자 지세를 살펴보고 나서 진을 치는데 있어서 서로 의견충돌을 일으켰다. 마속은 산꼭대기에 진을 치자고 고집을 부렸으며, 왕평은 평지인 도로에다 진을 치자고 하여 의견이 대립되었다. 왕평이 무슨 말을 해도 마속이 막무가내, 일보도 양보하려 들지 않으니 왕평은 참다못해서 이렇게 말했다.

"참군께서 꼭 산꼭대기에 진을 치셔야만 하시겠다면, 나는 군사를 나누어 가지고 산 서쪽 평지에다 소채(小寨)를 마련하고 의각지세(犄角之勢)를 취하고 있다가 위군이 쳐들어오면 배후에서 무찌르기로 하겠소."

마속은 끝까지 왕평의 의견을 받아들여 주지 않았다. 이때 돌연 산중의 백성들이 떼를 지어서 달려들며 하는 말이, 위군이 이미 쳐들어왔다는 것이었다. 그제야 마속은 왕평에게 5천 기를 나누어 주면서 마음대로 진을 쳐 보라고 했다. 왕평은 병사를 인솔하고 산을 10리쯤 내려가서 진을 치고 지도를 그려서 밤을 헤아리지 않고 사람을 파견하여, 마속이 산꼭대기에 진을 쳤다는 사실을 함께 공명에게 보고했다.

한편 사마의가 성중에 있으면서 둘째아들 사마소를 내보내서 앞길을 탐지해 오라고 했더니, 돌아와서 보고하는 말이, 적군은 모조리 산꼭대기에 진을 치고 있다는 것이었다.

사마의는 크게 기뻐하며 옷을 갈아입고 백여 기를 거느리고 달밝은 밤에 산기슭까지 말을 몰아 정세를 살피고 돌아왔다. 마속은 산꼭대기에서 이것을 내려다보고 자신만만하게 부하들에게, 만약에 적군이 쳐들어오면 산꼭대기에서 흔드는 붉은 깃발을 신호로 삼아 일제히 내리달리며 무찌르라고 명령했다. 사마의는 가정을 지키고 있는 적장이 마량(馬良)의 아우 마속이라는 것을 알고는 코웃음을 쳤다. 공명 같은 인물이 어째서 그런 변변치 않은 장수를 내세웠는지 알 수 없기 때문이었다.

또, 10리쯤 떨어진 지점에 왕평이 진을 치고 있다는 사실을 알자 사마의는 장합에게 1군을 거느리고 왕평의 진로를 가로막으라 명령하고 신탐·신의에게 군사를 양로로 해서 산을 포위하고 먼저 급수도로(汲水道路)를 끊어 촉병이 스스로 동요를 일으킬 때 습격을 가하라고 지시했다.

그날밤 날이 밝을 무렵에 사마의가 장합을 떠나 보내 놓고, 친히 대군을 거느리고 쳐들어가니 마속은 붉은 깃발을 휘둘렀지만 장수들은 서로 꾀를 부리고 움직이려 들지 않았다. 마속이 격분하여 부장 두 사람의 목을 당장에 베어 버리니 그제야 병사들은 부들부들 떨면서 산을 내려와서 위병에게 대항했다. 그러나 양도를 차단당한 왕평은 물 한 방울도 얻을 수 없어서 장합과 불과 10여 합을 싸우다가 후퇴해 버렸고, 산 남쪽에 진을 치고 있던 일부 병사들은 마속의 명령도 거역하고 산에서 달려내려와 위군에 항복하고 말았다.

치열한 혼전과 난투가 벌어졌다.

사마의는 산기슭 숲에다 불을 질렀다. 견디다 못해서 서쪽으로 도주하는 마속. 그 뒤를 추격하는 장합. 홀연 그 앞을 가로막고 위연이 나타나니, 이번에는 장합이 뺑소니를 치고 그 뒤를 위연이 추격하여 가정을 일시 탈환하기는 했다.

그러나 위연이 장합을 50리쯤 추격했을 때, 난데없는 고함 소리와 함께 덤벼드는 사마의와 사마소. 위연은 그들에게 포위를 당했으며, 장합마저 되돌아서서 덤벼드니 위연이 '인제, 마지막이구나!' 하는 위기일발의 순간에 홀연 달려드는 왕평의 군사. 왕평과 위연이 간신히 위군을 물리치고 진지로 돌아오니 꽂혀 있는 깃발은 모두가 위군의 것이었다. 그뿐 아니라 거기서는 신탐·신의가 덤벼들었다.

왕평·위연은 말을 달려서 열류성의 고상에게로 도주하였다. 성 아래까지 다다랐을 때, 성 주변에는 '위도독 곽회(魏都督郭淮)'라고 크게 씌어 있는 깃발이 휘날리고 있었다. 이것은 곽회와 조진이 결탁하고 사마의에게 공로를 빼앗길까 꺼리는 바람에 미리 열류성을 습격한 것이었다. 이때, 촉군은 이미 그 태반이 부상을 당했으며, 위연·왕평·고상은 양평관을 빼앗길 것이 겁나서 곧바로 그곳으로 철수해 버렸다.

그러나 곽회보다도 더 빠른 사람이 있었다. 곽회가 열류성을 점령하게 된 것을 자랑하며 성문 가까이 가서 문을 열라 호통을 치니, 성 위에서는 '평서도독 사마의'라고 씌어 있는 깃발이 휘날리며 사마의가 버티고 서서 깔깔대며 웃고 있었다.

"관백제(關伯濟—곽회), 좀 늦었군!"

"중달(中達—사마의)의 신기(神機)에는 당할 사람이 없군!"

두 장수는 호탕하게 웃어젖히며 성 안으로 들어갔다. 사마의는 가정을 빼앗긴 제갈량이 반드시 도주할 것이니 황급히 뒤를 추격해야 한다고 하며 곽회를 파견했다. 곽회가 떠난 다음에 사마의는 장합을 불러서 다음과 같이 지시했다.

"내 생각으로는 위연·왕평·마속·고상 등은 우선 양평관을 지키고 있을 것이다. 그러나 내가 만약에 양평관을 들이친다면 반드시 공명이 배후에서 습격을 해서 그의 계책에 빠지

고 말 것이니, 그대가 먼저 샛길로 기곡으로 나가서 후퇴하는
적군을 무찌르시오. 나는 군사를 인솔하고 사곡의 적군을 막
아낼 테니. 사곡을 지나서 서성(西城)으로 향하면, 그곳은 비
록 작은 성이기는 하지만, 촉군의 양말을 저장해 둔 곳이고
또 남안·천수·안정 3군으로 통하는 교차로이니까, 서성을
수중에 넣을 수 있다면 3군을 점령하는 것이나 다름없소."

이렇게 말하고 사마의는 신탐·신의를 열류성에 남겨 두어
수비하도록 하고, 친히 대군을 거느리고 사곡을 향하여 출동
했다.

한편 공명은 마속을 가정으로 떠나 보낸 뒤에도 불안한 시
간을 보내고 있었는데, 홀연 왕평이 사람을 파견하여 지도를
보냈다는 보고가 들어왔다. 공명은 그 지도를 한번 보자마자
상을 치면서 소리를 질렀다.

"마속이 무지하여 우리 군사를 함정에 빠뜨리고 말았구나!"

좌우의 사람들이 그 까닭을 물었더니 공명이 대답했다.

"이 지도를 보면 중요한 도로는 다 버리고 산꼭대기에 진을
치고 있으니, 위나라 대군이 쳐들어와서 사면을 포위하고 급
수도를 끊는다면 이틀도 못 가서 병사들은 동요를 일으킬 것
이오. 가정을 빼앗긴다면 우리는 후퇴할 수도 없소."

이 말을 듣고 장사(長史) 양의(楊儀)가 자진해서 마속 대신
나가 보겠다고 하니, 공명이 안영법(安營法)을 일일이 분부해
주어서 떠나 보내려고 하는 판인데, 보마(報馬)가 달려들며
가정도 열류성도 이미 빼앗겼다는 보고를 전했다. 공명이 안
타까워 어쩔 줄 모르며 장탄식했다.

"대사는 끝장났다! 이는 나의 잘못이었다!"

그 즉시 관흥과 장포를 불러서 지시하기를, 정병 3천 기를 거느리고 무공산(武功山) 샛길로 나가서, 위군이 달려들어도 싸우지 말고 북을 치고 함성을 울려 대군을 거느리고 있는 것처럼 보이게 하면 적군이 반드시 도주할 것이니, 너무 멀리 추격하지 말고 전군이 후퇴하는 것을 확인하고 양평관으로 돌아오라고 했다.

또, 장익에게는 병사를 거느리고 검각(劍閣)을 수리하여 귀로에 대비하도록 하고, 비밀히 호령을 전달하여 대군이 암암리에 행장을 수습하여 떠날 준비를 하라 지시했다. 마대와 강유에게는 후군이 되어서 미리 산곡간에 숨어 있다가 전군이 후퇴하기를 기다려서 퇴각하라고 했다. 또 심복을 천수·남안·안정 세 성으로 보내서 관민을 한중으로 돌아가도록 지시하고, 기성으로도 심복을 파견해서 강유의 모친을 한중으로 모셔가도록 연락을 취했다.

공명이 친히 5천 기를 거느리고 서성현(西城縣)으로 후퇴하여 양말을 운반해 내기 시작했을 때, 벌써 사마의가 15만 대군을 거느리고 쳐들어온다는 보고가 들어왔다. 공명도 당황했다. 그의 주변에는 무장이라고는 한 사람도 없었고 문관들만 남아 있을 뿐, 병사들도 양말을 운반하러 나갔고 불과 2천 5백 명밖에 없었다.

적군은 물밀듯이 서성현으로 쇄도해 들어왔다. 그러나 화급한 때일수록 약은 꾀가 떠오르는 것이 바로 제갈공명이었다. 그는 깃발을 하나도 없이 치워 버리라 하고, 부장들은 각자의 위치에서 뜨지 말고 조용히 있으라 명령했다. 그리고 사방의 성문을 활짝 열어젖힌 다음 각문에 20명의 병사를 배치하고 백성과 같은 몸차림을 하고 길을 쓸고 있으라 하고 위군이 달려들어도 절대로 동요해서는 안 된다고 엄명을 내렸다. 그러고 나서, 공명 자신은 윤건에 학창의를 입고는 거문고를 가져오게 해서 동자 둘을 거느리고 적루 앞 난간에 의지하고 앉아서 향불을 피워 놓고 거문고를 뜯고 있었다.

사마의는 앞서가던 부하들이 와서 보고하는 말을 처음에는 믿지 않았으나, 하도 기이해서 친히 말을 달려 정세를 살피러 나가 보았다. 과연 멀리 바라뵈는 적루 위에서 공명이 천연덕스럽게 웃으면서 향불을 피워 놓고 거문고를 뜯고 있으며, 왼쪽의 한 동자는 보검(寶劍)을 들고 오른쪽의 동자는 주미(麈尾—拂子)를 들고 시립하고 있는 것이었다. 사마의는 둘째아들 사마소가 말리는 것도 듣지 않고 당장에 군사를 총퇴각시켰다. 그것은 공명이 문을 활짝 열어젖혔으니 반드시 그 안에는 복병이 있으리라는 판단을 내렸기 때문이었다.

위군이 멀리 후퇴해 가는 광경을 보고 공명은 손뼉을 치면서 깔깔대고 웃었다. 여러 관원들은 그저 어리둥절할 뿐.

"사마의는 위나라의 명장인데, 이제 15만이나 되는 정병을 거느리고 여기까지 와서 어째서 승상의 모습을 한번 보자마자 후퇴해 버리는 것일까요?"

하고 그 까닭을 물었더니, 공명이 웃으면서 대답했다.

"그는 내가 평생에 조심성이 많은 사람인 줄 알고 위험한 것을 피한 것이고, 정세를 살펴보자 복병이 있는 듯하니까 후퇴한 것이오. 나도 모험을 했지만 정말 부득이해서 한번 해본 것뿐이오. 그는 반드시 군사를 산 북쪽으로 몰것이고 그곳에는 관흥과 장포를 이미 대기시켜 놓았소."

여러 사람들은 땅에 엎드려 탄복할 뿐이었다. 공명이 계속 말했다.

"우리 편은 겨우 2천 5백 기밖에 없었으니, 성을 버리고 달아났댔자 사마의에게 붙잡히는 길밖에 없었소."

공명이 또 한번 손뼉을 치면서 웃었다.

"내가 사마의였다면 결코 후퇴하지는 않았을 것이오!"

그 즉시 진중에 명령을 전달하여 사마의가 되돌아와서 쳐들어올 것이 틀림없으니 성 안의 백성들은 군사를 따라서 한중으로 이동하라고 했다. 이리하여 공명은 서성을 뒤로 하고 한중을 향하여 길을 떠났으며, 천수 · 안정 · 남안 3군의 관리 · 백성 · 군인들이 모두 뒤를 따랐다.

사마의가 무공산 샛길에 다다랐을 때, 난데없이 산골에서 천지를 진동하는 고함소리가 들려왔다. 사마의가 두 아들을 돌아다보며 말했다.

"내가 퇴각하지 않았다면 제갈량의 계책에 떨어졌을 것이다."

이런 말을 하고 있는데 홀연 배후에서 1군의 군마가 내달았다. 깃발을 바라다보니 '우호위사(右護衛史) 호익장군(虎翼將軍) 장포(張苞)'라고 대필특서해 있었다. 위군의 병사들은 무기와 갑옷을 버리고 도주했는데, 얼마 가지 않아서 산곡간에서 천지를 진동하는 피리소리 · 북소리 · 고함소리. 이번에는 '좌호위사(左護衛使) 용양장군(龍驤將軍) 관흥(關興)'이라는 깃발이 휘날리고 있었다.

위군의 병사들은 촉군의 수효조차 알 수 없고, 당황하기만

해서 한동안 망설이다가 치중(輜重)을 모조리 던져 버리고 도
주했다.

관흥과 장포는 공명이 명령한 대로 먼곳까지 추격하지 않고
다량의 무기와 양말을 탈취해 가지고 돌아왔으며 사마의는 산
곡간 도처에서 촉병을 보게 되자 도로로는 나오지 못하고 간
신히 샛길을 찾아서 가정으로 되돌아갔다.

이때, 조진(曹眞)은 공명이 군사를 철수했다는 소문을 듣
자, 시급히 군사를 거느리고 추격해 나갔다.

그런데 난데없이 산골에서 한 방의 포성이 들리더니 촉군의
병사가 산과 들을 뒤덮으며 몰려들었다.

선두에 나서는 대장은 바로 강유와 마대였다. 조진이 크게
놀라 곧바로 군사를 후퇴시키기는 했지만, 그때에는 벌써 선
봉 진조(陳造)가 마대의 칼에 목이 날아가 버렸다. 조진은 군
사를 거느리고 간신히 뺑소니를 쳐서 돌아갔으며, 촉군의 병
사들도 밤을 새워가며 한중으로 돌아갔다.

조자룡과 등지는 기곡(箕谷) 도중에 복병으로 나가 있었는
데, 공명이 진지를 철수했다는 소식을 듣고, 조자룡이 말했다.

"위군은 우리 군사가 후퇴한 것을 알면 반드시 추격해 올것
이오. 나는 1군을 거느리고 뒤에 숨어 있을 테니 공은 나의
기치를 내세우시고 병사를 거느리고 서서히 후퇴하시오. 뒤는
내가 감당하리다."

이때 곽회(郭淮)가 군사를 인솔하고 기곡으로 되돌아오고
있던 중, 선봉 소옹(蘇顒)을 불러서 명령했다.

"촉군의 조자룡은 영용하기 이를 데 없는 장수요. 방비를
게을리해서는 안 될 것이오. 그가 후퇴했다면 반드시 다른 계

책이 있을 것이오."

소옹이 말했다.

"도독께서 뒤만 받쳐 주신다면 소생이 반드시 조자룡을 산 채로 붙잡겠습니다."

마침내, 소옹은 전부(前部) 3천 명을 거느리고 기곡으로 쳐들어갔다. 순식간에 촉병에게로 접근해 들어가고 있을 때, 산비탈 뒤로부터 백자홍기(白字紅旗)가 훌쩍 내닫는데 거기에는 '조운(趙雲)'이라는 두 자가 씌어 있었다. 소옹은 급히 병사를 수습해 가지고 후퇴했다.

몇 리도 가지 못했을 때, 또 천지를 진동하는 고함소리가 일어나더니 1대의 군마가 앞을 가로막으며 달려들었다.

선두에 선 대장이 말을 몰아 창을 휘두르며 내닫더니 호통을 쳤다.

"조자룡을 알아보느냐?"

소옹이 기급을 했다.

'어째서 여기에 또 조자룡이 있을까?'

이런 생각을 했을 때에는 이미 옴쭉달싹도 못하고 조자룡의 창에 찔려 목숨을 잃고 말았으며 나머지 군사들도 뿔뿔이 흩어져 도주해 버렸다.

조자룡이 앞으로 나가고 있을 때, 1군의 병사가 덤벼들었다. 곽회의 부장 만정(萬政)이었다.

조자룡은 적군이 육박해 들어오는 것을 보자, 길 한복판에 말을 멈추고 창을 휘두르며 태연히 기다리고 서 있었다.

이때, 촉군의 병사들은 벌써 30리 이상이나 앞으로 달리고 있었다. 만정은 조자룡의 위풍당당한 모습을 보자 간담이 서늘했다. 조자룡은 날이 저물 때까지 그곳에 버티고 있다가, 비로소 서서히 후퇴했다.

곽회의 군사가 또 달려들다가, 만정이 조자룡의 무용(武勇)이 옛날이나 조금도 변함 없다는 사실을 말하고 접근하기 어려웠다고 했더니, 곽회는 급히 군사를 몰아서 추격하라는 명령을 내렸다. 만정도 그제야 정병 수백 기를 거느리고 추격했다. 큰 숲 속에 당도하니 홀연 배후에서 무서운 호통소리가 들렸다.

"조자룡이 예 있다!"

혼비백산하여 말 위에서 떨어진 위병만도 백여 명. 나머지 병사들도 모두 고개를 넘어서 모조리 도주해 버렸다.

만정은 용기를 내서 덤벼들었으나, 조자룡의 화살에 투구 끈이 끊어져서 낭떠러지 아래로 거꾸로 박혔다. 조자룡이 창 끝으로 들이대며 호통쳤다.

"네 목숨을 살려서 보내 줄 테니 곽회더러 빨리 추격해 오라고 해라!"

만정은 간신히 목숨만 건져 가지고 달아났다. 조자룡은 거장(車仗)과 인마를 호송하면서 아무런 손실도 없이 한중으로 돌아갔으며, 조진과 곽회는 다시 3군을 찾게 되어 그들도 공로를 세웠다고 자랑했다.

사마의가 또다시 군마를 나누어서 출동했을 때에는 촉군은 이미 한중으로 철수한 뒤였다. 그가 1군을 거느리고 다시 서성에 이르러 백성들과 산중에 사는 은자들에게 물어 보니, 이구동성으로 말하기를, 공명에게는 성중에 불과 2천 5백 명의 병사밖에 없었고, 대장은 한 사람도 없었으며, 다만 문관이 있었을 뿐 촉병은 전혀 없었다는 것이었다. 또 무공산에 사는 한 백성이 말했다.

"관흥·장포는 각각 3천 기를 거느리고 있었는데, 산 속을 돌아다니며 고함을 치고 북을 두들기고 한 것이며, 다른 군사도 없었고, 또 나와서 싸우려 들지도 않았습니다."

사마의는 후회막급, 하늘을 우러러보며 탄식했다.

"공명을 당할 도리가 없구나!"

이리하여 사마의는 각처 관민을 안무하고 병사를 인솔하여 장안으로 돌아와 위주 조예를 만나 보니 조예는 농서 여러 군을 탈환한 사마의의 공로를 치하했다. 사마의가 아뢨다.

"현재 촉병은 모두 한중에 있으며 완전히 소탕하지는 못했습니다. 신은 또다시 대군을 받아 가지고 서천을 점령하여 폐하께 보답하고 싶습니다."

조예는 크게 기뻐하면서 그 즉시 군사를 동원하도록 명령했다.

이때 반부에서 한 사람이 나서면서 아뢨다.

"신에게 한 가지 계책이 있어 능히 촉을 소탕하고 오를 항복시킬 수 있습니다."

이야말로 촉중 장상(將相)이 돌아가자마자, 위나라의 군신(君臣)이 또 꾀를 짜낸다.

96. 머리털의 속임수

孔明揮淚斬馬謖
周魴斷髮賺曹休

계책을 제공하겠다는 사람은 상서(尙書) 손자(孫資)였다. 묘계가 뭐냐고 조예가 물으니 손자가 대답했다.

"사곡의 험준한 바위로 둘러싸인 5백 리 도로는 싸울 만한 곳이 못 됩니다. 이제 천하의 병력을 총동원해서 촉을 토벌한다면 동오(東吳)가 그 허를 찌르고 덤벼들 것이 뻔한 일입니다. 대장들은 각처의 요로(要路)를 견고히 지키고 힘을 배양하고 있으면 오와 촉은 반드시 서로 싸우게 될 것이니 그때를 기다려서 토벌하면 반드시 승리할 것입니다."

조예가 사마의와 상의했더니, 그 역시 손자의 의견에 찬성하는지라, 조예는 사마의에게 명령하여 여러 대장들을 각처의 요로로 내보내어 수비를 견고히 하게 했다. 또 곽회·장합을 장안에 남겨 두기로 하고, 3군에 대상(大賞)을 내리고 낙양으로 돌아갔다.

한편, 공명은 한중(漢中)으로 돌아와서 군사를 점검해 보니 조자룡과 등지 두 장수가 돌아와 있지 않자 심히 근심했다. 관흥·장포에게 각각 병사를 거느리고 싸움을 거들어 주러 출동하라고 명령했다. 두 장수가 떠나려고 하는데, 조자룡과 등지가 군사 한 명도 잃지 않고 무사히 도착했으며 치중(輜重)도 고스란히 지니고 돌아왔다는 보고가 들어왔다.

공명은 기뻐서 입이 딱 벌이지며 대장들을 거느리고 친히 영접하러 나갔더니 조자룡은 말에서 뛰어내려서 꿇어 앉았다.

"패장에게 너무나 과분하신 대접이십니다!"

"여러 대장들이 모두 군사를 잃었는데 공만은 일기(一騎)도 잃지 않고 돌아왔으니 어찌된 까닭이오?"

등지가 여태까지의 경과를 자세히 보고했더니, 공명이 감탄하여 마지않으며 조자룡에게 황금 50근을 주고 비단 1만 필을 부하 병사들에게 나누어 주려고 했다. 그러나 조자룡은 끝까지 사양하고 받지 않으면서, 자신의 패군(敗軍)의 죄를 뼈저리게 느끼며 그것을 국고에 보관해 두어서 상벌의 도를 문란하지 않게 해달라고 간곡히 청하니, 공명의 조자룡을 존경하는 마음이 더욱더 간절해졌다.

이때, 마속·왕평·위연·고상 등이 돌아왔다는 보고가 들어왔다. 공명은 우선 왕평을 장중으로 불러들여서 준엄하게 문책을 하고, 다음으로 마속을 불러들였다.

마속은 제 손으로 제 몸을 결박하고 장전에 꿇어 앉았다.

공명이 얼굴빛이 변하며 말했다.

"그대는 어렸을 때부터 병서를 읽었고 병법을 외고 있었을 텐데, 그만큼 내가 가정이 우리 편에 중요한 거점이라는 것을 역설했는데도, 가족의 생명을 걸고라도 중임을 맡고 나가겠다 하더니, 어째서 왕평의 권고도 듣지 않고 그런 무모한 짓을 했단 말인가? 이번 싸움에서 패하여 대장을 죽이고 실지함성(失地陷城)한 것은 모두가 그대의 죄과요! 군율을 밝히지 않으면 어떻게 수많은 사람을 복종시킬 수 있겠소? 그대는 이제 법을 범했으니 나를 원망하지는 마오. 그대가 죽은 뒤에도 그대의 가족에게는 내 다달이 녹량(祿糧)을 공급할 것이니 걱정할 것은 없소!"

좌우 사람에게 명령하여 끌어내다가 목을 베라고 명령했더니 마속이 눈물을 흘리며 아뢨다.

"승상께서는 저를 아들같이 여겨 주셨고, 저는 아버님처럼 섬겨 왔습니다. 그러나 저의 사죄(死罪)는 이미 각오했사오니 뒤에 남은 어린것이나 돌봐 주신다면 죽어도 한이 없겠습니다."

마속은 방성통곡, 공명도 눈물을 흘렸다.

"나는 그대를 형제나 다름없이 대해 왔소. 그대의 아들들은 곧 나의 아들들이니 그런 부탁은 더 하지 않아도 좋소!"

좌우에서 마속을 원문(轅門) 밖으로 끌어내어 목을 베려고 했을 때, 참군 장완이 성도로부터 도착했는데, 무사가 마속의 목을 베려는 광경을 보자 깜짝 놀라 소리를 지르며, 말리고 나섰다.

"천하가 평정되지 않은 이때에 지모지신(智謀之臣)을 죽이신다는 것은 가석한 일이 아닙니까?"

이 말을 듣더니 공명은 눈물을 줄줄 흘리면서 대답했다.

"이제 천하가 어지럽게 갈려서 싸우고 병교(兵交)가 시작되는 마당에 다시 법을 폐(廢)한다면 어떻게 적을 토벌할 수 있겠소? 마땅히 참해야 되오!"

얼마 후에 무사 한 사람이 마속의 수급을 들고 섬돌 아래 와서 바치니 공명은 방성통곡했다.

장완이 물었다.

"마속은 죄를 짓고 군법의 처단을 받았는데, 승상께서는 왜 그다지 통곡하십니까?"

"나는 마속을 위해서 통곡하는 게 아니오. 선제께서 백제성에서 임종이 가까우셨을 때, '마속은 말뿐이지 실행이 없는 위인이니 큰일에는 쓸 수 없다'고 하시던 말씀을 생각하고 내 자신이 명민치 못했음을 생각했기 때문에 우는 것이오."

그 말을 듣고 있던 여러 장수들은 눈물을 흘리지 않는 사람이 없었다. 마속은 망년이 39세. 때는 건흥 6년(서기 228년) 여름 5월이었다.

공명은 마속을 참한 다음에 그 수급을 각영에 두루두루 보이고 나서 머리를 시체에다 꿰매서 관을 갖추어서 안장했다. 제문을 지어 가지고 제사를 지냈고 마속의 가족들을 불쌍히 여기어 다달이 녹미(祿米)를 주기로 했다. 공명은 또 친히 표문을 작성해서 장완에게 명령하여 후주에게 바치고 승상의 직위를 깎아 주기를 원했다.

장완은 성도로 돌아가서 후주를 알현하고 공명의 표문을 바쳤다. 후주가 뜯어 보았다.

신은 본래 어리석고 변변치 못한 인물로 분에 넘치는 중임을 맡고 친히 정월(旌鉞)을 잡고 3군을 독려했습니다. 훈장(訓章)과 명법(明法)을 하지 못하고 일에 임하여 겁을 내어 가정에서 위명(違命)의 과오를 범했으며, 기곡에서 불계(不戒)의 실수를 저질렀습니다. 이 잘못은 모두 신이 명민치 못해서 사람을 몰라 봤고 일을 망설이고 소홀함이 많았다는 점에 있습니다. 춘추(春秋)의 책비(責備)를 생각컨대 어찌 죄를 면할 수 있겠습니까? 3등급 깎아 내려주시기를 원하여 과오와 잘못을 바로잡고자 합니다. 신은 부끄러움을 금치 못하오며 엎드려 명을 기다립니다.

후주가 표문을 다 읽고 나서 말했다.

"승부는 병가상사(兵家常事)인데 승상은 어찌하여 이런 말을 하는고?"

시중 비위가 아뢨다.

"신이 듣건대 나라를 다스리는 자는 반드시 법을 지켜야 한다 하오니 만약에 법이 행해지지 않는다 하오면 어찌 사람을 복종시킬 수 있겠습니까? 승상은 패한 것을 생각하고 직위의 폄강(貶降)을 스스로 행하고자 하오니 그렇게 하심이 마땅하다고 생각합니다."

후주는 비위의 말대로 공명을 우장군으로 떨어뜨려서 승상의 직무를 맡아 보게 하고, 종전대로 군마를 총독하도록 해서 비위를 칙사로 한중에 파견했다.

한중에 도착하여 비위는 공명을 위로해 줄 생각으로 이런 말을 했다.

"촉나라 백성들은 승상께서 출진하신 지 얼마 안 되어서 4현(縣)을 격파하신 것을 매우 기뻐하며, 또 승상께서 강유를 얻으신 것을 천자께서도 매우 기뻐하십니다."

공명이 크게 노했다.

"그게 무슨 말이오? 또 잃어 버린 것은 얻지 못한 것이나 마찬가지요. 공은 나를 모욕하자는 게요? 또 싸움에 패하여 돌아와서 촌토(寸土)를 뺏지 못했으니 이것은 나의 커다란 죄요.

강유 하나를 얻었다 해서 위나라가 무슨 큰 손해가 있겠소?”

“승상께서는 현재 웅사(雄師) 수십 만을 통솔하고 계시니 다시 위나라를 토벌하시면 되지 않습니까?”

“지난번에 대군이 기산·기곡에 주둔했었을 적에 우리 군사가 적병보다 많았는데도 적을 격파하지 못했으니, 그 원인은 군사의 많고적음에 있는 게 아니고 주장(主將)에게 있는 것이오. 이제 나는 군사와 장수의 수효를 줄이고, 벌을 명백히 하고 과실을 뉘우치게 해서 장래에 변통할 수 있는 길을 마련하려 하오. 그렇지 못한다면 군사가 많다 한들 뭣에 쓰겠소? 이제부터는 모두 사람이 나라를 위하여 앞날을 걱정하는 사람이라면 나의 모자라는 점을 알려 주고 나의 단점을 꾸짖어 주기 바라오. 그렇게 한다면 일은 제대로 될 것이고, 적을 격멸할 수 있고 큰 공로를 눈앞에 볼 수 있을 것이오.”

비위와 그밖의 여러 장수들은 공명의 말에 탄복했고, 비위는 성도로 돌아갔다.

공명은 한중에 있으면서 군민을 아끼고 사랑하고, 병사들을 격려하여 강무(講武)하였으며 성을 공격하고 강을 건너는데 쓰이는 무기를 만들고, 양초(糧草)를 축적하고, 뗏목을 준비하여 다음 싸움에 대비하였다. 염탐꾼이 이런 사실을 탐지하고 낙양에 보고했다.

위주 조예는 이 소식을 알자, 그 즉시 사마의를 불러서 서천을 점령할 대책을 상의했다. 사마의의 의견은 날씨가 몹시 더운 때니까 촉군도 싸움을 하려 들 리가 없고, 이편에서 깊이 쳐들어갔댔자, 저편이 방비를 견고히 하고 있으면 격파하기 어려우니 지금은 싸움을 할 만한 계절이 아니라는 것이었다. 그리고 제갈량이 쳐들어오더라도 능히 이를 막아낼 만한 인물로서 태원(太原) 사람 학소(郝昭—字는 伯道. 雜覇將軍)를 천거했는데 이 인물은 신장이 9척에 기운이 세고 활을 잘 쏘며 모략도 대단한 위인이었다.

조예는 사마의의 의견을 받아들여 학소를 진서장군(鎭西將軍)에 승진시키고, 진창(陣倉) 어귀를 지키도록 명령했다. 이때 홀연 보고가 날아들었다. 양주(揚州)의 사마(司馬) 대도독 조휴가 표를 올렸는데, 동오 파양(鄱陽) 태수 주방(周魴)이 자기 군을 내놓고 투항하겠다고 사람을 비밀리 파견하여 일곱 가지 계책을 들어 동오를 격파할 수 있다고 하니 급히 군사를 보내서 이곳을 점령하기를 바란다는 것이다.

조예는 어상(御床) 위에서 그 표를 사마의와 같이 펼쳐 보았다. 사마의가 아뢨다.

"이 말이 극히 까닭이 있는 말입니다. 동오는 멸망하고 말 것이니, 신은 1군을 거느리고 조휴를 거들러 나가고 싶습니다."

홀연 반중에서 한 사람이 나서며 그 말에 반대했다. 그는 건위장군(建威將軍) 가규(賈逵)였는데, 그의 의견은 오인(吳人)의 말은 이랬다 저랬다 해서 믿을 수 없으며 주방은 지모가 있는 사람이기 때문에 투항하려 드는 것이 아니고, 군사를 유인하자는 속임수라는 것이었다.

조예는 그 말에도 일리가 있다 생각하고 결국 사마의와 가규 두 장수에게 명령하여 함께 거들어 주러 떠나도록 했다.

조휴는 대군을 인솔하여 완성으로 향하고 가규는 전장군(前將軍) 만총(滿寵)과 동완(東皖) 태수 호질(胡質)을 데리고 양성(陽城)을 경유하여 동관(東關)으로 직행했으며, 사마의는 본부군을 거느리고 강릉(江陵)을 공략하기로 했다.

이때, 오주(吳主) 손권이 무창(武昌) 동관에서 여러 관원을 모아 놓고 상의했다.

"파양 태수 주방에게서 위나라의 양주 도독 조휴가 우리를 공격하려 한다는 소식을 비밀리에 전해 왔소. 주방은 계책을 써서 일곱 가지 점을 들어 이해관계를 설득시키고 위군을 유인해 들일 것이니 복병을 써 가지고 잡도록 해달라는 것이오. 위군의 병사들은 이미 3로로 갈라져서 쳐들어오고 있는데 경들에게는 어떠한 고견이 있소?"

고옹(顧雍)이 나서면서 이런 큰 임무는 육손(陸遜)이 아니면 감당키 어렵다고 하니, 손권은 크게 기뻐하며 그 즉시 육손을 불러서 보국대장군(輔國大將軍)·평북도원수(平北都元帥)에 봉하고 어림군(御林軍)을 통솔하여 왕사(王事)를 섭행(攝行)하도록 명령했다. 그리고 또 백모황월을 주어서 문무백관이 그의 명령에 따르도록 하고, 친히 육손과 더불어 나란히 채찍을 잡고 파견하기로 했다.

육손은 분위장군(奮威將軍) 주환(朱桓)을 좌도독, 수남장군(綏南將軍) 전종(全琮)을 우도독으로 손권에게 천거하여 임명을 받게 한 후 강남 81주(州) 및 형호(荊湖)의 70여만 대군을 총솔하고 주환·전종을 좌우로 거느리고 자신은 중군을 맡아 가지고 3로로 진병했다.

주환은 육손에게 이런 계책을 제공했다.

"조휴란 자는 위왕의 친족이기 때문에 이번에 대임을 맡게 됐지만 지용있는 장수는 못 됩니다. 주방이 유인하는 말을 믿고 중지(重地)로 깊이 들어온 것을 원수께서 병사를 동원하여 습격하시면 반드시 패할 것입니다. 패한 후에는 반드시 두 갈래 길로 달아날 것인데, 왼쪽은 협석(夾石), 오른쪽은 계차(桂車)입니다. 이 두 갈래 길은 모두 산골짜기 좁은 길이어서 아주 험준합니다. 소생이 전자황(全子璜—전종)과 같이 각각 1군을 거느리고 산 속에 매복해 있다가 나무와 돌로 길을 막아 버려서 조휴를 산채로 붙잡고 싶습니다. 조휴를 잡게 되면 장구직진(長驅直進)하여 힘 안 들이고 수춘(壽春)을 점령할 수 있고 허도·낙양을 넘겨다볼 수 있게 될 것이니 이야말로 만대에 한 번 있을 좋은 기회입니다."

그러나 육손이,

"그것은 좋은 계책이 아니오. 나는 나대로 묘계가 있소." 하니 주환은 불평을 품은 채 물러났다. 육손은 제갈근에게 강릉의 수비를 든든히 하여 사마의와 대적하라 하고, 각로의 배치을 마쳤다.

조휴의 군사가 완성에 다다르니, 주방이 나와 영접하고 조휴가장하에 나타났다. 조휴가 말했다.

"이번에 그대의 서신을 받고 그대가 말한 일곱 가지 일이 극히 이치에 맞는다고 생각했기 때문에 천자께 주문하여 대군을 3로로 동원하게 됐소. 강동을 평정하면 그대의 공로는 작지 않은 것이오. 사람들은 그대가 모략이 많아서 거짓말을 하지나 않나 하고 걱정하지만 내 생각에는 그대가 반드시 나를 속이지는 않을 줄 아오."

주방은 소리를 내어 울면서 얼른 종인(從人)이 차고 있는 칼을 뽑아서 제 목을 찌르려고 했다. 조휴가 급히 가로막았더니 주방이 칼을 잡은 채 말했다.

"소생이 말씀드린 일곱 가지 일 가운데서 소생의 심간(心肝)까지 털어놓지 못한 것이 유감스럽습니다. 그런 의심을 품으신다는 것은 반드시 오나라의 이간책이며, 소생은 그런 의심을 받고는 살 수 없습니다. 소생의 충심은 하늘만이 알아주실 겁니다."

말을 마치자, 주방은 또다시 제 목을 찌르려고 했다. 조휴가 깜짝 놀라 황망히 그를 붙잡고 만류했다.

"내가 농담을 한 걸 가지고 어째 이러시오?"

주방이 칼로 머리털을 잘라서 땅바닥에 내동댕이치며 말했다.

"소생은 충심으로써 공을 대했사온데 공께서는 소생에게 농담을 하시니 부모가 물려 주신 머리털로써 이 마음을 알아보시도록 하겠습니다!"

이것을 보자, 조휴는 그 말을 깊이 믿고 주연을 베풀어 대접했다. 술자리가 끝나자 주방은 돌아갔고, 건위장군 가규가 찾아왔다고 하니, 그를 불러들였다.

"무슨 일로 왔소?"

"제 생각 같아서는 동오의 군사는 모두 완성에 주둔해 있는 것 같습니다. 도독께서는 경솔히 출동하지 마십시오. 소생이 양면으로 협공하면 적병을 격파할 수 있습니다."

조휴는 가규가 자기의 공로를 시기해서 이런 말을 하나 하고 의심했으나 가규는 주방이 머리털을 잘라서 맹세를 했다는 데 이것도 믿을 만한 일이 못 된다고 하는 것이었다. 조휴는 점점 더 격분하여,

"이따위 소리를 해서 군심(軍心)을 태만하게 하자는 수작이

냐?"

하고 호통을 치면서 좌우에게 명령하여 당장에 가규를 끌어
내다가 목을 베라고 했다. 여러 장수들이 말리고 나섰다.

"진병도 하기 전에 먼저 대장을 참하심은 군에 불리하오니
잠시 용서해 주시기 바랍니다."

조휴는 장수들의 의견대로 가규의 병사는 채중에 남아서 지
키도록 하고 자기가 친히 1군을 거느리고 동관(東關)을 공략
하기로 했다.

이때, 주방은 가규가 병권을 박탈당했다는 사실을 알자 남
몰래 기뻐했다.

"조휴가 가규의 말을 듣는다면, 동오는 패하고 말 것이다!
이야말로 하늘이 나를 성공하도록 해주는 것이다!"

그 즉시 사람을 비밀리에 완성으로 파견해서 육손에게 보고
했다. 육손은 여러 장수들을 불러서 명령을 내렸다.

"앞에 있는 석정(石亭)은 비록 산길이기는 하지만 매복할
만한 지점이오. 빨리 가서 먼저 석정의 널찍한 지점을 점령하
고 진세를 펼쳐서 위군이 나타나기를 기다리도록 합시다."

서성(徐盛)에게 선봉을 명령하여 떠나 보냈다.

한편, 조휴는 주방에게 명령하여 군사를 인솔하고 전진했는
데, 도중에서 앞에 보이는 곳이 어디냐고 물었더니, 주방이 대
답했다.

"석정이라는 곳인데 군사를 주둔시키기에 적합합니다."

조휴는 이 말을 듣고 마침내 대군과 거장(車仗)을 모조리
인솔하고 석정으로 가서 주둔했다. 이튿날 초마가 보고하기
를, 앞산 기슭에 수많은 오군이 진을 치고 있다고 했다. 조휴

가 시급히 주방을 찾아보라고 했으나, 주방이 이미 수십 기를 거느리고 어디론지 행방을 감추었다는 것이었다. 그 순간 아차, 속았구나! 하는 생각에 발을 동동 굴렀으나 때는 이미 늦었다. 그래도 조휴는 용기를 내서 대장 장보(張普)에게 선봉을 명령하고 수천 기를 주어서 나가 대적하라고 했다.

양군이 대치했을 때, 장보가 진두에 나서며 호통을 쳤다.

"적장(賊將)은 빨리 항복하라!"

저편에서는 서성이 나서면서 대적했다. 몇 합을 싸우지 못하고 장보는 감당할 수 없어서 말머리를 돌려 군사를 이끌고 후퇴하여 조휴 앞에 나가서 서성의 용맹함을 보고했다. 조휴가 말했다.

"그렇다면 나는 기병(奇兵)을 써서 격파해야겠소!"

하면서, 장보에게 2만 기를 주어서 석정의 남쪽에 매복하라 하고, 설교(薛喬)에게도 2만 기를 주어서 석정 북쪽에 매복해 있으라고 명령했다. 그리고 주휴 자신은 그 이튿날 친히 1천 기를 인솔하고 나가서 도전한 다음, 싸움에 패한 체하고 돌아서서 서성을 산 앞까지 유인해내 가지고, 방포(放砲)를 신호로 3면에서 협공하여 승리를 거둘 작정이라고 두 장수에게도 일러서 떠나 보냈다.

한편 육손은 주환과 전종을 불러서, 각각 3만 기를 거느리고 석정 산 속에서부터 조휴의 영채 뒤로 돌아들어가서 불을 질러 신호하면, 자기가 친히 대군을 거느리고 가운데길로 나가서 조휴를 잡겠다고 했다.

주환과 전종은 그날밤 2경 위군의 영채를 뒤로 돌아들어가다가, 주환은 장보의 복병과 맞닥뜨리게 되었다. 오군이라고

는 꿈에도 생각지 못한 장보는 결국 주환의 한칼에 목이 날아
가 버렸다. 위군이 뿔뿔이 흩어지니 주환은 후군을 시켜서 불
을 질렀다.

한편, 전종도 위군의 영채를 뒤로 돌아들어가 설교의 영채
한복판에서 일대 혼전을 전개, 설교도 견디다 못하여 뺑소니를
치니 주환·전종이 이를 맹렬히 추격했다. 조휴의 군사들은 소
란 속에서 저희들끼리 서로 찌르고 죽이고 야단법석이었다.

조휴는 당황하여 말을 달려 협석(夾石)을 향하여 도주. 닥
쳐드는 서성의 대군 앞에 위병은 무수히 전사했고, 조휴는 그
대로 협석을 향하여 말을 달리고 있는데 홀연 샛길에서 또 내
닫는 1군의 병사들. 선두에 나선 대장은 가규였다.

조휴는 그제야 한숨을 돌리며 부끄러움을 참지 못했다.

"공의 말을 듣지 않다가 과연 이런 꼴을 당했소!"

가규가 말했다.

"도독께서는 빨리 이 길에서 빠져 나가십시오. 만약에 오병
(吳兵)이 나무와 돌로 차단해 버린다면 우리는 모두 위태로운
지경에 빠지게 됩니다."

가규가 뒤를 받쳐 주어서 조휴는 간신히 도주할 수 있었고
서성은 가규가 달아나면서 여기저기 숲속에 꽂아 놓은 깃발을
보고 복병이 있는 듯해서 더 추격하지 않았으며, 사마의도 조
휴가 패했다는 소식을 듣고 군사를 철수시켰다.

육손은 첩보를 고대하고 있는데, 서성·주환·전종이 가지
가지 전리품을 가지고 돌아왔으며, 투항한 병사가 수만 명에
달한다고 하니 더욱더 기뻐하여 태수 주방과 여러 장수들을
거느리고 오나라로 돌아갔다.

오주 손권은 문무백관을 거느리고 무창(武昌)성 밖에 나와 그를 영접했는데, 주방의 머리털이 없어진 것을 보고 말을 꺼냈다.

"경의 머리털이 잘려서 이번 대사가 성공했으니 그 공명(功名)이 마땅히 죽백(竹帛)에 기록되어야겠소."

주방을 관내후(關內侯)에 봉하고 성대한 주연을 베풀어 군사를 위로하고 승리를 경하했다. 육손이 아뢨다.

"이제, 조휴가 싸움에 패배하였으니, 위군은 간담이 서늘하여졌습니다. 국서(國書)를 작성하셔서 사자를 서천에 파견하시고, 제갈량을 시켜서 진병 공격하도록 하심이 좋을까 합니다."

손권은 이 말대로 사자를 파견하여 국서를 가지고 서천으로 들어가게 했다.

이야말로 동국(東國)이 능히 계책을 쓸 수 있었기 때문에, 또 서천이 군사를 동원하게 되는 판국이다.

97. 편지를 믿었다가

討魏國武侯再上表
破曹兵姜維詐獻書

촉한 건흥 6년 9월, 위나라의 도독 조휴는 석정에서 동오의 육손에게 대패하여 거장마필(車仗馬匹)과 군자 기계(軍資器械)를 모조리 잃었다. 그는 극도로 황공함을 느끼고 근심걱정으로 병이 되어서 낙양으로 돌아오자 등창으로 세상을 떠났다.

위주 조예는 칙령을 내려 그를 후하게 장례를 치러 주었다. 사마의가 군사를 거느리고 돌아오자, 여러 대장들이 조도독이 패한 것은 원수(元帥) 때문인데 어째서 이다지 급히 돌아왔느냐고 물었다. 그랬더니, 사마의가 제갈량이 우리 군사가 패한 줄 알고 장안으로 쳐들어오면 나설 사람이 없겠기에 그것이 걱정이 되어서 돌아왔다고 대답하니, 모든 사람들은 그가 겁을 집어먹고 돌아왔다고 조소하면서 자리를 물러났다.

한편, 동오는 사자를 촉나라에 파견하여 국서(國書)를 보내고 위나라를 토벌해 달라고 청하는 동시에 조휴를 크게 격파한 사실도 알렸다. 이것은 한편으로 자기의 위풍을 보이고 또 한편으로는 화의를 맺자는 속셈이었다. 후주는 한층 더 기뻐하여 사람을 시켜서 그 국서를 한중으로 가지고 가서 공명에게 알리도록 했다.

이때 공명은 군사 훈련도 군량도, 만반의 준비가 갖추어져서 출전을 서두르고 있던 중이었는데 이런 보고가 들어오자 즉시 여러 장수들을 모아 주연을 베풀고 대책을 상의했다. 그런데 난데없이 동북풍이 사납게 일더니 뜰앞의 소나무 가지가 부러졌다. 여러 사람들이 깜짝 놀랄 때, 공명이 혼자 점을 쳐 보았다.

"허어! 이 바람은 대장을 한 사람 잃게 할 바람이군!"

여러 사람들이 그 말을 믿지 않고 술을 마시고 있는데, 홀연 진남장군(鎭南將軍) 조자룡의 맏아들 조통(趙統), 둘째아들 조광(趙廣)이 승상을 만나 보러 왔다는 보고가 들어왔다.

공명이 질겁하여 술잔을 내던지며 외쳤다.

"자룡이 갔구나!"

두 아들이 들어와 절하고 통곡하며 말했다.

"아버지께서 어젯밤 3경에 병세 위중하셔서 돌아가셨습니다."

공명이 안타까워 발을 동동 구르며 통곡하여 마지않았다.

"자룡이 세상을 떠난 건 나라의 대들보가 하나 없어진 셈이오, 내 한쪽 팔이 없어진 셈이다!"

여러 장수들은 눈물을 흘리지 않는 사람이 없었다. 공명은 두 아들을 성도로 보내어 보상(報喪)케 하니, 후주는 자룡이 죽었단 말을 듣고는 방성통곡했다.

"짐이 옛날 어렸을 적에 자룡이 아니었다면 난군 중에서 죽었을 것이다!"

후주는 그 즉시 조명을 내려 조자룡에게 대장군(大將軍)의 자리를 추증(追贈)하고 순평후(順平侯)에 봉하여 성도 금병산(錦屛山) 동쪽에 칙명으로써 안장하고, 사당을 세워서 사시로 제사를 지내도록 했다. 후주는 또 조자룡의 과거의 공적을 생각하고 조통을 호분중랑(虎賁中郞), 조광을 아문장(牙門將)에 봉하여 부친의 분묘를 지키도록 돌려보냈다. 이때 근신이 보고하기를 제갈량은 이미 출전할 준비를 끝내고 머지않아 위나라를 토벌하러 나가려고 한다는 것이었다.

후주가 조정의 여러 신하들과 상의했더니, 이구동성으로 경솔히 움직일 때가 아니라고 반대하는 바람에 어찌해야 좋을지 몰라서 망설이고 있을 때, 공명의 사자 양의(楊儀)가 '출사표'를 올리러 왔다는 보고가 들어왔다. 후주는 그를 만나 보고 출사표를 받아서 상 위에 펼쳐 놓고 읽어 보았다.

이번에 제출한 공명의 두번째 출사표는 자기로서는 납득이 안 간다는 소위 여섯 가지를 조목조목 열거해 놓고, 싸움을 끌지 말고 용단을 내려서 즉시 토벌하자는 주전론(主戰論)을 설명한 것이었다. 그 여섯 가지의 요점은 다음과 같았다.

1. 고조황제(高祖皇帝)는 영명하기 이를 데 없었고, 무수한 모신(謀臣)을 거느리고 있었으면서도 가지가지 위태로운 일을 겪고 나서야 안정을 얻을 수 있었는데, 고조황제에 미칠 수 없는 후주가 모신도 많지 못한데, 장구지책(長久之策)으로써 승리를 얻어서 천하를 편안히 앉아서 정하려는 점.

2. 유요(劉繇)와 왕랑(王朗)은 각각 주군(州郡)에 처박혀 편안한 소리만 하면서 올해도 싸우지 않고, 내년에도 싸우지 않고, 손권으로 하여금 가만히 앉아서 커지게 만들어서 강동을 점령하게 만든 점.

3. 조조는 그 지계(智計)가 남달리 뛰어난 사람이었는데도 온갖 고난을 겪고 나서야 안정을 얻었는데, 하물며 자기와 같

이 재간 없는 몸이 위험 없이 안정을 바랄 수 있느냐는 점.

4. 선제께서 항시 그 능력과 재간을 칭찬하시던 조조도 결국은 실수를 했는데, 어찌 자기만이 필승을 한다고 할 수 있으랴는 점.

5. 자기가 한중으로 온 지 불과 2년에 곡장(曲長)과 둔장(屯將)을 70여 명이나 상실했으며, 산기(散騎) · 무기(武騎) 1천여 명을 죽였는데, 이는 모두 10년 동안이나 사방에서 규합한 정예요, 어떤 한 주(州)가 소유하고 있던 인재들이 아니니, 또다시 수년을 경과한다면 그 3분의 2는 줄어들 것이 아니냐는 점.

6. 이제 백성은 궁핍하고 군사는 피로해졌는데 싸움을 조속히 끝내지 않고 한 주의 땅에서 적과 지구전을 하려 드는 점.

후주는 공명의 두번째 '출사표'를 다 읽고 나서 한층 더 기뻐하며 그 즉시 공명에게 군사를 동원하도록 조명을 내렸다. 공명은 명령을 받자 30만 정병을 동원하고 위연을 선봉대장으로 삼고, 곧장 진창 어귀를 향하여 달렸다.

염탐꾼이 재빨리 이런 소식을 낙양으로 보고했다. 사마의가 이 보고를 위주에게 올리니, 조예는 문무백관 전원을 모아 놓고 상의했다.

대장군 조진이 출반하여, 이번에야말로 제갈량을 붙잡기 위해서, 자기가 근래들어 수하에 넣은 대장 왕쌍(王雙—字는 子全)을 선봉으로 내세우고 한번 나가보고 싶다고 자원했다.

이 왕쌍이라는 대장은 60근의 큰 칼을 쓸 줄 알고, 천리길이나 완마를 달릴 수 있고, 철태궁(鐵胎弓)을 보통 사람의 갑절이나 쏠 수 있고, 세 개의 유성추(流星鎚)라는 독특한 무기를 남몰래 몸에 지니고 있어 아무도 당해 낼 수 없는 용법을 가진 인물이라는 것이었다.

조예는 크게 기뻐하여 왕쌍을 불러서 금포 금갑(錦袍金甲)을 주고 호위장군(虎威將軍)에 봉하여 전부 대선봉(前部大先鋒)에 임명하고, 조진을 대도독에 임명했다. 조진은 정병 15만을 동원하고 또 곽회·장합의 병사와 힘을 합쳐서 각처의 요로를 지키기로 했다.

한편, 촉병의 앞부대가 진창에 도착하자 초병(哨兵)이 공명에게 보고하기를, 진창 어귀에는 학소(郝昭)가 지키고 있으니 태백령(太白嶺)을 넘어서 기산으로 돌아 들어가자고 했다. 그러나 공명은 가정이 바로 진창의 북쪽에 있으니 이 성을 격파하지 않고는 전진할 수 없음을 알고, 위연을 내보내서 성을 사면으로 포위시켰다.

그런데 위연은 며칠이 되어도 함락시키지 못하고 되돌아왔다. 공명이 격분하여 위연의 목을 베라고 호통을 쳤을 때, 홀연 장하에서 부곡(部曲) 운상(鄞詳)이 나서면서, 자기가 학소와는 같은 농서(隴西) 태생이니 그에게 가서 이해득실을 설득시켜서 활 한 자루도 없애지 않고 투항시켜 보겠다는 것이었다.

공명은 곧바로 떠나가라고 명령했다. 운상은 말을 달려 성 아래까지 가서 소리를 질렀다.

"학백도(郝伯道―학소)의 옛 친구 운상이 만나 보러 왔소."

성 위의 사람이 학소에게 보고했더니, 학소는 문을 열고 안내하도록 명령하여 서로 만나 보게 되었다.

"무슨 일로 여기까지 왔소."

"나는 서촉 공명 장하에서 군기(軍機)에 참여하고 상빈(上賓)의 예를 받고 있는데, 특히 나더러 공을 만나 이야기해 보라는 일이 있어서 왔소."

학소는 갑자기 안색이 변하며 제갈량은 우리나라의 수적(讐敵)이오, 그대와 나는 서로 섬기는 주인이 다른데 무슨 할말이 있느냐고 일축해 버리고 적루로 올라가 버렸다. 그리고 위병들이 강제로 운상을 말 위에다 끌어 올려서 성 밖으로 쫓아냈다. 운상이 돌아보니 학소가 난간을 의지하고 아래를 내려다보고 있으니,

"백도 현제(伯道賢弟), 너무 매정하지 않소?"
했더니, 학소가 말했다.

"위국의 법도는 형도 잘 알 것이오. 나는 나라의 은혜를 받았으니 죽음이 있을 뿐이오. 형은 아무 말씀 마시고 빨리 돌아가셔서 제갈량보고 성을 공격하라고 하시오. 나는 조금도 겁날 것이 없소!"

운상이 돌아와서 사실대로 보고했더니 공명이 다시 한 번 가서 이해관계를 설득시켜 보라고 하니, 운상은 다시 성 아래로 가서 학소를 불러냈다. 학소가 적루에 나타나자 운상은 말을 멈추고,

"백도, 나의 충언을 들으시오. 그대는 이 고성(孤城)을 지키면서 어떻게 수십만 대군을 막아낼 수 있다는 거요? 이제 시급히 투항하지 않으면 후회막급이오! 또 대한(大漢)에 불순하고 간적(奸賊) 위를 섬기다니, 어찌 그리 천명(天命)을 모르고 말고 흐림을 분간치 못하오? 신중히 생각해 보기 바라오."

그러나 학소는 격분하여 활에 화살을 재 가지고 운상을 겨

누면서 두 말 말고 선뜻 돌아가지 않으면 쏘겠다고 호통을 쳤다. 운상이 돌아와서 사실대로 보고했더니, 공명도 격분하여 토인을 불러 가지고 실정을 조사해 보았다. 진창성 안의 군사가 3천 명밖에 안 된다는 사실을 파악하자 공명은 깔깔대고 웃었다.

"이따위 작은 성을 가지고 어떻게 나를 막아내겠다는 거냐? 구원병이 도착하기 전에 시급히 쳐부셔야겠다!"

공명은 군중(軍中)에서 높은 사다리(雲梯) 1백 대를 만들었는데 한 대에 10여 명이 올라갈 수 있는 것이며, 그 주위는 목판을 둘러쌓여 있는 것이었다. 군사들은 각각 짧은 사다리와 동아줄을 마련해 가지고 북을 울리며 일제히 성으로 전진했다. 학소는 적루에서 이 광경을 바라보자 병사 3천 명에게 명령하여 화전(火箭)을 가지고 사면에서 사다리가 성에 접근하면 그대로 쏘라고 했다.

이런 줄은 꿈에도 모르고 공명이 전군에 명령하여 성으로 쳐들어갔는데, 성 안에서 빗발치듯 퍼붓는 화전 때문에 운제는 모조리 불 속에 파묻히고 병사들이 불에 타죽게 되자 시급히 군사를 철수시켰다.

격분한 공명은 그날밤을 새워가며 충거(衝車)를 만들어서 '충거법(衝車法)'을 쓰기로 작정하고, 그 이튿날 사방에서 북을 울리며 쳐들어갔지만, 학소는 급히 군사에게 명령하여 돌을 운반해다가 구멍을 뚫고 칡줄로 잡아매 가지고 마구 던지는 바람에 충거는 모조리 깨져 버리고 말았다.

그리하여 공명이 병사들에게 명령하여 흙을 운반하여 성호(城壕)를 메워 버리고 요화(廖化)에게 군사 3천을 주어서 밤중에 굴을 파고 몰래 성으로 쳐들어가게 했으나, 학소도 성중에 중호(重濠)를 파고 가로막아 버리는 것이었다. 낮밤을 헤아리지 않고 공격하기를 20여 일, 도무지 격파할 계책이 서지 않았다.

공명이 영중에서 답답한 시간을 보내고 있는데, '위선봉 대장(魏先鋒大將) 왕쌍(王雙)'이라는 깃발을 휘두르며 구원병이 동편에 도착했다는 보고가 들어왔다.

누가 나가서 격파할 사람이 없느냐고 하니 위연이 나섰지만, 공명이 위연은 선봉대장이니 경솔히 움직일 수 없다 하여, 다음으로 자진해서 나온 부장 사웅(謝雍)에게 3천 기를 주어서 내보내고 그 뒤를 또 따를 사람이 없느냐 했다. 그랬더니 부장 공기(龔起)가 그 자리에서 나서서 그에게도 역시 3천 기를 주어서 내보내 놓고 성 안의 학소가 습격해 올 것을 경계하기 위하여 군사를 20리쯤 후퇴시켜 가지고 다시 진을 쳤다.

사웅은 군사를 거느리고 달려나갔으나 왕쌍과 맞닥뜨려 3합도 싸우지 못하고 왕쌍의 한칼에 거꾸러지고 말았다. 촉병이 와르르 뒤로 물러서니 왕쌍이 맹렬히 추격해 오는 바람에 공명은 당황하여 요화·왕평·장의 세 장수를 내보내서 대적하게 했다.

양군이 대치하게 되니, 장의가 출마하고 왕평·요화가 좌우로 나섰다. 왕쌍은 말을 달려 장의에게 덤벼들었는데 몇 합을 싸워도 승부가 나지 않았다. 왕쌍이 패하는 체하고 도주를 하니 장의는 대뜸 뒤를 추격했다.

왕평은 장의가 속임수에 넘어가는 줄 알고,

"추격하지 마오!"

하고 소리를 질렀다. 장의는 급히 말머리를 돌렸지만, 그 순간에 재빨리 날아든 왕쌍의 유성추(流星鎚)가 장의의 등에 꽂혔다. 장의는 안장에 엎드려 달아났고, 왕쌍이 추격해 오자 왕평·요화가 덤벼들어 장의를 구출해 냈는데, 또다시 왕쌍이 병사를 몰고 맹렬한 기세로 덤벼들어 촉병은 수많은 부상자를 냈다.

장의는 몇 번이나 피를 토하고 간신히 공명에게로 돌아와서, 왕쌍은 천하무적이고 2만의 군사를 거느리고 진창성 밖에서 깊은 성호(星壕)를 파고 방비를 견고히 하고 있다고 보고했다. 공명은 부장을 두 사람이나 잃고 장의마저 부상당한 것을 보자 강유를 불러 무슨 좋은 계책이 없느냐고 물어 보았다. 강유가 말했다.

"진창의 성지는 견고하고 학소가 방어를 긴밀히 하고 있으며, 또 왕쌍이 거들고 있으니 점령할 수 없습니다. 그보다는 대장 한 사람에게 명령하여 산 옆 물가에 영채를 마련하여 든든히 지키게 하고 다시 양장(良將)에게 명령하여 요도(要道)를 지키게 해서 가정(街亭)으로부터의 공격을 막아내게 하시고, 승상께서는 친히 대군을 통솔하시고 기산을 습격하시는 게 좋겠습니다. 소생은 여차여차하게 계책을 써서 조진을 붙잡겠습니다."

공명은 그의 말대로 그 즉시 왕평·이회(李恢)에게 명령하여 두 갈래로 병사를 거느리고 가정 소로(小路)를 지키게 했으며 위연에게 명령하여 1군을 거느리고 진창구(陳倉口)를 든든히 지키도록 해놓고 마대를 선봉으로, 관흥·장포에게 앞뒤를 거들도록 하고 샛길로 사곡을 나와 기산을 향하여 출동했다.

한편, 조진은 먼젓번에 사마의에게 공로를 빼앗긴 것을 분하게 생각하고, 낙양에 도착하자 곽회·손례에게 동서의 수비를 맡겼다. 그리고 진창에서 위급을 고하자 왕쌍을 시켜서 구원하도록 파견했더니, 왕쌍이 적군의 장수들을 죽이고 공을 세웠다는 소식을 듣고 크게 기뻐하며, 중호군대장(中護軍大將) 비요(費耀)에게 전부총독(前部總督)의 직을 겸임시키고 여러 장수들에게 요로를 든든히 지키도록 했다.

이때, 산 속에서 적군의 염탐꾼을 붙잡아왔다는 보고가 들어와 불러들여 장전에 꿇어 앉혔더니, 그 사람이 고백했다.

"소인이 염탐꾼은 아닙니다. 기밀에 속하는 일이 있사와 도독님을 뵈러 오다가 복로군(伏路軍)에게 오해를 받고 잡혀왔습니다. 좌우 사람들을 물러가게 해주십시오."

조진은 그의 결박을 풀어 주게 하고 좌우 사람들을 잠시 물러 나가게 했다.

그 사람이 말했다.

"소인은 바로 강백약(강유)의 심복입니다. 밀서를 가지고 파견되어 왔습니다."

"밀서는 어디 있소?"

그 사람은 품 속에서 밀서를 꺼내서 조진에게 올렸다. 조진이 뜯어 보았다.

죄장(罪將) 강유, 백배하며 조 대도독 휘하에 글월을 올립니다. 강유는 대대로 위나라의 녹을 먹고 변성(邊城)의 수비를 맡아 후은을 입사옵고도 보답할 길이 없었습니다. 전번에 제갈량의 계획에 빠져 몸이 벼랑 위 함정 속에 빠졌사오나,

옛 나라에 대한 생각이야 어느날이고 잊을 리 있겠습니까? 이제 다행히 촉병이 서쪽으로 진출했고 제갈량이 소생을 의심하지 않사오니, 도독께서는 친히 대군을 인솔하시고 나오시다가 적군을 만나시게 되어 패하는 체하시면, 이 강유가 뒤에서 불을 질러 신호를 올리고 먼저 촉인의 양초를 태워 버리고 동시에 대병을 몰고 몸을 뒤집어 막아 드릴 것이오니, 이렇게 하오면 제갈량을 잡을 수 있습니다. 감히 공을 세워 나라에 보답하려 함이 아니오라, 과거의 죄를 반성하자는 것입니다. 깊이 살피셔서 시급히 하명 있으시기 바랍니다.

밀서를 다 보고 나서 조진은 심히 기뻐하며,

"하늘이 나를 성공하도록 돕는구나!"

하면서, 사자에게 중한 상을 내리고 약속한 기일에 만나자는 회답을 주어서 돌려 보냈다. 조진이 비요를 불러서 상의했다.

"이제 강유가 몰래 밀서를 가지고 와서 나더러 여차여차하라 하오."

"제갈공명은 꾀가 많고, 강유는 지혜가 대단하니 혹시 제갈량이 시킨 일일지도 모릅니다. 그러니 속임수가 아닐까요?"

"그는 본래가 위나라 사람으로 부득이 촉나라에 투항했으니, 뭐 그리 의심할 게 있겠소?"

"도독께서는 경솔히 나가시면 안 됩니다. 본채를 지키고 계십시오. 소생이 1군을 거느리고 강유와 연락해서 성공하면 그 공은 모두 도독께 돌리기로 하옵고 간계에 넘어가면 소생이 혼자서 당해 내겠습니다."

조진은 크게 기뻐하며 비요에게 5만의 군사를 주어서 사곡으로 떠나도록 했다. 2, 3일 전진하다가 군사를 멈추고 초탐을 내보냈더니, 사곡길에 촉병이 나타났다는 것이었다. 비요가 급히 군사를 몰았더니, 촉군은 싸우지도 않고 먼저 달아났다. 추격을 했더니 다시 되돌아 달려와서 막 접전이 시작되려 하면 또다시 달아나고 이렇게 세 번이나 되풀이하는 동안에 이미 이튿날 신시(申時)가 되었다. 위군은 하루 낮밤을 한시도 쉬지 못하고 촉군의 공격에만 겁을 집어먹었다. 군사를 주둔시키고 밥을 지으려고 하는데 홀연 사면에서 함성이 요란하게 일어나더니 북소리·피리소리가 일제히 울고 촉병이 산과 들을 뒤덮고 달려들었다.

맨 앞에서 문기(門旗)가 훌쩍 젖혀지고 한 대의 사륜거가 선뜻 나서면서 그 안에는 공명이 단정히 앉아 있는데, 사람을 시켜서 위군 주장(主將)과 대화하기를 청했다. 비요가 말을 달려 나오더니 멀리 공명을 보자 남몰래 기뻐하며 좌우 사람들을 둘러보고 일렀다.

"촉병이 덤벼들면 곧 후퇴하고, 산 뒤로부터 불길이 보이거든 다시 돌아서서 쳐들어가라. 구원병이 나타나서 거들어 줄 것이다."

이렇게 분부해 놓고 말을 달려 나와서 소리쳤다.

"전의 패장이 이제 또 어찌 감히 여기에 나타났는가?"

공명의 말이,

"조진을 불러내라!"

하니 비요가 매도했다.

"도독은 금지옥엽(金枝玉葉)이시니 어찌 너같은 반적(反賊)을 만나려 드시겠냐!"

공명이 대로하여 우선을 들어 한 번 휘두르니 왼쪽에서 마대, 오른쪽에서 장의의 군사가 양로로 일제히 덤벼들었다. 위병이 곧 후퇴하여 30리도 못 갔을 때, 촉병의 배후에서 불길이 치미는 것이 보였다. 고함소리가 쉴새없이 들려왔다. 비요는 신호의 불길인 줄로만 알고 되돌아서서 쳐들어갔다. 촉병이 일제히 후퇴했다. 비요는 칼을 휘두르며 앞장서서 고함소리가 나는 쪽만 추격해 갔다. 불길이 치미는 곳까지 가까이 갔을 때, 산속에서 피리소리·북소리가 천지를 진동하고 요란스런 고함소리가 일어나더니 왼쪽에서 관흥, 오른쪽에서 장포의 양군이 뛰쳐나와 덤벼들었다. 산 위로부터 화살과 돌이 빗발치듯 쏟아져 내렸다. 위군은 대패했고, 비요는 그제야 계책에 빠진 줄 알고 급히 군사를 후퇴시켜 산간으로 도주했으나, 인마가 모두 피로한데다가 배후로부터 관흥이 쟁쟁한 신예 군사를 거느리고 추격하니 위군의 병사들은 서로 짓밟고 넘고 하는 혼란 속에서 산골 물 속으로 떨어져 죽은 자가 부지기수였다.

비요는 간신히 목숨만 건져 가지고 도주하다가 산비탈 어귀에서 또 1군의 병사와 맞닥뜨려졌다. 선두의 대장은 바로 강유였다.

비요는 큰 소리로 매도했다.

"신의도 없는 반적아! 내 불행히도 네놈의 속임수에 빠졌다!"

강유가 웃으면서 대답했다.

"나는 조진을 잡으려다가 잘못되어 네놈과 맞닥뜨린 것뿐이다! 빨리 말을 내려 항복하라!"

비요는 훌쩍 말을 달려 뺑소니치며 산곡간을 향하여 도주했다. 홀연 산곡간에서 화염이 충천하더니 배후로부터 촉병이 달려들었다.

진퇴유곡에 빠진 비요는 스스로 제 목을 찔러 자결해 버렸고 나머지 군사들은 모조리 투항했다.

공명은 밤을 새워가며 군사를 몰아 가지고 곧장 기산(祁山) 앞으로 나와서 영채를 마련하고 군마를 수습하여 주둔시켰다.

강유에게 중한 상을 내렸더니, 그가 말했다.

"저는 조진을 죽이지 못한 것이 유감입니다."

공명 역시 같은 말을 했다.

"대계(大計)를 대단치도 않은 데 써 버린 것이 가석하오."

한편 조진은 비요가 죽었다는 소식을 듣자 아무리 후회해도 소용이 없고 마침내 곽회와 더불어 촉병을 물리칠 대책을 상의했다.

손례와 신비를 밤을 새워가며 위주에게로 파견하여, 촉군의 병사가 또다시 기산에 출격하여 조진은 많은 군사를 잃고, 장수를 죽였으며, 형세가 심히 위급하다는 사실을 표를 올려 신주(申奏)케 했다.

조예는 크게 놀라, 곧바로 사마의를 불러들여서 물었다.

"조진이 군사를 잃고 장수를 죽였으며 촉병이 또 기산에 출격했으니, 경은 이것을 물리칠 만한 무슨 계책이 없소?"

"신은 벌써부터 제갈량을 물리칠 만한 계책을 세우고 있습니다. 위군이 무위를 뽐내지 않아도 촉병은 저절로 물러갈 것입니다."

이야말로 자단(子丹―조진)은 이미 이길 방법이 없는 것을 깨우치자, 중달(사마의)의 좋은 꾀만 바라는 판이다.

98. 그 아버지에 그 아들

追漢軍王雙受誅
襲陳倉武侯取勝

공명이 만약에 진창을 통과하게 된다면, 이곳에는 학소와 왕쌍이 지키고 있으므로 군량을 운반하기는 어려울 것이고, 이렇게 되면 촉군의 군량이란 한 달밖에 더 유지되지 못할 것이다, 그러니 승부를 조급히 서두를 것이 아니라 조진(曹眞)에게 명령을 내려서 각방의 요로를 든든히 지키기만 하고 나가서 싸우지만 않으면 촉군은 한 달 안에 스스로 후퇴할 것이며, 이 기회를 노려서 추격하면 제갈량을 잡을 수 있으리라. 이것이 사마의가 조예에게 제공한 의견이었다.

그런 선견지명이 있으면 그대가 당장에 군사를 거느리고 추격해 가는 것이 어떠냐고 조예가 말하니 사마의가, 자기는 동오의 육손을 대비하기 위해서 남아 있으며, 손권은 머지않아 천자의 지위를 침범할 것이고, 그때에는 반드시 위나라를 공격하리라고 변명했다.

이때, 마침 근신(近臣)이 조도독에게서 전황에 관한 보고가 들어왔다고 하자 조예는 태상경(太常卿) 한기(韓曁)를 칙사로 조진에게 보내어 경솔히 나가서 싸우지 말고 촉군이 퇴각하기 시작하거든 뒤에서 추격하라고 명령했다.

사마의는 칙사로 떠나가는 한기를 성 밖까지 전송하고, 이 번 공로를 조진에게 양보할 생각이니, 계책이 자기의 생각에 서 나왔다는 말을 하지 말고 천자의 엄명이라 전해 달라고 신 신부탁했다.

조진은 칙사 한기로부터 조명을 받고 당장에 곽회·손례와 대책을 상의했다.

곽회는 곧 이런 꾀가 사마의에게서 나왔으리라는 것을 알아 맞히고 제갈량의 용병법을 능가할 수 있는 묘책이라 찬양하 며, 왕쌍을 시켜서 각처 요로를 감시하게 하면 촉군은 군량을 운반하지 못해서 후퇴하리라 했다. 그리고 손례는 자신이 군 량을 운반하는 병사로 변장을 하고 기산 도로(道路)로 나가서 수레에는 건시모초(乾柴茅草)에 유황 염초(硫黃燄硝)를 끼얹 어서 실어 놓고, 사람을 시켜서 농서로부터 군량을 운반해 왔 다고 소문을 퍼뜨리면, 촉군은 군량이 결핍하여 반드시 이것 을 약탈하려 달려들 것이다. 그러면 진중으로 유인하여 수레 에 불을 지르고 밖에서부터 복병이 일제히 내달으면 반드시 격파할 수 있으리라는 것이었다.

조진은 그들의 의견대로 손례를 그길로 떠나 보냈고, 왕쌍 에게 사람을 급파해서 샛길을 잘 감시하라 명령하고, 또 곽회 에게는 기곡·가정을 순찰하며 각지 요로를 든든히 지키라고 명령했다. 그리고 또 장요의 아들 장호(張虎)를 선봉으로, 악 진의 아들 악침(樂綝)을 부선봉으로 정부영채(頭營)를 지키도 록 하고 나와서 싸우지 말라고 엄명을 내렸다.

공명은 기산 채중(寨中)에서 강유와 그밖의 몇 사람을 모아 놓고 군량이 한 달 밖에 유지되지 않을 것이라고 걱정하고 있었는데 마침 농서의 위군이 손례를 대장으로 하고 군량차 수천 대를 이끌고 기산 서쪽에 나타났다는 보고가 들어왔다. 공명이 대체 손례란 어떠한 위인이냐고 물어 보니, 투항해 온 위나라 사람이 말하는데, 손례란 자는 일찍이 조예를 따라서 대석산(大石山)에 사냥을 나간 일이 있었는데, 맹호 한 마리가 조진의 옆으로 달려드는 것을 보고, 재빨리 말을 뛰어내려 그것을 찔러 죽이고, 그 공로 때문에 상장군(上將軍)에 임명되었다는 것이었다.

공명은 몇 마디 말을 듣고, 벌써 적군의 계책을 간파했다. 수레에 실은 것은 반드시 모초나 인화물일 것이고 이편에서 군량을 약탈하러 나가면 위군은 반드시 이편 진지를 야습할 것이라고 앞을 훤히 내다보았다.

공명은 당장에 마대를 불러서 위 나라의 군량이 있다는 지점으로 가서 불을 지르라 명령하고, 마충·장의에게 마대와 함께 호응하여 협공을 가하도록 지시했다.

또, 관흥과 장포를 불러서 오늘밤에 만약 서쪽 산에서 불길이 일면 위군이 반드시 이편 진지를 야습할 것이니, 미리 적진의 좌우에 숨어 있다가 적군이 진지를 나온 뒤에 쳐들어가라고 명령했으며, 오반(吳班)·오의(吳懿)를 불러서 각각 군사를 거느리고 영채 밖에 숨어 있다가 적군의 퇴로를 차단해 버리라고 명령했다.

그리고 공명은 기산 높은 곳에 올라가서 대기하고 있었다.

한편 위군에서는 촉군의 병사들이 군량을 약탈하러 영채를 떠났다는 사실을 알게 되자, 조진이 그 즉시 장호와 악침에게 명령을 내려서, 반부의 서쪽 산에서 불길이 치밀어오르면 반드시 촉군이 영채를 비워두고 달려들 것이니 지체없이 들이치라고 했다.

그날밤, 마대가 3천 기를 거느리고 서쪽 산을 향하여 달려드니 마침 남풍이 맹렬하게 불어와 병사들을 남쪽으로 몰아서 불을 질러 버렸다.

순식간에 수레에 불이 붙고 화염이 충천하는데, 손례는 자기 편에서 신호의 불길을 지르는 줄만 알고 병사를 거느리고 일제히 쳐들어갔다. 이때, 피리소리·북소리도 요란스럽게 달려드는 마충과 장의의 군사들. 손례가 당황하여 허둥지둥하고 있을 때, 위군의 진지에서 고함소리가 천지를 진동하더니 불빛 속에서 뛰쳐나오는 마대의 군사들.

안팎으로 협공을 가하니 손례는 부상 당한 병사들을 거느리고 간신히 몸을 피했으며 위병들은 불바다 속에서 타죽은 자가 부지기수였다.

진중에서 대기하고 있던 장호와 악침은 불길이 치미는 것을 보자 병사를 거느리고 촉군의 영채로 쳐들어갔다. 그러나 영채에는 사람의 그림자라고는 하나도 없었다.

급히 군사를 뒤로 물리려고 하는 순간, 오반·오의의 군사들이 덤벼들며 퇴로를 가로막아 버렸다. 장호와 악침이 간신히 포위망을 돌파하고 진지로 돌아오니 토성(土城) 위에서 화살이 빗발치듯 퍼부어졌다. 관흥과 장포가 벌써 저편 진지를 점령하고 있었기 때문이다. 장호와 악침이 대패하여 영채로 돌아갔을 때 손례 역시 패잔병을 거느리고 달려들었다. 세 장수는 조진의 앞에 나가서 공명의 계책에 빠지고 만 사실을 일일이 보고했고, 조진은 본채를 단단히 지키고 나가 싸우지 말라고 명령했다.

공명은 촉군이 승리를 거두고 영채로 돌아오자 위연에게 사람을 보내서 밀계를 전달했다. 그것은 왕쌍을 먼저 처치해서 위군이 추격해 오지 못하도록 하자는 계책이었고, 이렇게 수배를 해놓은 다음 위군은 한 번 패하기는 했으나 반드시 중원으로부터 원군이 올 것이라는 점과 촉군의 군량이 부족하다는 점을 생각하고 진중에는 북과 징을 치는 병사들만 남겨 두고 하룻밤 사이에 전군이 진지를 버리고 떠나 버렸다.

조진이 채중에서 답답한 시간을 보내고 있는데, 장합이 군사를 몰고 달려들며 적군의 정세를 살펴보라고 권고하니 사람을 내보내서 알아보았다. 촉군의 영채에는 사람의 그림자는 하나도 없고 깃발 수십 개가 휘날리고 있을 뿐, 벌써 이틀 전에 철수했다는 것이었다. 조진은 아무리 후회해도 소용이 없었다.

위연은 공명에게 밀계를 받아 가지고 그날밤 2경에 진지를 철수하고 급히 한중으로 돌아갔다. 첩자로부터 이런 정보를 입수한 왕쌍은 전력을 다해서 위연의 뒤를 추격했다. 20리쯤 달려갔을 때 벌써 앞에서 위연의 군사의 깃발이 보이니 왕쌍은 소리를 질렀다.

"위연! 꼼짝 말고 게 있거라!"

그러나 촉군의 병사는 한 사람도 뒤를 돌아다보지 않았다. 왕쌍이 채찍으로 말을 후려갈기며 맹렬히 추격하고 있는데, 성 밖 영채에서 불길이 치민다고 병사들이 떠들어대서 말을 돌려 군사를 후퇴시키려는 찰나에 숲속에서부터 들려오는 호통소리.

"위연은 여기 있다!"

대경실색하고 허둥지둥하는 왕쌍을 위연은 한칼에 목을 베어 던졌다. 위군 병사들은 사방으로 흩어졌고, 위연은 불과 30기를 몰고 유유히 한중으로 향했으니, 이것이 바로 공명이 위연에게 지시한 밀계였음은 말할 것도 없다.

장합도 촉군의 뒤를 추격하다가 그대로 돌아왔는데, 이때 진창성에 있는 학소에게서 왕쌍이 죽었다는 연락이 왔다. 조진은 이 소식을 듣자 어찌나 슬퍼했던지 병이 들게 되어 곽회·손례·장합에게 장안 각 요로의 수비를 명령해 놓고 낙양으로 돌아가 버렸다.

한편 오주 손권은 첩자의 보고를 듣고 제갈량이 두번째 출전했다는 사실과 조진이 대패했다는 사실을 알고 있었는데, 이무렵에 장소와 그밖의 여러 관원들이 손권에게 황제의 자리에 오르기를 간곡히 권고했다.

마침내, 그해 4월 병인일(丙寅日)을 택하여 손권은 무창 남교(南郊)에 단을 쌓아 올리고, 등단하여 즉위의 의식을 마치고 황무 8년을 황룡(黃龍) 원년으로 고쳤다. 아들 손등(孫登)을 황태자로 세우고, 제갈근의 맏아들인 제갈각(諸葛恪)을 태자의 좌보(左輔), 장소의 둘째아들인 장휴(張休)를 우필(右弼)로 삼았다.

제갈각은 자(字)를 원손(元遜)이라고 하며, 신장이 7척, 지극히 총명하고 임기응변을 잘해서 손권이 몹시 사랑했다. 여섯 살 적에 동오에서 연회가 있었는데, 제갈각도 부친을 따라서 그 좌석에 나갔다. 손권이 제갈근의 얼굴이 유난히 기다란 것을 보고 사람을 시켜서 나귀 한 마리를 끌어들여서 분필로 그 얼굴에다 '제갈자유(諸葛子瑜)'라고 써 놓았더니 모든 사람들이 웃음을 금치 못했다. 제갈각이 앞으로 나서더니 분필을 잡고 두 글자를 더 써 넣어서 '제갈자유지로(諸葛子瑜之驢)'라고 해놓았다. 그 자리의 사람들이 놀라지 않는 사람이 없었다. 손권은 크게 기뻐하여 나귀를 제갈각에게 주었다.

또 어느날은 관료들의 대연 석상에서 손권이 제갈각에게 술잔을 올리라고 했다. 술잔이 장소의 앞에 돌아갔을 때, 장소가 마시지 않으며 말했다.

"이건 노인에게 대한 예의가 아니다."

손권이 말하기를,

"네가 능히 자포(子布—장소)에게 마시게 할 수 있겠느냐?" 하니 제갈각은 명령을 받자, 당장에 장소에게 이렇게 말했다.

"옛적에 강상부는 나이 90에도 모월(모旄鉞)을 잡고 늙었다는 말을 하지 않았습니다. 출진하는 날에는 선생을 뒤에 모시고, 술을 마시는 날에는 선생을 먼저 드리는데 어째서 노인께 대한 예의가 아니라 하십니까?"

장소는 대답할 말이 없어서 싫은 술을 억지로 마시지 않을 도리가 없었다. 이때문에 손권은 제갈각을 더욱 사랑하게 되었고 태자를 보필하도록 명령한 것이다.

이 밖에도 손권은 고옹을 승상으로, 육손을 상장군으로 삼아 태자를 보필하고 무창(武昌)을 지키도록 하고, 자기는 건업(建業)으로 돌아갔다.

여러 신하들이 함께 위나라를 토벌할 계책을 상의하는데 장소가 아뢰었다.

"폐하께서는 보위에 오르신 지 얼마 안 되시니 군사를 동원하심은 좋지 못합니다. 마땅히 무보다는 문에 주력을 기울이셔서(修文偃武) 학교을 증설하시고, 민심을 안정시키시고, 서천(西川)에 사신을 파견하사, 촉나라와 동맹을 맺으셔서 천하를 공분(共分)하시고 대사를 서서히 도모하심이 좋을까 합니다."

손권은 그 말대로 그 즉시 사신을 서천에 급파했다. 사신은 후주를 만나 보고 이런 실정을 상세히 전달했다.

후주가 그 말을 듣고 여러 신하들과 대책을 강구했더니, 여러 사람들이 이구동성으로 그것은 참월(僭越—僭濫)한 짓이니 맹호(盟好)를 끊어 버리라고 했다. 그런데 장완이 말했다.

"사람을 보내서 승상께 여쭈어 보심이 좋겠습니다."

후주는 당장에 사자를 한중에 있는 공명에게 파견했다. 그랬더니 공명이 말했다.

"사람을 시켜서 예물을 가지고 오나라에 가서 축하하고 육손을 파견하여 위나라를 치도록 하면, 반드시 위나라에서는 사마의를 시켜서 막아내도록 할 것이니, 사마의가 남쪽으로 동오를 막아내면, 나는 다시 기산·장안으로 나가서 대사를 꾀해 보겠소."

후주는 공명의 말대로 태위(太尉) 진진(陳震)에게 예물을 담뿍 주어서 오나라에 가서 축하 인사를 드리게 했다. 진진이 동오에 가서 손권을 만나보고 국서(國書)를 올리니 손권은 크게 기뻐하며 주연을 베풀어 대접하고 촉나라로 돌려보냈다.

손권이 육손을 불러서, 군사를 일으켜 위나라를 토벌하기로 서촉과 약속했다는 말을 했더니, 육손이 말했다.

"이것은 사마의를 두려워하는 공명의 계책입니다. 그러나 이미 동모(同謀)를 약속하신 이상, 그대로 하지 않을 수 없습니다. 이제 우리는 군사를 동원하는 체하고 멀리 서촉과 호응해서 공명이 위를 맹렬히 공격할 때를 기다렸다가 그 허를 노려서 중원을 손에 넣는게 좋을까 합니다."

곧바로 형양(荊襄) 각지에 명령을 내려 인마를 훈련하라 하고 기일을 택하여 군사를 동원한다는 지시를 내렸다.

한편, 진진은 한중으로 돌아와서 공명에게 이런 경과를 보고하니, 공명은 아직도 진창으로는 경솔히 진격할 수 없다는 불안한 생각으로 우선 사람을 파견해 정세를 탐지하게 했다. 그랬더니 그 사람이 돌아와서 보고하는 말이 진창성의 학소(郝昭)는 중병이 걸렸다는 것이었다.

"이제야 대사는 이루어지리라!"

공명은 이렇게 말하면서 당장에 위연과 강유를 불러서, 5천 기를 거느리고 진창성 아래로 달려가, 불길이 치밀거든 협력하여 공격을 개시하라고 명령했다.

두 사람은 어리둥절해서 언제쯤 떠나면 좋겠느냐고 물었더니, 공명의 말이 사흘 이내로 모든 준비가 끝나는 대로 떠날 것이며, 떠난다는 인사를 하러 오지 않아도 좋다고 했다.

공명은 다음으로 관흥과 장포를 또 불러서 귓전에 대고 무엇인지 속삭이더니 밀계를 지시하여 떠나보냈다.

한편, 곽회는 학소의 병세가 위중하다는 소식을 듣고 장합과 상의했다. 조정의 조명을 기다릴 시간적인 여유가 없으니, 장합에게 대신 출동해 달라는 것이었다. 장합은 3천 기를 거느리고 학소를 대신해서 길을 떠났다. 그날밤, 학소는 병석에서 신음하고 있었는데, 홀연 촉나라 군사가 성 아래로 쳐들어 왔다는 보고가 날아들었다. 학소가 곧바로 사람을 시켜 성에 올라가 지키도록 명령했을 때에는 각 문에서 불길이 치밀어오 르고 성중은 일대 혼란에 빠졌다. 학소는 어찌나 놀랐던지 그 자리에서 절명하고 말았다.

위연과 강유가 군사를 거느리고 진창성 아래로 쳐들어가 보 니 웬일이지 사방이 조용한데, 난데없이 포성이 들리더니 사 방에서 깃발이 일제히 늘어섰다. 그리고 윤건, 도포 학창, 우 선의 인물이 나타나며 큰 소리를 질렀다.

"그대 두 사람은 너무 늦게 왔군!"

물을 것도 없이 그는 바로 공명이었다. 공명은 그제야 왜 이런 계책을 썼는지, 두 사람에게 설명해 주었다. 학소가 병세 가 위중하다는 사실을 알고 두 장수들에게 사흘 이내로 쳐들 어가라고 한 것은 인심을 안정시키기 위해서였고, 관흥·장포 를 시켜서 군정을 시찰한다는 핑계로 살며시 한중을 빠져나가 게 하고, 공명도 그 속에 남몰래 섞여 밤을 새워가며 진창성 아래까지 달려왔다는 것이었다. 또 적군에게 대비할 틈을 주 지 않고, 성 안에 미리 보내둔 염탐꾼을 시켜서 불을 지르게 하고 고함을 지르게 해서 위병의 마음을 어지럽게 만들었기 때문에 그 허를 쉽사리 찌를 수 있었다는 것이었다.

공명은 학소의 죽음을 슬퍼하고 그의 처자들에게 관을 따라 위나라로 돌아가기를 허락하여 그의 충성을 알려 주었다.

공명은 다시 위연과 강유를 불러서 무장을 풀지 말고 그대 로 군사를 거느리고 산관(散關)을 습격하라고 했다. 관을 지 키는 사람은 군사가 도착했다는 사실을 알게 되면 반드시 놀라서 달아날 것이며, 만약 때를 놓치면 위병이 곧 관으로 쳐 들어올 것이므로 공격하기 어려울 것이라고 일러서 보냈다.

두 장수가 명령을 받고 산관으로 쳐들어가니 과연 관을 지키던 병사들은 도주해 버렸다. 홀연 멀리 관외로부터 사나운 먼지가 일더니 위병이 달려드는 것이 보였다. 두 사람이 입을 모아 말했다.

"승상의 신산(神算)은 정말 헤아릴 수가 없군!"

급히 누에 올라 바라보니 바로 위장 장합이었다. 두 사람은 군사를 나누어서 험도(險道)를 지켰다. 장합은 촉군이 요로를 견고히 지키고 있음을 알자 군사를 뒤로 물렸는데, 위연에게 추격을 당하여 무수한 병사를 잃고 대패하여 도주했다.

위연은 관으로 돌아와서 공명에게 실정을 보고했다. 공명은 이보다 앞서서 친히 군사를 거느리고 진창·사곡으로 나가서 건위(建威)를 점령했다. 뒤따르는 촉병들도 속속 동원되었으며, 후주는 또 대장 진식(陳式)에게 밀령하여 싸움을 거들도록 했다. 공명은 대군을 인솔하고 다시 기산으로 나와서 영채을 마련한 다음 여러 사람을 모아 놓고 말했다.

"나는 두 번씩이나 기산에 나왔었으나 소득이 없었는데, 이제 여기에 또 온 것은 위나라 사람들이 반드시 옛날에 싸우던 곳을 근거지로 삼고 우리와 대적하려 들 줄 알았기 때문이오. 그들은 내가 옹성과 미성 두 곳을 점령하려 들지나 않나 해서 반드시 군사를 동원하여 방비했을 것이오. 내가 보건대, 음평(陰平)·무도(武都) 2군은 한나라와 접경해 있기 때문에 이 성을 점령만 하면 위병의 세력을 분단시키게 될 텐데, 누구 나가서 공략할 사람은 없소?"

"소생이 가겠습니다."

강유가 말하니, 왕평도,

"소생도 가겠습니다!"

하고 자원하니, 공명은 크게 기뻐하여 강유에게 군사 1만 명을 주어서 무도로, 왕평에게도 똑같이 군사 1만 명을 주어서 음평으로 떠나보냈다.

한편 장합은 장안으로 돌아오자, 곽회·손례를 만나 보고, 진창은 이미 빼앗겼고, 학소도 죽었으며, 산관(散關) 역시 촉군에게 점령당했고, 공명은 두번째 기산에 출전하여 군사를 나누어서 진격하고 있다는 사실을 전달했다.

곽회가 말하기를,

"그렇다면 공명은 옹성(雍城)·미성(郿城)을 공격할 것이오."

하면서 깜짝 놀라 장합에게 장안의 수비를 맡기고, 손례를 옹성으로 파견한 다음, 자기는 친히 군사를 거느리고 미성으로 향하는 동시에 표를 낙양으로 보내서 위급한 사태를 보고했다.

위주 조예가 조정에 나오니, 근신이 아뢨다.

"진창성은 이미 빼앗겼사오며, 학소도 세상을 떠났고, 제갈량이 두번째 기산에 출전하여 산관도 촉병에게 탈취당했다고 합니다."

조예가 깜짝 놀라 어쩔 줄 모르고 있을 때, 홀연 만총(滿寵)이 표를 올려서, 동오의 손권이 제호(帝號)를 참칭하고 촉나라와 동맹을 맺었으며, 육손을 시켜서 무창에서 군사를 훈련시키고 있어 곧 출진할 준비를 갖추고 있으니 곧 쳐들어오리라는 소식을 보고했다.

조예는 두 곳의 위급한 정세를 알자, 어찌해야 좋을지 몰라 매우 당황해했다. 이때까지도 조진의 병세는 완쾌되지 않아서, 곧 사마의를 불러서 상의했다.

사마의가 말했다.

"신의 우견(愚見)으로 생각컨대 동오는 반드시 군사를 일으키지 않을 것입니다."

"경이 그것을 어떻게 아시오?"

"공명은 항시 옛날 효정(猇亭)에서 유현덕이 대패했던 보복을 해볼 생각을 하고, 오나라를 토벌할 것을 단념하고 있지는 않습니다. 단지 중원에서 그의 허를 찌를까 겁내는 까닭에 동오와 결맹한 것뿐입니다. 육손도 이런 까닭을 잘 알고 있기 때문에 고의로 군사를 일으켜서 호응하는 체하고, 사실은 가만히 앉아서 승패를 관망하자는 것입니다. 폐하께서는 이번에 오나라를 막으실 게 아니라 촉나라만 막아내시면 됩니다."

조예가 말했다.

"경의 말은 정말 고견이오!"

드디어 사마의를 대도독에 봉해서 농서의 각로 군마를 총섭(總攝)하게 하고 측근자를 시켜서 조진에게 가서 인(印)을 받아 가지고 오라 했다. 그러니 사마의가 하는 말이,

"신이 직접 나가서 받아오겠습니다."

하더니 곧 조정을 나와서 조진의 부하(府下)에 이르러 먼저 사람을 시켜서 부에 들어가 연락을 취하도록 하고 뒤따라 들어갔다.

문병 인사를 끝내고 사마의가 말했다.

"동오와 서촉이 손을 잡고 침범하려 하며, 이제 공명이 또

기산으로 나와 진을 치고 있다는 사실을 공께서는 아시오?"

조진은 깜짝 놀라며 집안 사람들이 자기의 병세가 위중해서 알려 주지 않은 것이라고 대답했다. 그리고 이렇게 국가가 위급한 때에 어째서 중달(사마의)을 대도독으로 임명하여 촉병을 물리치지 않느냐고 하면서, 인을 가져오라고 좌우에게 명령하더니 그것을 사마의에게 바치라는 것이었다. 사마의가 사양했더니, 조진이 말했다.

"중달이 이 임무를 맡아 주지 않는다면 중국은 위태로울 것이오! 내가 병든 몸이나마 끌고 가서 천자께 알현하고 공을 천거하리다."

"천자께서는 이미 은명(恩命)이 있으셨지만, 이 사마의는 감히 받지 못하겠소."

조진이 크게 기뻐했다.

"중달이 이 임무를 맡아 준다면, 촉나라 군사를 물리칠 수 있을 것이오!"

사마의는 조진이 재삼 인을 양보하기 때문에 마지못하여 그것을 받아 가지고 와서, 위주와 작별하고 군사를 거느리고 장안으로 가서 공명과 결전해 보기로 한다.

이야말로 옛 장수의 인을 새 장수가 받아 가지고 양쪽 길의 군사가 한 길로 모여드는 판이다.

99. 신출귀몰하는 용병

諸葛亮大破魏兵
司馬懿入冠西蜀

촉한 건흥 7년(서기 229년) 여름, 4월. 공명은 군사를 기산에 출동시켜 영채를 세 군데로 나누어 놓고 위병을 기다리고 있었다.

한편, 사마의가 병사를 거느리고 장안에 도착하니, 장합이 전황을 보고했다. 사마의는 장합을 선봉, 대릉(戴凌)을 부장으로 삼고 군사 10만 명을 인솔하고 기산에 도착하자 위수 남쪽에 진을 쳤다. 그리고 곽회와 손례에게 5천 기를 거느리고 농서의 샛길로 무도(武都)·음평(陰平)으로 나가서 촉병의 배후를 찌르라고 명령했다. 그들은 도중에서 음평은 이미 왕평에게 격파되고 무도도 강유에게 빼앗겼다는 소식을 알고 군사들을 후퇴시키려고 했다. 이때 난데없이 포성이 들리더니 1군의 군마가 달려 나왔는데, '한승상 제갈량'이라고 크게 쓴 깃발을 휘날리며 한가운데에는 사륜거에 공명이 단정히 앉아 있고, 좌우로 관흥과 장포가 버티고 있었다.

공명이 껄껄껄 웃으며 소리를 질렀다.

"내가 사마의 따위에게 속을 줄 알았더냐? 무도도 음평도 벌써 내가 점령했다. 싸울 테냐, 항복할 테냐?"

곽회와 손례가 당황해서 어쩔 줄 모르는데 왕평·강유·관흥·장포가 또 덤벼드니 그들은 말을 버리고 산꼭대기로 기어올라가며 뺑소니를 쳤다. 그런데 공교롭게도 그들을 추격하던 장포가 산골짜기로 말을 탄 채 나뒹굴어 떨어졌다. 후군의 병사들이 구출해 보니 장포는 머리를 다쳐 공명은 장포를 성도로 보내서 치료하도록 했다.

곽회와 손례는 간신히 목숨만 건져 가지고 사마의에게 와서 모든 경과와 정세를 보고했다. 그랬더니 그것은 오로지 자기가 공명의 꾀에 넘어간 탓이라 하면서 다시 곽회와 손례를 옹성과 미성으로 보내서 그곳을 견고히 지키고 절대로 나와서 싸우지 말라고 명령했다. 두 사람이 떠나간 다음 사마의는 장합과 대릉을 불러서 1만 기를 거느리고 오늘밤 중으로 촉군의 본채를 뒤로 돌아들어가서 일제히 쳐들어가면 자기는 적군의 정면에 진을 치고 있다가 적군이 소동을 일으킬 때 공격을 가하겠다고 지시했다.

밤 3경쯤 되어서 장합과 대릉은 촉군의 배후를 치려고 30리 쯤 나갔는데, 선발대가 별안간 가로막혔다고 해서 말을 달려 나가 보니 시초를 잔뜩 실은 수레가 수백 대 앞을 막고 있었다. 장합이 후퇴하라고 명령하고 있을 때, 홀연 근처 산 속에서 횃불이 뻗쳐 오르더니 피리소리·북소리가 요란하며, 복병들이 달려 나와 그들을 포위했다. 공명이 기산 꼭대기에서 호통을 쳤다.

"사마의는 내가 무도·음평으로 백성들을 안정시키러 간 줄 알고 야습을 감행했을 것이다. 그대들은 이름도 없는 장수들이므로 목숨만은 살려 줄 테니 빨리 항복하라!"

　장합은 격분하여 공명에게 손가락질을 하면서 매도하고, 창을 휘두르며 말을 달려 덤벼들었지만, 산꼭대기에서 화살과 돌이 빗발치듯 하니, 포위망을 돌파하고 대릉을 구출해 가지고 뺑소니를 쳤다. 그의 무인지경을 달리듯 적진을 헤치는 놀라운 용맹에는 공명도 감복했다.

　"과거에 장비가 장합과 치열히 대결해서 사람들을 놀라게 했다는 말을 들었는데, 오늘에야 장합의 놀라운 무용을 보게 됐다. 이놈을 살려 두었다가는 반드시 후환이 있을 것이니 반드시 이놈부터 처치해 버려야겠다!"

하면서, 군사를 수습해 가지고 영채로 돌아왔다.

　한편 진을 쳐 놓고 촉군이 혼란을 일으키기만 기다리고 있던 사마의는 장합·대릉이 간신히 살아와서 보고하는 말을 듣고,

　"공명은 정말 신인(神人)이다. 우선 후퇴하는 것이 낫겠다."

하고 당장에 대군을 철수시켜 본채로 돌아가서 두 번 다시 나와서 싸우려 들지 않았다.

　공명은 큰 승리를 거두고 진지로 돌아왔는데, 며칠 계속 위연을 시켜서 도전했지만 위군은 통 싸우려 들지 않았다. 보름 동안이나 싸움을 쉬고 있는데 시중 비위가 조서를 받들고 나타났다. 그것은 그동안의 공훈이 혁혁하니 공명을 승상에 복직시킨다는 것이었다. 공명은 굳이 사양했으나, 비위의 간곡한 권고를 못 이기고 천자의 뜻을 거역할 길이 없어서 그대로 받아들였다.

　아무리 도전을 해봐도 사마의가 통 응하지 않으니 공명은 또 한 가지 계책을 생각하고, 각 진지에 일제히 철수령을 내렸다. 염탐꾼의 보고로 공명의 군사가 철수했다는 것을 알게

된 사마의는 또 공명의 꾀에 넘어가지나 않나 하고 장합과 상의한 결과 , 먼 곳까지 초마를 파견해서 실정을 탐지해 보았다. 초마가 돌아와서 알리는 말이 공명은 30리 밖으로 물러나가서 진을 쳤다는 것이었다.

열흘 동안이나 아무 동정이 없어서 초마를 또 내보내 봤더니, 공명의 군사는 이미 완전히 철수해 버렸다는 것이었다. 사마의는 이상하게 여기고 의복을 갈아입고 병사 틈에 끼여서 먼곳까지 나가서 동정을 살펴보니, 과연 촉군은 또다시 30리를 더 물러 나가서 진을 치고 있는 것이었다.

이것은 확실히 공명의 계책이라고 단정지은 사마의가 열흘 뒤에 또 초마를 내보내서 탐지해 보니 돌아와서 보고하기를, 공명은 또다시 30리를 더 후퇴해서 진을 치고 있다는 것이었다. 장합은 이것은 공명이 서서히 한중까지 후퇴해 가려는 계책이니 시급히 공격하자고 주장했지만, 사마의는 경솔히 움직이려 들지 않았다. 그러나 장합이 간곡히 졸라대어서, 군사를 두 갈래로 나누어서 장합을 앞장 내세우고, 사마의는 뒤에 숨어서 따라가기로 했다.

이튿날 장합과 대릉이 부장 수십 명과 정병 3만 명을 거느리고 출전하여 중간쯤 가서 진을 쳤다. 사마의는 진중에 대군을 주둔시켜 두고 불과 5천 명의 정병을 거느리고 뒤를 따라가고 있었다.

알고 보면, 공명은 이보다 앞서서 비밀리에 사람을 파견해서 초탐을 시키고 있었기 때문에 위병이 도중에서 쉬고 있다는 사실을 알고, 그날밤 여러 장수들을 모아 놓고 상의했다.

"이제 위병이 추격해 왔으니 필연코 결사적인 싸움이 벌어질 것이오. 그대들은 일당십(一當十)의 각오를 하시오. 나는 복병으로 그들의 배후를 끊을 테니까. 지용(智勇) 있는 장수가 아니고는 이 중대한 임무를 감당하지 못할 것이오."

말을 마치고 위연을 흘끗 쳐다봤지만 위연은 머리를 숙인 채 말이 없었다.

이때, 선뜻 나선 장수가 왕평이었다. 그는 목숨을 내걸고 한번 나가 싸워 보겠다는 것이었다. 공명이 왕평 한 사람만 가지고는 마음이 놓이지 않아서 누가 한 사람 더 같이 나갈 사람이 없느냐고 했더니, 뒤를 이어서 선뜻 나서는 장수가 바로 장익이었다 그 역시 만약에 실패하면 자기 수급을 바치겠다는 비장한 각오였다.

공명이 장익에게 말했다.

"그대가 나서겠다면 왕평과 함께 각각 정병 1만 명씩을 거느리고 산곡간에 숨어 있다가 위병이 쫓아오거든 그대로 지나쳐 가도록 내버려두었다가 각각 복병을 뒤로부터 동원해서 습격하시오. 만약 사마의가 뒤를 추격해 온다면 그때는 두 갈래로 군사를 나누어서 장익은 1군을 거느리고 후대(後隊)를 막고, 왕평은 1군을 거느리고 전대를 절단하시오. 양군이 결사적으로 싸워야 하오. 나는 나대로 다른 계책을 세워서 싸움을 거들 테니까."

두 장수는 계책을 받아 가지고 군사를 인솔하고 떠나갔다.

공명은 또 강유와 요화를 불러서 다음과 같이 명령했다.

"그대들에게는 내 비단주머니 한 개를 줄 테니, 정병 3천 명을 거느리고, 북소리도 내지 말고 깃발도 보이지 말고 앞산 꼭대기에 숨어 있다가, 위병이 만약에 양평과 장익을 포위하여 사태가 극도로 위급해지거든, 달려가서 구출할 생각을 하지 말고 이 비단주머니를 열어 보면 그 속에 위급을 면할 수 있는 계책이 들어 있을 것이오."

두 장수가 계책을 받고 떠나간 뒤에 공명은 오반·오의·마충·장의 네 사람을 불러서 귀에다 대고 속삭였다.

"내일 적군이 쳐들어오면 그 예기가 대단할 것이니 단번에 대적하지 말고 싸우는 체 물러나가는 체하다가, 관흥이 군사를 몰고 와서 진지를 습격하면 그대들은 곧 군사를 되돌려서 공격하시오. 나는 나대로 군사를 데리고 뒤를 받칠 테니까."

네 사람이 물러나간 다음, 이번에는 관흥을 불러들였다.

"그대는 정병 5천 명을 거느리고 산곡간에 숨어 있다가, 산 위에서 붉은 깃발이 휘날리거든 곧 군사를 몰고 진격하시오."

관흥도 계책을 받자 군사를 인솔하고 떠나갔다.

저편에서는 장합·대릉이 군사를 거느리고 질풍처럼 추격해 왔다. 마충·장의·오의·오반이 말을 나란히 하고 대적하려 드니 장합은 대로하여 군사를 몰고 덤벼들었다. 촉군은 싸움을 계속하면서 슬금슬금 꽁무니를 뺐다. 위군은 20리 가량이나 쫓아왔는데 때마침 6월, 여름 날씨가 불덩어리같이 뜨거워서 인마가 모두 땀이 비오듯 하고 50리 밖까지 달렸을 때에는 위군의 병사들은 모조리 숨이 끊어질 듯 쩔쩔매었다.

공명이 산 위에서 붉은 깃발을 한번 훌쩍 휘두르니, 관흥이 군사를 몰고 달려들었다. 마충 등 네 장수들도 일제히 군사를 거느리고 되돌아서서 맹렬한 공격을 가했다. 장합과 대릉은 한 걸음도 물러서지 않고 결사적으로 싸웠다.

이때 고함소리가 요란하게 일어나더니 홀연 양로의 군사가 노도처럼 달려드는데 바로 왕평과 장익이었다. 각각 있는 용맹을 다해서 적군의 후로를 차단해 버렸다. 장합이 여러 장수들에게 소리쳤다.

"이런 때 결사적으로 싸우지 않으면 언제 다시 싸워 보겠느냐!"

위병은 분연히 무찌르고 나갔지만 몸을 뛰쳐 나갈 도리가 없었다. 이때 배후에서 피리소리·북소리가 천지를 진동하더니 홀연 사마의가 친히 군사를 몰고 내달아서 여러 장수를 지휘하여 왕평과 장익을 포위해 버렸다. 장익이 소리를 질렀다.

"승상은 정말 신인이오! 미리 앞을 내다보셨소! 반드시 놀라운 계책이 있으실 것이니, 우리는 결사적으로 싸웁시다!"

그 즉시 양로로 군사를 나누어 가지고, 왕평은 1군으로 장합·대릉을 막아내고, 장익은 1군으로 사마의를 막아내니 양쪽에서 치열한 싸움이 벌어졌고, 아우성 소리가 하늘을 찔렀다.

강유와 요화는 산 위에서 이 광경을 보고 있었는데, 위병의 세력이 대단하여 촉병이 차차 위태로워지며 감당하기 어려워지는 것 같아서, 강유가 요화에게 말했다.

"이렇게 위급해졌으니, 비단주머니를 열고 계책을 봐야겠소."

두 사람이 주머니를 열어 보니 그 안에는 다음과 같이 적혀 있었다.

'사마의의 군사가 쳐들어와서 왕평과 장익을 포위하고 정세가 급박해지거든, 그대들 둘은 두 갈래로 갈라져서 사마의의 영채를 습격하라. 사마의는 급히 후퇴할 것이다. 이 어지러운 틈을 타서 그대들은 맹공을 가하라. 영채는 점령하지 못한다 할지라도 전체적으로 승리를 거둘 수 있을 것이다.'

두 장수는 크게 기뻐하면서 곧바로 군사를 두 갈래로 갈라

가지고 사마의의 영채를 습격하려고 달려갔다.

사마의는 공명의 계책에 빠지지나 않을까 해서 연도(沿途)에 쉴새없이 사람을 보내서 전보(傳報)를 받고 있었다. 그가 전장을 지휘하는데 여념이 없을 때, 홀연 유성마(流星馬—전령)가 급보를 던지는데, 촉병이 두 갈래로 갈라져서 대채를 습격하러 달려든다는 것이었다.

사마의는 대경실색하여 여러 장수들에게 말했다.

"나는 공명이 계책을 쓸 줄 알고 있었는데, 그대들이 내 말을 믿지 않고 억지를 써 가며 추격을 하더니 결국 일을 그르치게 됐소!"

사마의는 그 즉시 군사를 철수시켰다. 군심이 황황하여 뿔뿔이 뺑소니를 치는데, 장익이 뒤에서 무찌르며 달려드니 위병은 대패하는 수밖에 없었다. 장합과 대릉도 정세가 불리함을 알자 산을 향하여 좁은 길로 뺑소니를 쳤다. 촉병은 큰 승리를 거두고 관흥은 배후에서 군사를 인솔하고 각로의 뒤를 받쳤다.

사마의가 대패하여 영채로 달려 들어가니 촉병은 이미 철수하고 없었다. 사마의는 패잔병을 수습하고 나서, 여러 장수들을 책망했다.

"그대들은 병법을 모르고 단지 혈기만 믿고 억지로 나가 싸우더니 이런 실패를 가져오고야 말았소. 이제부터는 절대로 경거망동을 용납하지 않을 것이오. 또다시 명령에 복종치 않는다면 군법으로 다스리겠소."

여러 장수들은 부끄러워 얼굴을 들지 못하며 물러났다. 이번 싸움에 위군은 죽은 병사가 극히 많았고, 내버린 마필(馬

匹)·기계(器械)가 부지기수였다.

공명은 승군(勝軍)을 수습해 가지고 영채로 돌아와서, 연거푸 군사를 동원하여 진격하려고 했다. 이때 홀연 성도로부터 온 사람이 장포가 죽었다는 소식을 전했다. 공명은 그 말을 듣더니 방성통곡, 입에서 피를 토하더니 그 자리에서 졸도했다. 여러 사람들이 급히 조치하여 정신을 차리게 했으나, 공명은 이때부터 병을 얻어 자리에 누운 채 일어나지 못했다.

여러 장수들이 부하를 사랑하는 공명에게 감격하지 않는 사람이 없었다.

열흘쯤 지나서 공명은 동궐(董厥)·번건(樊建)을 장 안으로 불러들여 분부했다.

"나는 정신이 혼미하여 일을 처리하지 못하겠소. 우선 한중으로 돌아가서 휴양하고 다시 대책을 강구하는 게 좋겠소. 그대들은 절대로 이런 소문이 누설되지 않도록 하시오. 사마의가 안다면 반드시 또 쳐들어올 것이오."

그 즉시 지령을 내리고 그날밤 중으로 비밀리에 영채를 철수해 가지고 전군이 일제히 한중으로 돌아가 버렸다.

공명이 철수한 지 닷새 만에야 사마의는 그 소식을 알고 장탄식을 했다.

"공명에게는 정말 신출귀몰한 계책이 있구나! 나는 도저히 그를 당해 낼 수 없다!"

사마의는 여러 장수들을 영채에 남겨 두어 군사를 나누어 각기 요로를 수비하도록 하고, 자기는 군사를 수습해 가지고 돌아갔다.

공명은 대군을 한중에 주둔시켜 두고 성도로 돌아온 후부터 병세가 나날이 좋아졌다.

한편 위나라 도독 조진은 건흥 8년(서기 230년) 가을 7월에 병이 완쾌됐다. 표를 올려서, 시원한 가을도 됐고 하니 사마의와 더불어 대군을 동원하여 중원을 들이쳐서 간당을 격멸하고 변경을 숙청하겠다고 했다.

위주가 크게 기뻐하여 시중 유엽(劉曄)과 상의했더니, 그 역시 국가를 위하여 대환을 제거하기에 좋은 기회라고 극력 찬성했다.

유엽이 집으로 돌아갔더니 여러 대신들이 찾아와서 물었다.

"듣자니 천자께서는 공과 더불어 군사를 동원하여 촉나라를 토벌할 계획을 세우셨다는데 이게 어찌된 일이오?"

"그런 일이 없었소. 촉나라는 산천이 험준하여 쉽사리 공격할 수 없으니 군마의 노력만 헛되이 할 것이고 국가에 무익한 노릇이오."

양기(楊暨)가 조정에 들어가서, 유엽은 어제까지는 촉나라 토벌을 찬성했다는데, 오늘은 그런 일이 없다니 폐하를 속이는 게 아니냐고 물었다.

조예가 곧바로 유엽을 불러들여서 어찌된 까닭이냐고 물었더니, 유엽이 대답했다.

"신이 곰곰 생각해 보니 역시 촉나라는 토벌할 수 없습니다."

조예가 껄껄껄 웃었다. 얼마 있다가 양기가 물러난 다음에 유엽이 아뢨다.

"신이 어제 폐하께 촉나라 토벌을 권했사옴은 일국의 대사입니다. 어째서 섣불리 누설하겠습니까? 무릇 싸움이란 궤도

(詭道)이오니 사전에 절대로 비밀을 누설해서는 안 됩니다."

조예가 그제야 선뜻 깨달았다.

"경의 말이 지당하오."

이때부터 조예는 유엽을 더욱 공경하게 되었다.

열흘쯤 되어서 사마의가 또 입조했다. 위주가 조진이 표를 올렸다는 말을 했더니, 사마의도 이제야말로 촉을 토벌하는데 절호의 기회라고 찬성했다.

조예는 당장에 조진을 대사마 정서대도독(征西大都督), 사마의를 대장군 정서부도독, 유엽을 군사(軍師)에 임명했다. 세 장수들은 위주와 작별하고 40만 대군을 거느리고 장안에 도착하자 검각(劍閣)으로 달려들어서 한중을 공략하려고 했다. 그밖에 곽회·손례 등도 각각 다른 길로 출동했다.

한중 사람이 성도에 이런 사실을 보고했다. 이때 공명은 병이 이미 완쾌되었고, 매일 인마를 조련하여 팔진법(八進法)을 가르쳤더니 모두 정통하고 익숙해져서 중원을 공략하려고 하던 판이었다. 이 소식을 듣자 공명은 장의와 왕평을 불러서 분부했다.

"그대들 둘은 먼저 군사 1천 명을 거느리고 진창(陳倉)으로 가서 위병을 막아내시오. 나는 대병을 인솔하고 뒤를 받칠 테니……."

두 장수가 말했다.

"사람들의 말에 의하면 위군은 40만이라는데 8만이라 거짓 말하고 있으며, 성세가 대단하다고 하는데, 어찌 1천 명의 군사를 가지고 요로를 지키겠습니까? 위병이 대거 습격해 온다면 뭣으로써 막아내겠습니까?"

"내가 군사를 많이 준다면 도리어 사졸들이 고생할까 봐 그러는 거요."

장의와 왕평은 서로 얼굴만 쳐다보며 감히 나서지를 못했다. 공명이 또 말했다.

"만약에 실수가 있다면 그것은 그대들의 죄는 아닐 것이니, 여러 말 말고 빨리 나가시오."

두 장수가 또 애원했다.

"승상께서 저희들 둘을 죽이시고 싶으시면 이 자리에서 그냥 죽여 주십시오. 도저히 나가지 못하겠습니다."

공명이 웃으면서 말했다.

"무슨 어리석은 짓이오! 내가 그대들 보고 나가라고 했을 때에는, 나도 주견(主見)이 있어서 그러는 것이오. 어젯밤에 천문을 봤더니 필성(畢星)이 태음(太陰)의 범위 안에 들어 있으니, 이 달 안으로 반드시 큰비가 퍼부을 것이오. 위병이 40만이라 할지라도 어찌 감히 산 속의 험준한 곳에 들어갈 수 있겠소? 이런 까닭으로 많은 군사가 필요 없고 또 절대로 해를 입지 않을 것이오. 나는 대군을 한중에 두어서 한 달 동안 편안히 있다가, 위병이 물러나가기를 기다려서 그때 대거 습격하자는 것이오. 편히 쉬어 가지고 피곤한 군사를 대적하자는 것이니까, 우리는 10만의 수효만 가지고도 위병 40만을 거뜬히 이겨낼 수 있단 말이오."

두 장수가 기뻐하며 떠나가자, 공명은 그 뒤를 따라서 대군을 통솔하고 한중으로 나가 각처 요로에 지령을 내려서 마른 시초(柴草)와 양식을 한 달 동안 지탱할 만큼 준비하여 가을 장마를 막아낼 수 있게 하라고 지시했으며, 대군에게 의복을 미리 주어서 출정을 기다리고 있으라고 했다.

 한편, 조진과 사마의는 진창성 안으로 들어섰는데, 공명이 불을 지르고 철수했기 때문에 집이라곤 한 채도 없었다. 조진이 그 즉시 진창길로부터 군사를 출동시키려고 하니, 사마의가 말렸다. 그 까닭은 공명이 천문을 본 것과 같이 사마의도 어젯밤에 천문을 보니, 이 달 안으로 큰비가 내리고 장마가 질 것이니 인마를 고생시키고 깊이 쳐들어가는 것이 불리하다는 것이었다.

 조진은 사마의의 의견을 따랐다. 그랬더니 한 달도 못 되어서 연일 큰비가 퍼붓고 진창성 밖에는 평지에도 물이 석 자(三尺)나 괴어서 사람들이 잠잘 곳도 없는 형편이었다. 비가 30일 동안이나 계속오니 말은 양초도 없어 수없이 죽어 넘어지고 군사들의 원성이 그칠 줄을 몰랐다. 이런 소식이 낙양에 전달되자 위주는 단을 마련하고 날이 개기를 빌었지만 아무 소용도 없었다. 이때 황문시랑(黃門侍郞) 왕숙(王肅)이 상소(上疏)하여, 이런 장마 속에서는 군사를 펼칠 수도 없고 군량을 운반하기도 힘드니 사졸만 고생시키지 말고 군사를 거두어들임이 현명한 방법이라고 권고했다.

 위주가 그 표를 다 보고도 망설이기만 하고 용단을 내리지 못하고 있는데 양부·화흠도 또한 상소하여 간하니, 위주는 곧바로 조명(詔命)을 내리고 칙사를 파견해서 조진과 사마의를 조정으로 불러올리기로 했다.

 조진이 사마의와 상의했다.

 "30일 동안이나 날이 궂어서 군사들은 싸울 생각이 없고 저마다 돌아갈 생각만 하고 있으니 어떻게 하면 좋겠소?"

"우선 돌아가는 게 좋겠습니다."

"공명이 추격하면 어떻게 물리치겠소?

"먼저 양군을 이곳에 매복시켜 두어서 후방을 끊어 버리면 돌아갈 수 있습니다."

이런 상의를 하고 있을 때 홀연 사신이 나타나며 돌아오라는 명령을 전달했다. 두 사람은 대군의 전대를 후대로 삼고 후대를 전대로 삼아 서서히 후퇴했다.

공명이 따져 보니 한 달 동안이나 가을비가 계속되고도 날씨가 들지 않으니 친히 1군을 거느리고 성고(城固)에 주둔하고 대군에게 지령을 내려 적파(赤坡)에 집결하여 주차(駐箚)하라고 했다.

공명이 장에 나와 여러 장수들을 불러 놓고 말했다.

"내 생각에는 위병이 반드시 철수할 것이고, 위주가 반드시 조명을 내려서 조진·사마의를 불러올릴 것이오. 우리가 그것을 추격하면 저편에서도 준비가 있을 것이니, 그대로 내버려 두고 다시 좋은 계책을 세우는 게 좋겠소."

홀연 왕평이 사람을 보내서 보고하기를, 위병이 이미 철수했다는 것이었다. 공명은 그 사람에게 분부하기를 위병을 격파할 계책이 따로 있으니, 왕평더러 추격하지 말라 전하라고 했다.

이야말로 위병이 제아무리 복병에 능하다 해도, 한나라 승상은 도무지 추격하려 들지 않는다.

100. 사람을 죽인 편지 한 통

漢 兵 劫 寨 破 曹 眞
武 侯 鬪 陣 辱 仲 達

공명이 위군을 추격하지 않는데 대해, 여러 장수들은 까닭을 알 수 없어서, 이런 좋은 기회를 어째서 놓쳐 버리는 것이며, 또 어째서 공명이 번번이 기산으로만 출전을 하느냐고 질문했다. 그러자 공명은 다음과 같이 대답했다.

"사마의는 군사를 철수함에 있어서 반드시 복병을 숨겨 둘 것이므로, 그를 충분히 후퇴시켜 놓고 사곡을 거쳐 기산으로 나가서 기습을 가하자는 것이며, 기산은 장안의 머리와 같은 지점으로, 농서 각 군에서 군사가 출동하려면 반드시 경유해야만 되는 곳이니, 나는 한 걸음 앞서서 그곳을 점령해서 지리(地利)를 얻자는 것이오."

이리하여 공명은 위연·장의·두경(杜瓊)·진식(陳式)을 기곡으로, 마대·왕평·장익·마충을 사곡으로 향하게 하여 다시 기산으로 집결하도록 명령하고, 자기는 친히 대군을 거느리고 관흥·요화를 선봉으로 삼고 그 뒤를 쫓아서 떠났다.

한편 조진과 사마의는 후군에 있으면서 열흘 동안이나 전진을 계속해도 촉군의 병사라고는 하나도 구경할 수 없었다. 여기서 조진과 사마의는 내기를 했다. 조진은 촉병이 다시는 나타나지 않을 것이니 자기 말이 틀리면 천자가 하사한 옥띠와 어마(御馬) 한 필을 사마의에게 주겠다 했고, 사마의는 열흘을 기한으로 해서 촉병이 반드시 나타날 것이므로 자기 말이 틀리면 얼굴에 홍분(紅粉)을 바르고 여자 옷을 입고 영중에 나타나 복죄(伏罪)하겠다고 했다.

군사를 양로로 나누어 가지고 조진은 기산 서쪽 사곡 어귀에, 사마의는 기산 동쪽인 기곡 어귀에 진을 쳤더니 부장 한 사람이 불평 불만을 혼잣말처럼, 장마통에는 돌아갈 생각을 하지 않고, 이제 와서 무슨 장난 같은 내기를 한다고 또 진을 치는지 도무지 알 수 없다는 말을 뇌까렸다. 잡병(雜兵)으로 변장을 하고 각 진지를 순찰하던 사마의가 이 말을 듣고 당장에 여러 부장들을 모아 놓고 무사(武士)에게 명령하여 그 부장을 장하로 끌어내서 목을 베어 버렸다. 여러 장수들은 그제야 간담이 서늘하여 물러나갔다.

한편 촉장 위연·장의·진식·두경 등이 2만의 군사를 거느리고 기곡을 향해서 전진하고 있을 때, 참모 등지가 달려들며 공명의 명령을 전달했다. 그것은 기곡으로 나갈 때에는 복병이 없는지 조심하고 경솔한 행동을 절대로 하지 말라는 것이었다.

이 말을 듣더니 진식이 공명은 생각이 너무 지나치게 많다느니, 또 그렇게 꾀가 많은 사람이 지난번에는 어째서 가정을 빼앗겼냐는 둥 하면서 공명을 비웃었다. 옆에 있던 위연도 예전에 공명이 자기 말을 듣고 자오곡(子午谷)으로 나갔다면 지금쯤 장안은 그만두고라도 낙양까지는 들어가 있을 것이라고 하면서 역시 공명을 비웃었다.

그러자 진식은 등지가 간절히 말리는 것도 물리치고 5천 기를 거느리고 기곡 어귀로 향해 버려서 등지는 하는 수 없이 공명에게 이런 실정을 급히 보고했다.

진식은 병사를 거느리고 채 몇 리도 나가지 못해서 적군의 복병의 맹렬한 습격을 받고 위연·두경·자의에게 구출을 받아서 간신히 위기를 모면했는데, 4, 5백 명밖에 남지 않은 병사들도 모두 부상을 입었고, 그제야 진식과 위연은 공명의 귀신 같은 선견지명을 생각하고 후회하여 마지않았으나, 이미 어찌할 도리가 없었다.

등지가 공명에게 돌아가서 위연과 진식이 비웃던 태도를 그대로 전했더니, 공명이 말했다.

"위연은 평소부터 반상(反相)이 있는 인물로서, 항시 불평을 품고 있는 것을 나는 알지만 그의 용맹을 아껴서 기용하고 있는데, 오래 되면 반드시 해를 끼칠 것이오."

공명이 이런 말을 하며 웃고 있을 때에 전령이 달려들며 진식이 병사 4천여 명을 죽이고 불과 4, 5백 기가 산곡간에 진을 치고 있다는 소식을 전했다.

공명은 등지를 다시 기곡으로 보내서 진식이 배반할 생각을 품지 않도록 잘 위로해 주라 명령했고, 한편 마대와 왕평을 불러서 사곡에 만약 적병이 있거든 부하를 거느리고 산을 넘어서 낮에는 숨고 밤에만 진군하여 시급히 기산 왼쪽으로 나와서 신호의 불길을 올리라고 지시했다.

또 마충과 장익을 불러서 역시 같은 방법으로 기산 오른쪽으로 나가서 신호의 불길을 올리고 마대·왕평과 함께 조진의 영채로 쳐들어가라고 명령했다. 그리고 자기는 산곡간의 중간에서 정면으로 쳐들어가면 3면 공격으로 위군을 격파할 수 있으리라는 것이었다.

관흥과 요화에게도 귓속말로 무슨 밀계를 주어서 떠나 보냈다. 그러고 나서 공명 자신은 정병을 거느리고 진군을 개시했는데 도중에서 또 오반·오의를 불러서 밀계를 주고는 병사를 거느리고 앞장서서 먼저 떠나가도록 했다.

조진은 촉군의 정세가 어떻게 변했다는 것도 전혀 모르고, 병사들을 열흘 동안만 푹 쉬게 하면 사마의에게 망신을 줄 수 있으리라 생각하고, 7일째 되던 날 부장 진량(秦良)을 내보내서 5천 기를 주어 동정을 살피게 했다.

진량은 5, 60리나 앞으로 나갔건만 촉군의 병사가 보이지 않으니 병사들을 말에서 내려서 쉬도록 지시하고 있던 중인데, 홀연 사방에서 고함소리가 일어나더니 앞에서 오반·오의, 배후로부터 관흥·요화가 덤벼들었다. 좌우는 산이라서 몸을 피할 곳이 전혀 없었다. 산꼭대기에서 촉병들이 항복하라고 호통을 치는 바람에 위병은 태반이 투항해 버렸고, 진량은 미친 듯이 날뛰며 싸우다가 요화의 칼을 맞고 목이 달아났다.

공명은 항복한 군사들을 후군 속에다 섞어 버리고 군복과 갑옷을 벗겨서 촉병 5천 명에다 입혀서 위병처럼 변장을 시킨 다음, 관흥·요화·오반·오의 네 장수에게 인솔시켜 조진의 영채로 향하게 했다. 또 미리 보마(報馬)를 조진의 영채로 보내서 몇 명 남았던 촉병까지 모조리 도주했다고 떠들어대게 했다. 조진이 기뻐하고 있는데 사마도독에게서 심복 부하가 왔다고 하면서 다음과 같은 말을 전달했다.

"촉병이 매복계를 써서 위병 4천여 명을 죽였습니다. 사마
도독께서는 장군께 내기한 것은 생각지 마시고 조심조심 방비
하시도록 여쭈라고 하셨습니다."

조진은 그래도 촉병이 남아 있으리라고는 꿈에도 생각지 않
았다. 이때 또 진량이 병사를 거느리고 돌아왔다는 보고가 들
어오는지라, 조진은 장 밖으로 나가서 그를 영접하려고 했더
니, 그것은 터무니 없는 거짓말이고, 영채 뒤에서 난데없이 불
길이 치밀어 올랐다. 거기에다가 관흥·요화·오반·오의가
정면에서부터, 마대·왕평이 뒤쪽에서, 마충·장익까지 촉병
을 거느리고 일제히 집중공격을 가하니 조진은 죽을 힘을 다
해서 말을 달려 도주했다. 홀연 또 고함소리가 일어나더니 1
군의 군마가 달려들었다. 조진이 부들부들 떨면서 보니 그것
은 사마의의 군사였다. 사마의가 결사적으로 싸워 주었기 때
문에 촉병은 물러가고 조진은 간신히 목숨을 건지게 됐으니
그 부끄러운 마음이야 이루 형언키도 어려웠다.

"중달(사마의)은 어떻게 내가 이번에 대패한 걸 알았소?"

"한 군사가 촉병은 하나도 없다고 보고하는 것을 보고 공명
이 암암리에 영채를 습격하리라고 생각했기 때문에 싸움을 거
들어 드리려고 달려왔더니 과연 그의 계책에 빠졌습니다. 내
기했던 일은 말씀하지 마시고 서로 합심하여 국가에 보답하도
록 합시다."

조진은 심히 황공하여 울화가 치밀어 병이 나서 자리에 누
운 채 일어나지 못했다. 군사를 위수 강변에 주둔시켜 놓고
사마의는 군심이 어지러워질까 염려되어 조진에게는 군사를
인솔하지 못하도록 했다.

한편, 공명이 사마(士馬)를 총동원하여 다시 기산으로 나와서 병사들의 수고를 위로해 주자, 위연·진식·두경·장익은 장중으로 들어와 꿇어 엎드려서 죄를 청했다. 공명이,

"누가 군사를 잃게 했소?"

하니, 위연이 대답했다.

"진식이 호령에 응하지 않고 산곡간 어귀로 잠입했기 때문에 이렇게 대패한 것입니다."

진식이 아뢰기를,

"이번 일은 위연이 저더러 나가라고 한 것입니다."

하니 공명이 말했다.

"위연이 그대를 구출했는데 도리어 책임을 전가하려 들다니! 명령을 위반했으면 구구한 변명은 필요없소!"

당장에 무사에게 명령하여 진식을 밖으로 끌고 나가 참형에 처하라 했다. 얼마 있다가 수급을 장전(帳前)에 내걸고 모든 장수들에게 보여 주었다. 이때 공명이 위연의 목을 베지 않은 것은 나중을 위해서였다.

공명이 진병의 대책을 상의하고 있는데 염탐꾼이 보고하기를, 조진이 병들어 일어나지 못하고 현재 영중에서 치료받고 있다는 것이었다. 공명이 크게 기뻐하며 여러 장수들에게 말했다.

"조진의 병세가 가벼웠다면 반드시 장안으로 돌아갔을 것이오. 현재 위병이 물러가지 않는 것은 반드시 그의 병세가 위중하기 때문이며, 군중에 남아서 중심을 안정시키자는 것이오. 내가 편지 한 통을 써서 투항해 온 진량의 병사를 시켜서 조진에게 보내면, 조진은 이것을 보고 꼭 죽고 말 것이오."

　공명은 투항해 온 병사들을 모아 놓고 부모 처자 생각이 간절한 그대들을 고국으로 보내줄 테니 조진에게 편지 한 통을 전해 주면 반드시 후히 상을 내릴 것이라고 했다. 위군 투항병들은 감격해서 눈물을 흘리며 편지를 받아 가지고 본채로 달려가서 조진에게 전달했다.

　조진은 병든 몸을 간신히 일으켜서 편지를 뜯어 봤다. 편지의 사연은 아래와 같다.

　한나라 승상, 무향후(武鄕侯) 제갈량은 대사마 조자단(曹子丹) 앞에 글을 보내노라. 곰곰 생각컨대, 대저 장수된 자는 거취를 판단할 줄 알고, 유강(柔剛)을 알아야 하며 진퇴, 강약을 분간할 줄 알아야 하는 것이니, 움직이지 않으면 산악(山岳)과 같이 무거우며, 속을 들여다볼 수 없기가 음양(陰陽)과 같고, 무궁하기 천지와 같고, 충실하기 태창(太倉—京師의 積穀倉)과 같고, 호묘(浩渺)하기 사해(四海)와 같고, 현요(眩曜)함이 삼광(三光—日月星)과 같아서 가뭄과 장마를 미리 알아야 하고, 지리의 평강(平康)함을 먼저 알아서 진세의 기회를 통찰하고 적의 장단점을 헤아릴 줄 알아야 하리로다.

　섭섭하게도, 그대 무학(無學)한 후배가 위로 하늘에 거역하여 나라를 찬탈하려는 반적(反賊)을 돕고 낙양에서 제호(帝號)를 일컫고, 남은 병사를 사곡으로 몰아 진창에서 장마비를 만나게 하여 물과 땅에 곤핍케 하고 군사와 말을 미친 듯이 날뛰게 하였도다! 집어던져 벌판에 가득 찬 투구와 갑옷, 내버려서 땅을 뒤덮은 칼과 창! 도독은 마음이 허물어지고 담이 찢어졌고, 장군은 쥐구멍을 찾아 뺑소니를 치는 낭망(狼忙)한

꼴, 차마 볼 수 없었도다! 관중(關中)의 부로(父老)를 볼 면목이 없고 무슨 낯으로 상부(相府)의 청당(廳堂)엘 들어설 수 있을 것이냐! 사관(史官)은 붓을 들어 기록할 것이며 백성은 입을 모아 이를 비웃을 것이다. 중달은 싸움이란 말만 들어도 겁을 집어먹고, 자단은 바람만 보아도 황황히 뺑소니를 쳐 버렸도다! 우리 군사는 병사가 강하고 말이 굳세며 대장들은 용과 같이 날쌔고 범과 같이 사납도다! 진천(秦川)을 휩쓸어 평지를 만들고 위나라를 소탕하여 황무지로 만들리라!

조진은 다 보고 나더니 울화가 가슴에 뭉쳐 밤이 되자 군중에서 절명했다. 사마의는 수레에 시체를 싣고 낙양으로 사람을 파견하여 안장하였다.

위왕은 조진이 죽었다는 소식을 듣자 곧바로 조명을 내려 사마의에게 출전을 재촉했다. 사마의는 대군을 거느리고 공명과 대결하려고, 하루의 여유을 두고 먼저 전서(도전장)를 보냈다.

공명이 여러 장수에게,

"조진이 죽고야 말았구나!"

하면서, 내일 대결하여 싸우겠다는 답장을 써서 사자에게 주어 보냈다. 공명은 그날밤으로 강유에게 밀계를 주어서 여차여차하라 했고, 또 관흥을 불러서 여차여차하라고 분부했다.

이튿날, 공명은 기산의 군사를 총동원하여 위수 강변으로 진출했는데, 이곳은 한쪽은 강이고 한쪽은 산이며 중앙은 평천광야(平川曠野)로서 가장 좋은 싸움터였다.

양군은 서로 대치하게 되자 진각(陣角)을 화살로 쏘아 맞히고, 북소리가 세 번 울리자, 위군의 진중에서 문기가 훌쩍 걷어 올려지더니 사마의가 출마하고, 여러 장수들이 그 뒤를 따라 나섰다.

공명이 사륜거 위에 단정히 앉아서 손으로 우선을 흔들고 있는 것이 보이자, 사마의가 말했다.

"우리 주상께서 요제(堯帝)가 순제(舜帝)에게 즉위를 물리신 법도를 따라서 이제(二帝)나 전위(傳位)하시고 중원에 좌진(座鎭)하시어 그대 촉·오 두 나라를 용납하심은 오주께서 관자인후(寬慈仁厚)하셔서 백성을 상할까 두려워하신 탓이로다. 그대는 남양의 일개 농사꾼으로 천수(天數)를 모르고 강제로 남의 땅을 침범하니 이치로 따져서 마땅히 진멸해야 하겠도다! 만약에 마음을 바로 먹고 잘못을 뉘우친다면 마땅히 속히 돌아가서 각각 국경을 지켜 솥발같이 세 곳으로 맞선 형세를 형성하여 생령을 도탄에 빠지지 않게 하고, 그대들도 온전히 살 길을 얻도록 할지어다!"

공명이 웃으면서 말했다.

"나는 선제께서 폐하를 맡기신 중책을 받고 있거늘 어찌 전력을 기울여 적을 토벌하지 않을 것이랴? 그대 조씨는 머지않아 한나라에게 멸망할 것이다. 그대 조부가 모든 한신(漢臣)으로 대대로 한록(漢祿)을 먹어 왔는데도 보답할 생각은 하지 않고 도리어 찬역을 도우면서 어찌 부끄러움을 모르느냐?"

사마의가 만면에 부끄러움을 띠고 말했다.

"내 그대와 자웅을 결하겠다. 그대가 만약에 이긴다면 나는 대장 노릇을 그만두겠다! 그대가 만약에 패할 때에는 빨리 고향으로 돌아가거라. 내가 해치지는 않을 것이로다!"

"그대는 장수를 가지고 싸우자는 건가, 병사를 가지고 싸우자는 건가, 그렇지 않으면 진법을 가지고 싸우자는 건가?"

"먼저, 진법을 가지고 싸우자."

"어디 먼저 진을 쳐 보아라!"

사마의가 중군 장하로 들어가더니 손에 황기(黃旗)를 잡고 그것을 흔들어서 군사를 좌우로 움직여서 진을 펼쳐 놓고 다시 말에 올라 진두에 나와 물었다.

"그대는 나의 이 포진법을 아는가?"

공명이 웃으며 대답했다.

"우리 군중에서는 말장까지도 모두 이런 진을 칠 줄 안다! 이것은 '혼원일기진(混元一氣陣)'이라는 것이다."

"그러면 그대가 한번 진을 쳐 봐라."

공명이 진지로 들어가더니 우선을 한번 휘두르고 다시 진두에 나와서 물었다.

"그대는 나의 이 진법을 아는가?"

"'팔괘진(八卦陣)'이다. 왜 모르겠는가?"

"아는 것은 아는 것이고, 그러면 나의 진을 쳐부술 수 있겠는가?"

"진법을 아는 이상 왜 쳐부수지 못하랴!"

"어디 한번 쳐부숴 보라."

사마의가 본진으로 돌아가서 대릉·장호·악침 등 세 장수를 불러서 분부했다.

"지금 공명이 쳐 놓은 진은 휴(休)·생(生)·상(傷)·두(杜)·경(景)·사(死)·경(驚)·개(開)의 팔문(八門)에 의해서 된 것이오. 그대들은 정동(正東)의 생문(生門)으로 쳐들어 가서 서남쪽의 휴문(休門)으로 무찌르며 나가고, 다시 정북 (正北)의 개문(開門)으로 쳐들어가면 이 진을 격파할 수 있을 것이오. 조심해서 실수 없도록 하시오."

이리하여 대릉이 한가운데, 장호가 앞장을 서고, 악침이 뒤 에서 각각 30기를 거느리고 생문으로 쳐들어갔다. 양군은 고 함을 지르며 응원했다. 세 사람이 촉진으로 쳐들어가기는 했 으나, 그 진은 마치 성을 둘러싼 것 같아 도무지 뚫고 나올 수 가 없었다.

세 사람은 당황하여 병사들을 거느리고 진의 모퉁이를 돌아 서 서남쪽으로 무찌르고 나갔지만 거기서는 촉병이 쏘는 화살 에 가로막혀서 뚫고 나갈 수 없었다. 진중에는 겹겹이 문호 (門戶)가 있는데, 어느쪽이 동서남북인지 분간할 수가 없었 다. 세 장수들은 서로 돌볼 겨를도 없이 닥치는 대로 마구 들 이치고 나가니, 수운(愁雲)이 막막하고 참무(慘霧)가 몽몽(濛 濛)한 가운데 고함소리가 요란하게 일어나는 속에서 위병은 모조리 결박당해 중군으로 끌려갔다.

공명은 장중에 앉아 있고, 그 좌우로 장호·대릉·악침과 90명의 병사가 모두 장하에 결박당한 채 있었다. 공명이 웃으 며 말했다.

"내 그대들을 붙잡기는 했지만, 이게 무슨 대단한 일이랴! 그대들을 놓아서 돌려보내 줄 것이니, 사마의에게 병서를 더 읽고 전책(戰策)을 더 잘 세워 가지고 그때 나와서 자웅을 결 해도 늦지는 않다고 전해라. 그대들의 목숨은 살려 주었으니 까 군기와 말은 두고 가야 한다."

마침내 여러 병사들의 의복을 벗기고 얼굴에다 먹칠을 해서 진 밖으로 내보냈다. 사마의가 그 광경을 보고 격분하여 여러 장수들을 보고 소리쳤다.

"이렇게 예기를 꺾였으니, 무슨 면목으로 중원에 돌아가 대신들을 볼 수 있겠소!"

그 즉시 3군을 지휘하여 결사적으로 진지를 습격했다. 사마의는 친히 칼을 손에 잡아들고 효장(驍將) 백여 명을 거느리고 진지를 무찌르도록 독려했다.

양군이 맞닥뜨렸을 때, 홀연 진 뒤에서 북소리·피리소리가 요란히 일어나더니, 고함소리가 천지를 진동하며 1군의 군사가 서남쪽에서부터 달려드는데, 그것은 바로 관흥이었다. 사마의는 후군을 시켜서 막아내도록 하고 그대로 군사를 독려하며 앞으로 무찌르고 나갔다. 홀연 위군의 병사들이 일대 혼란을 일으켰다. 알고 보니 강유가 1군을 거느리고 덤벼든 것이었다. 촉병이 3로로 협공을 가하니 사마의는 대경실색하여 급히 군사를 뒤로 물렸다.

촉병이 여기저기 주위에서 쇄도하니 사마의는 3군을 거느리고 남쪽을 향하여 결사적으로 뚫고 달아났다. 위병은 10명 중 6, 7명이 부상을 입었고, 사마의는 위수 강변으로 퇴각하여 남안(南岸)에 영채를 마련하고 단단히 지키면서 나오지 않았다.

공명이 승리한 군사를 수습해 가지고, 기산으로 돌아오니, 영안성(永安城)의 이엄이 파견한 도위(都尉) 구안(苟安)이 양식을 운반해 가지고 군중에 바치러 왔는데, 이 구안이란 자가 술을 좋아하여 도중에 게으름을 피웠기 때문에 기일보다 열흘이나 늦게 도착되었다.

공명이 격분하여 당장 끌어내서 참하라고 호통을 치니, 장사 양의가 말하기를, 군량을 서천에 의존하고 있는데, 이자를 죽이면 앞으로 군량을 운반하는 데 지장이 있을 것이니 용서해 주라고 하자 공명은 결박한 줄을 풀어 주고 곤장 80대를 때려서 놓아 보냈다.

그랬더니, 구안이 마음속에 원한을 품고 밤을 새워가며 부하 5, 6기를 거느리고 위군의 영채로 달려가서 투항해 버렸다. 사마의를 만나 보고 연유를 고백했더니, 사마의는 한 가지 공로를 세워 주면 천자께 아뢰어 상장(上將)으로 천거하겠다고 말했다.

"성도로 가서 유언(流言)을 퍼뜨려라. 공명이 주상을 원망하는 마음이 있어서 조만간 칭제(稱帝)할 것이라고 해서, 그대의 주상이 공명을 성도로 불러가게만 하면 그대의 공로로 인정하겠다."

구안은 사마의 말대로 성도로 달려가, 공명이 자기의 공로를 내세우고 조만간 국가를 찬탈할 것이라는 소문을 환관들 사이에 퍼뜨렸다.

후주는 이 풍문을 곧이듣고 당장에 조명을 내려서 공명에게 군사를 철수시키고 돌아오라 했다. 공명은 주상이 나이 어린데다가 곁에 반드시 망신(俟臣)이 있어서 이런 철수령이 내렸다는 것을 짐작했지만 후주의 명령을 거역할 수가 없어서 돌아가기로 결정했다.

강유가 대군이 후퇴한 뒤 사마의가 추격해 올 것을 걱정했더니, 공명은 후퇴하는 방법을 다음과 같이 지시했다.

"나는 즉시 군사를 5로로 나누어서 후퇴하겠는데, 먼저 오늘 이 진영을 후퇴시키고, 영내(營內)에 군사가 1천 명 있으면 밥짓는 부뚜막을 1천 군데 파게 하고, 오늘 3천 군데를 팠으면 내일은 다시 4천 군데를 파면서 매일 군사를 뒤로 물리게 하고, 부뚜막의 수효를 늘려 나가시오. 사마의는 우리 군사가 후퇴한 줄 알면 반드시 추격해 올 것이며, 복병이 있을까 두려워하여 우리 군사가 철수한 뒤의 부뚜막 수효를 반드시 세어 볼 것이오. 이렇게 하면 우리 군사가 후퇴했는지 몰라서 이상하게 생각하고 추격을 단념할 것이오."

과연, 사마의는 공명의 계책에 빠져서 부뚜막 수효가 늘어 가는 것을 보고 추격할 것을 단념하고 군사를 뒤로 물리기로 했다. 공명은 이렇게 해서 병사를 한 사람도 잃지 않고 성도를 향하여 유유히 후퇴했다.

그 후 촉나라 국경의 백성이 공명은 후퇴할 때 병사를 하나도 증원하지 않고 부뚜막 수효만 늘렸다는 사실을 보고하자 사마의는 하늘을 우러러보며 공명의 지모에 빠졌다고 장탄식을 금하지 못하면서 마침내 대군을 거느리고 낙양으로 돌아갔다.

이야말로 바둑판에 적수를 만나니 서로 이기기 어렵고, 장수가 양재(良才)를 만나니 감히 뽐낼 수 없다는 격이다.

옮긴이 약력

중국 남양대학에서 수업
경향신문 문화부장 및 편집부국장 역임

저   서
단 편 집 ≪결혼도박≫ ≪연애 100장≫ ≪혼혈아≫
장편소설 ≪태양은 누구를 위하여≫ ≪석방인≫ ≪장미의 침실≫

삼국지 (5)　　　　　　　　〈서문문고 59〉

개정판 인쇄 / 1996년 7월 15일
개정판 발행 / 1996년 7월 20일
옮긴이 / 김 광 주
펴낸이 / 최 석 로
펴낸곳 / 서 문 당
주 소 / 서울시 마포구 성산1동 20-12호
전 화 / 322—4916~8 팩스 / 322-9154
등록일자 / 1973. 10. 10
등록번호 / 제13-16

초판 발행 : 1972년 12월 15일　＊잘못된 책은 바꾸어 드립니다

서문문고 목록

001~303

◆ 번호 1의 단위는 국학
◆ 번호 홀수는 명저
◆ 번호 짝수는 문학

225 민족주의와 국제체제 / 힌슬리	265 농업 문화의 기원 / C. 사우어
226 이상 단편집 / 김해경	266 젊은 처녀들 / 몽테를랑
227 삼략신강 / 강무학 역주	267 국가론 / 스피노자
228 굿바이 미스터 칩스 (외) / 힐튼	268 임진록 / 김기동 편
229 도연명 시전집 (상) / 우현민 역주	269 근사록 (상) / 주희
230 도연명 시전집 (하) / 우현민 역주	270 근사록 (하) / 주희
231 한국 현대 문학사 (상) / 전규태	271 (속)한국근대문학사상/ 김윤식
232 한국 현대 문학사 (하) / 전규태	272 로렌스 단편선 / 로렌스
233 말테의 수기 / R.H. 릴케	273 노천명 수필집 / 노천명
234 박경리 단편선 / 박경리	274 콜롱바 / 메리메
235 대학과 학문 / 최호진	275 한국의 연정담 /박용구 편저
236 김유정 단편선 / 김유정	276 삼현학 / 황산덕
237 고려 인물 열전 / 이민수 역주	277 한국 명창 열전 / 박경수
238 에밀리 디킨슨 시선 / 디킨슨	278 메리메 단편집 / 메리메
239 역사와 문명 / 스트로스	279 예언자 /칼릴 지브란
240 인형의 집 / 입센	280 충무공 일화 / 성동호
241 한국 골동 입문 / 유병서	281 한국 사회풍속야사 / 임종국
242 토마스 울프 단편선/ 토마스 울프	282 행복한 죽음 / A. 까뮈
243 철학자들과의 대화 / 김준섭	283 소학 신강 (내편) / 김종권
244 파리시절의 릴케 / 버틀러	284 소학 신강 (외편) / 김종권
245 변증법이란 무엇인가 / 하이스	285 홍루몽 (1) / 우현민 역
246 한용운 시전집 / 한용운	286 홍루몽 (2) / 우현민 역
247 중론송 / 나아가르쥬나	287 홍루몽 (3) / 우현민 역
248 알퐁스도데 단편선 / 알퐁스 도데	288 홍루몽 (4) / 우현민 역
249 엘리트와 사회 / 보트모어	289 홍루몽 (5) / 우현민 역
250 O. 헨리 단편선 / O. 헨리	290 홍루몽 (6) / 우현민 역
251 한국 고전문학사 / 전규태	291 현대 한국시의 이해 / 김해성
252 정을병 단편집 / 정을병	292 이효석 단편집 / 이효석
253 악의 꽃들 / 보들레르	293 현진건 단편집 / 현진건
254 포우 걸작 단편선 / 포우	294 채만식 단편집 / 채만식
255 양명학이란 무엇인가 / 이민수	295 삼국사기 (1) / 김종권 역
256 이육사 시문집 / 이원록	296 삼국사기 (2) / 김종권 역
257 고시 십구수 연구 / 이계주	297 삼국사기 (3) / 김종권 역
258 안도라 / 막스프리시	298 삼국사기 (4) / 김종권 역
259 병자남한일기 / 나만갑	299 삼국사기 (5) / 김종권 역
260 행복을 찾아서 / 파울 하이제	300 삼국사기 (6) / 김종권 역
261 한국의 효사상 / 김익수	301 민화란 무엇인가 / 임두빈 저
262 갈매기 조나단 / 리처드 바크	302 건초더미 속의 사랑 / 로렌스
263 세계의 사진사 / 버먼트 뉴홀	303 야스퍼스의 철학 사상
264 환영(幻影) / 리처드 바크	/ C.F. 월레프